中國現代文學導讀

黃維樑◎著

自序

本書的內容是一九一九至一九四九年間中國現代文學的導讀，我要強調「導讀」這兩個字。中國現代作家人數眾多，作品浩如煙海。只是魯（迅）、郭（沫若）、茅（盾）、巴（金）四家的作品，已超過千萬言。對著現代文學的千言萬語，初學者如何去讀呢？要眞正認識文學，絕對不能只閱讀文學史，而必須閱讀文學史之外，還閱讀作品本身。閱讀作品本身更爲重要。這本「導讀」的作用，在於引導、指導大學程度的讀者去閱讀中國現代文學中最重要、最有代表性的作品。（好學愼思、喜愛文學的高中生也是本書的讀者對象。）

怎樣引導讀者呢？我先簡介中國現代文學產生的時代背景，說明與它有關的重要問題，講解不同文類的特色；然後，我直接而具體地指導讀者閱讀作品本身。只看中國現代文學史是不夠的，只看這本導讀的書也不夠，讀者要閱讀作品本身。文學史、這本導讀，只是地方誌和導遊手冊，作品本身才是實實在在的北京、上海、台北、香港；必須實地旅遊，才能眞正感受這些地方的風土人情。

我要讀者閱讀的作品，都是重要的、有代表性的，很容易在圖書館和書店找到。讀者可找個別作家的集子來讀，也可以找詩、散文、小說、戲劇等不同文類的選集來讀。詩歌篇幅較短小，本書附錄了徐志摩、聞一多、戴望舒三位詩人的若干作品，以省讀者尋找之勞。

從香港中文大學到台灣佛光人文社會學院，二十多年來我多次開過中國現代文學的課，並以此爲研究、撰述的對象。我把多年來閱讀、思考、教學、研究的心得，都融匯在這本「導讀」中。分析和評論作品時，常會應用到一些文學術語、概念；這些我在書中酌量而用：用得太多會使讀者困惑，用得太少則可能不夠專業化。評論作品時，往往有仁智之見，有很多主觀的成分。我深知力求客觀的重要、建立明確標準的重要。這些體會，我都在書中寫出來了。中國現代文學作家，一方面打倒傳統，接受西方；一方面卻又受到傳統的影響。要好好認識中國現代文學，就必須把它放在傳統的縱線、西方的橫線構成的座標上來觀察。這種縱橫透視的閱讀方法，我在書中介紹了。論者說魯迅的作品，乃「托尼學說，魏晉文章」；不古今中外地考察和比較，怎能得到這樣的結論？我這個嚮導，帶領大家作中國現代文學的「精華遊」，努力爲大家解說，希望講得充實而生動、中肯而獨到、深入而淺出；並向大家介紹欣賞的方法，希望大家以後可以自己背起背囊，獨立地遊歷、觀察、欣賞新的天地和更廣的領域。

這本書的初稿，在十年前完成。當時我爲香港公開進修學院（後改稱香港公開大學）編寫了「現代文學（1919-1949）」學位課程的課本，即這本書的前身。後來吳宏一教授厚愛囑稿，我修訂了課本的內容，成爲《中國現代文學導讀》專著，列作中山學術文化基金會的「中山文庫」之一，於一九九八年由台灣書店出版發行。六年後，揚智文化事業股份有限公司負責人青睞於我，本書乃重版推出。推出前，我做了若干調整、修訂，以期與時俱進，更切合讀者的需要。此書得以重版面市，深得多位學術文化界朋友、多位編輯的幫助，我謹此衷心致謝。

二〇〇四年八月於佛光人文社會學院文學系　黃維樑

【附記】本書論述的中國現代文學，限於一九一九～一九四九這個時期中國大陸的文學。這個時期的台灣和香港都有文學，而且很重要，是中國現代文學的組成部分。因爲篇幅所限，加上我對台、港這個時期的文學涉獵甚少，所以本書不包括台、港部分。敬請諒鑒。

又：本書提及中國現代文學研究者的觀點時，對黃修己《中國現代文學發展史》的引述最多，這是因爲黃著被列爲上述「現代文學」課程的主要參考書之一。本書引述黃著時，根據的是此書一九八八年北京和一九九四年香港的兩個版本。兩者是相同的。

又：本書徵引若干作品和相關論述時，如果被徵引者是著名的篇章，且容易覓得，則不詳細註明出處，以省篇幅。五四時期不少文學問題引起討論和爭議，這些議論文章，多收在《中國新文學大系》的《建設理論集》和《文學論爭集》，爲省篇幅，也不詳細註明出處，一般只說「見《大系》」。另外，本書有不少觀點，乃引自黃維樑編的《中國現代文學論文集》，爲省篇幅，只註明「見《論文集》」。

目次

第一章

導論

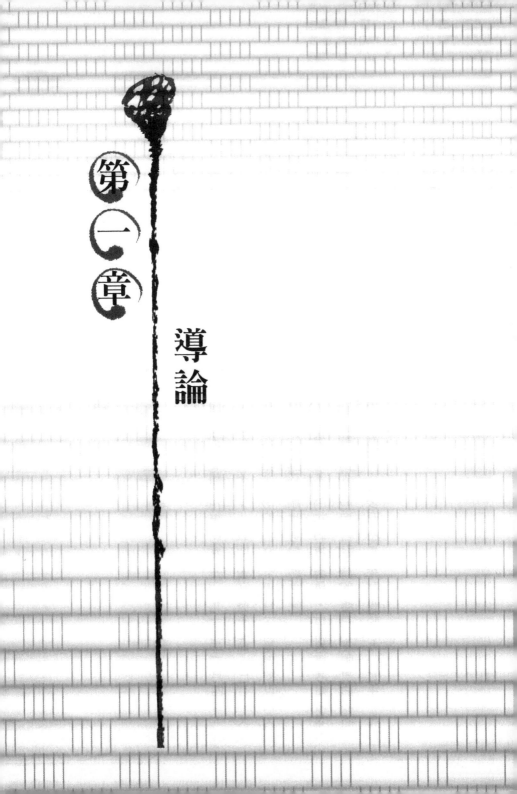

一、現代文學的誕生及其背景

(一)文學改良和文學革命

現代文學誕生於「五四」時期。「五四」學生愛國遊行事件發生在一九一九年五月四日，因此一些論者把現代文學的誕生期定爲一九一九年。不過，「五四」事件發生之前，已有「文學改良」、「文學革命」的主張，由於是在一九一七年提出的，因此，也有一些論者把現代文學的誕生期定爲一九一七年，兩個說法各有道理。現代文學也稱爲「新文學」。

胡適和陳獨秀是文學改革的主要人物。胡適在一九一〇年到美國留學，已開始思考如何改良中國文學的問題。他曾用白話寫詩，而且和幾個留美的同學討論詩的語言，主張用活的語言，也就是用白話。胡適寫了一篇〈文學改良芻議〉，發表在《新青年》雜誌一九一七年一月號。他認爲文學改良應從「八事」入手：

一曰，需言之有物。

二曰，不摹仿古人。

三曰，需講求文法。

四曰，不作無病之呻吟。

五曰，務去爛調套語。

六曰，不用典。

七曰，不講對仗。

八曰，不避俗字俗語。

胡適主張中國的新文學應該以白話爲正宗，以「實寫今日社會的情狀」。胡適的文章發表後，引起很多年輕知識份子的注意。後來，胡適自己把「八事」略作修改，第一、三、五條都改爲否定語氣，變成「不做言之無物之文字」、「不做不合文法的文字」、「不用套語爛調」，於是有所謂「八不主義」。「八事」和「八不主義」的次序稍有不同。

胡適的見解比較溫和，〈文學改良芻議〉發表後一個月，陳獨秀在同一雜誌上發表〈文學革命論〉，從「改良」到「革命」，可見陳獨秀主張甚爲激烈。陳氏的口號如下：

推倒雕琢的阿諛的貴族文學，建設平易的抒情的國民文學。

推倒陳腐的鋪張的古典文學，建設新鮮的立誠的寫實文學。

推倒迂腐的艱澀的山林文學，建設明瞭的通俗的社會文學。

陳獨秀要建立國民文學、寫實文學、社會文學，旗幟鮮明。胡適在〈文學改良芻議〉中，主要論及文學的語言和技巧；陳獨秀這裡則多論及文學的內容。在任何革命運動中，總是要破舊立新，所提出的主張和口號，難免會偏激。陳獨秀的口號正是如此。中國古代的文學，儘管有雕琢、艱澀的作品，但寫實性強、社會性強的也有很多。站在嚴格的學術立場來說，陳獨秀的講法是有毛病的。又例如，當時有「打倒孔家店」的口號，就是打倒孔子思想，以及孔子以後的儒家思想傳統。儒家的思想，雖然有其不合時宜之處；但是，把中國近代的積弱歸咎於孔子，並不公平。孔子重人倫，主張仁義，這些思想是久而彌新的。

胡、陳「揭竿起義」，有不少人響應他們。錢玄同、劉半農等認為白話文一定會取代文言文，又猛烈地批判了「桐城謬種」、「選學妖孽」。所謂「桐城」，指桐城派的古文，「選學」指《文選》之學；這些都是古代文學的一些代表。提倡白話文的人，用「謬種」、「妖孽」來形容，表示他們的憎惡，誓要和古代文學決裂。

文學革命獲得頗多知識份子的支持。周作人認為在文學革命中，思想意識的改革，比語言文字的改革更重要。他的〈人的文學〉一文，在一九一八年十二月的《新青年》發表，有人道主義的思想。他說：「用這人道主義為本，對人生諸問題，加以記錄研究的文字，便謂之人的文學。」他認為作家要描寫人的生活，以說明現實和理想的差距，使我們去思考探索改善的方法。周作人把中國古代大部分的文學，都貶為「非人的文學」。雖然他的評論不夠全面、客觀，不過，中國的舊社會，確有其不人道的地方，值得社會改革者深切注視。

當時主張文學革命的人，言論常有過激之處。通常革命者的言論，都是相當激烈的。因為不激烈，就不能喚起民眾來打倒現有體制，以達到革命的目標。政治革命者的言論如此，文學革命者的言論也如此。五四時期主張文學革命的人，有強烈的崇西方抑中國的思想。這種思想形成潮流，胡適、陳獨秀、周作人等，成為「意見領袖」；很多跟隨者或限於學養，或限於思辨能力，未及細察，於是都紛紛響應，要打倒一切中國傳統文學。今天，我們在「同情理解」之餘，應該站在學術的立場，對他們的過激思想加以批評。

(二)現代文學的第一批作品

一九一八年一月的《新青年》發表了胡適、劉半農、沈尹默的九首白話詩，這是現代文學史上的第一批新詩。一九二〇年一月，由新詩社編輯的《新詩集（第一編）》出版，此為第一本新詩合集。三月，胡適出版了他的《嘗試集》，此為第一本個人白話詩集。第一批新詩，正如胡適自己所寫的：「還脫不了詞曲的氣味與聲調。」

中國現代文學史上的第一篇白話小說，是陳衡哲在一九一七年發表的〈一日〉；魯迅的

〈狂人日記〉在翌年發表，雖然不是最早的白話小說，卻產生了巨大的影響。〈狂人日記〉用誇張的手法，揭露了中國傳統社會「吃人的禮教」，發出了「救救孩子」的呼聲。這篇小說在形式和內容上，都受過俄國作家果戈里〈狂人日記〉的影響。魯迅筆下的狂人，讀中國的歷史書，有下面驚人的發現：「我翻開歷史一查，這歷史沒有年代，歪歪斜斜的每頁上都寫著『仁義道德』幾個字。我橫豎睡不著，仔細看了半夜，才從字縫裡看出字來，滿本都寫著兩個字是『吃人』。」

現代文學史上第一批散文是魯迅、陳獨秀等寫的雜文；稍後冰心、朱自清等才發表他們那些抒情性的散文。當時的中國社會，內憂外患，問題叢生，知識份子寫文章針砭時弊，希望改革社會。議論性的散文（或者說雜文）成爲風尚，是自然的事。「五四」時期，有所謂「問題小說」、「問題劇」；我不妨杜撰一詞，就是「問題散文」，即上面說的議論性散文。

在話劇方面，現代文學最早的劇本是胡適的《終身大事》，於一九一九年三月發表。它寫女主角田亞梅爲了爭取婚姻自由離家出走。《終身大事》顯然受了易卜生《玩偶之家》的影響，該劇中女主角娜拉爲了追求幸福，離家出走。「娜拉出走」成了當時熱門的話題。「五四」時期的文學作品，社會性、現實性很強。胡適所提倡的「易卜生主義」，就有一種直接面對現實的態度。

胡適在〈易卜生主義〉中說：「若要改良社會，須先知道現今的社會實在是男盜女娼的社會，易卜生的長處，只在他肯說老實話，只在他能把社會種種腐敗齷齪的實在情形，寫出來叫大家仔細看。」可見胡適的主張，直接針對社會，富有現實主義的精神。

㈢現代文學誕生的背景

現代文學的精神，在於革掉舊的，創造新的文學。現代文學誕生的背景，可分為幾方面來說。第一，是社會時代的需要。魯迅說過：文學革命的發生，「一方面是由於社會的要求的……。」（〈草鞋腳〉小引，《且介亭雜文》）當時的中國，政治腐敗，國弱民困，外國力量入侵，知識份子憂心忡忡。知識份子把當前中國的窮困，歸咎於中國傳統文化的落後；「改革」、「打倒」傳統文化的呼聲，十分響亮。中國傳統的文學，也在打倒之列。此外，中國傳統的文學，用的多是文言文，只有士大夫階級才能領會、欣賞。五四時期的知識份子，認為文學可以產生力量，促成社會的改革、時代的進步。他們主張用白話文來寫作，這樣才便於一般識字的平民來閱讀。

第二，是受到西方文學的影響。上面引述了魯迅的話，他接下去說：「一方面則是受了西洋文學的影響。」西方文學在二十世紀初期，出現了新的面貌，有各種主義和流派。五四時期的作家，從西方的現實（寫實）主義、浪漫主義、象徵主義等吸收了許多營養。現實主義強調寫民間疾苦，得到當時感時憂國的作家之認同。浪漫主義強調豪情壯志，當時一些富理想精神的作家，從它得到了鼓舞。象徵主義提供了新的藝術風格，當時較有唯美色彩的作家，以爲發現了文學的新天地。

第三，是文學本身的要求。文學藝術貴在創新，古人說：「若無新變，不能代雄」；又說：「李杜詩篇萬口傳，至今已覺不新鮮，江山代有才人出，各領風騷數百年」。五四時期的作家，如果不在題材上、技巧上創新，是很難、甚至不能超越古人的。

第四，是先驅者的努力。新文學的誕生，並非一人之功，而是眾多先驅者不斷努力，才抵於成。這裡我們只說胡適。胡適在美國留學的時候，就在思索「詩國革命」的問題，他認爲中國以後的詩歌，如果不用口語，不用活的文字，就沒有前途。胡適和他的朋友梅光迪、任鴻雋等書信來往，討論此事。朋友們不同意他的主張，但他堅信自己看法正確。一九一七年，他發表〈文學改良芻議〉，後來又發表〈建設的文學革命論〉等文章，鼓吹自己文學改革的主張。他身體力行，在詩歌和話劇方面，寫出了白話的作品，開一代的新風氣。當時守舊的力量向他攻擊，而胡適「擇善固執」，加上其他人的努力，終於爲文學開創了新的局面。

這裡補提一筆：在「文學革命」之前，已有人介紹和翻譯外國文學。有一位不懂外國語文的知識份子林紓，藉著他人的幫助，用文言文翻譯外國小說，竟然譯了一百多部。這事可說明譯介外國文學，並非始於五四，也可說明當時的中國人，對外國事物甚感興趣。

㈣守舊派對現代文學的攻擊

桐城派（爲一有影響力的古文派別）的林紓，反對白話文。一九一九年，他發表了〈妖夢〉、〈荊生〉兩篇文言小說，分別影射蔡元培、陳獨秀、胡適等人，攻擊新文化運動。作者罵新派人物爲「傷天害理」的「人間怪物」，他們說的都是「禽獸之言」。同年，林紓還寫了一封長信致蔡元培，說新文學的提倡者「盡廢古書」，而白話文爲「引車賣漿之徒所操之語」。蔡元培爲當時北京大學的校長，他收到林紓的信後，覆信表示立場。蔡元培也主張用白話文，曾說：「我敢斷定白話派一定佔優勢，……但美術文或者有一部分仍用文言。」（見《大系》）

林紓之後，另一次大的反響，來自梅光迪、胡先驌、吳宓等人。他們在一九二二年創辦《學衡》雜誌，以「誦述先哲之精言以翼學」等爲宗旨。梅光迪寫文章反對廢棄文言；胡先驌寫了長文，評胡適的詩集《嘗試集》，反對胡適「不用典」等主張。另一次反響，來自章士釗等人。他在一九二五年創辦《甲寅周刊》，成爲反對新文學的大本營。章氏說：「自白話文體盛行而後，髦士以俚語爲自足，小生求不學而名家。文事之鄙陋乾枯，迥出尋常擬議之外。」（見《大系》）

白話文運動，受到守舊派的連串攻擊，卻並非就此偃旗息鼓、一蹶不振。提倡文學革命的人，如胡適、陳獨秀、錢玄同等，都和守舊者針鋒相對，論戰起來。例如，守舊派創辦了《甲寅周刊》，錢玄同、黎錦熙就組織了《國語週刊》，和它對壘。《甲寅周刊》不登白話文作品，《國語週刊》則不刊文言文文章。這樣對著幹，也煞是有趣。

二、現代文學的名稱

現代文學又稱為新文學，也叫做白話文學。現代文學起源於「五四」時期的白話文運動，因此有「白話文學」之稱。當時，大家打倒舊的、傳統的文學，因此順理成章地稱新的文學為「新文學」。

「白話文學」聽起來「明白如話」，平易淺白，這固然是這個名稱的好處，也是提倡白話文學者用此名稱的本意；然而，文學始終需要有「文采」，不能甚麼作品都淺白，都質樸無文。所以，「白話文學」的名稱，沒有得到長久的支持。

「新文學」意謂革新、創新的文學。「新」雖然不是「好」的同義詞，文學藝術畢竟講究創新。「五四」以來的文學，確有其創新之處；所以，「新文學」的名稱，數十年來相當流行，為很多學者所採用。例如，趙家璧在三〇年代主編的大型選集，書名是《中國新文學大系》；王瑤、劉綬松在五〇年代先後撰述的文學史，分別叫做《中國新文學史稿》和《中國新文學史初稿》；司馬長風在七〇年代出版的文學史，叫做《中國新文學史》。

「新文學」新了數十年，現在已不那麼新了。新文學早期的健將，如魯迅、胡適、郭沫若等，早已作古了。最近十多年，中國大陸的學者，傾向於用「現代文學」一詞。現代者，現在這個時代也。現代（modern）與古代（ancient）相對。現代是個時期性字眼，但有時寓有「進步」之意。二十世紀世界許多個國家推行「現代化」（modernization），爲的是要使國家進步、追上潮流、趕上先進國家的水準。唐弢、嚴家炎合著的書稱爲《中國現代文學史》；黃修己的書則叫做《中國現代文學發展史》；錢理群等撰的書，則稱爲《中國現代文學三十年》。這些書都用了「現代」的稱法。其他書名，不再列舉了。

一些與「現代」有關的名詞，我們要認識清楚。一是三〇年代創刊的《現代》雜誌，由施蟄存主編，該刊強調作家要寫「現代人在現代生活中所感受的現代情緒」（見黃修己著《中國現代文學發展史》三九七頁；下面黃著此書簡稱爲《發展史》）。五〇年代台灣的詩人紀弦等，成立「現代詩社」，發表「現代派」宣言；他們強調向西方現代主義詩歌取經。此外，白先勇等人在一九六〇年，於台北創刊《現代文學》雜誌，介紹西方現代文學及其理論，刊登有西方現代文學色彩的創作。

至於「現代主義」又是甚麼呢？現代主義的英文是modernism，它的精神是反叛傳統，是創新。現代主義的文學，多反映現代人的精神困境，有時瀕於虛無消極。現代主義文藝在歐洲興起；西方文藝界反省世界大戰對人類和文化的破壞，而有現代主義的思潮。現代主義之後，有所謂「後現代主義」（post-modernism）。它在最近十多年流行，具有現代主義一樣的反叛精神，同時強調商業社會和資訊時代對文學藝術的重大影響。

最後，要解釋一下近代文學、現代文學和當代文學幾個名詞。一般而言，「中國近代文學」指鴉片戰爭以後至清末的中國文學；「中國現代文學」指一九一九年至一九四九年的中國文學；「中國當代文學」指一九四九年以後的中國文學。有時，「現代文學」兼指「現代」（一九一九～一九四九）和「當代」（一九四九以後）文學。最近，也有人用「二十世紀中國文學」來稱「五四」以來的中國文學。這是一種有遠見的做法，因為現在已是二十一世紀了，如果我們還用「現代文學」來稱「五四」以來的文學，就會混淆不清了。

三、現代文學和五四新文化運動的關係

首先，我們要明白何謂「五四運動」、「五四事件」和「五四新文化運動」。研究「五四運動」的權威周策縱，認為這三者有區別。

一九一九年五月四日下午，北京十幾間學校的學生數千人，集會在天安門，舉著旗幟，上

書「還我青島」、「誅賣國賊曹汝霖、陸宗輿、章宗祥」等標語，呼叫口號。他們列隊遊行，路上散發傳單〈北京學界全體宣言〉，反對巴黎和會準備把德國在山東省的權益轉讓給日本。宣言有「外爭主權，內除國賊」的字句，國賊指的是曹、陸、章。學生的隊伍到了各國的使館，後來到了曹汝霖的住宅趙家樓，痛打章宗祥，火燒趙家樓。警察趕了來，捉了三十多個學生。這是胡適（根據《每週評論》雜誌）講述的「五四」那一天的經過。當時北京十多間有關的大專院校校長，都同情和支持學生，反對政府逮捕和懲罰學生。北大校長蔡元培在「五四」當日那些學生被捕後，且親自到警察局去，要求釋放他們。這一天的怒潮引起全國的波動。北京政府最初態度強硬，後來軟化，把拘禁了四天的學生釋放了。周策縱把五月四日當天發生的事情，稱爲「五四事件」。

胡適說「五四運動」一詞，最早見於一九一九年五月二十六日《每週評論》的一篇文章。五月四日發生的學生遊行示威，是學生愛國的表現。「五四事件」之後，北京和其他地方的學生集會、遊行、罷課，上海和天津的商人罷市。學生奮鬥了一個月。終於曹、陸、章被免職，中國出席和會的代表，拒絕在斷送山東的和約上簽字。政府屈服了，學生勝利了。這場壯烈的學生愛國運動，即是「五四運動」。

「五四運動」的涵義加以擴充，乃成爲「五四新文化運動」。胡適的〈紀念「五四」〉一文，引了國父孫中山先生的一段話：「自北京大學學生發生五四運動以來，一般愛國青年無不以新思想為將來革新事業之預備，於是蓬蓬勃勃，發抒言論，國內各界輿論一致同唱。各種新出版物為熱心青年所舉辦者，紛紛應時而出，揚花吐艷，各極其致，社會遂蒙絕大之影響。雖以頑劣之偽政府，猶且不敢攖其鋒。此種新文化運動，在我國今日誠思想界空前之大變動。」所言甚是。孫中山先生把五四運動和新文化運動相提並論，而他這段話是「五四事件」後七個多月說的，尤具卓識。

不過，我們應該補充說，新文化運動並非在「五四事件」之後才開始，而是「五四事件」之前已開始了。那時，知識份子介紹西方的新思想（包括德先生[democracy]和賽先生[science]），提倡白話文；文化界已有開放的思想和改革的精神。沒有新進的知識份子，沒有革新的文化環境，「五四」那一班年輕學生就不可能踏出這一大步，促成轟轟烈烈的五四運動。

總括來說，「五四運動」可以指五月四日發生的學生愛國遊行示威，也就是「五四事件」。它也可以指五月四日及其後一月餘的罷課罷市愛國運動。它更可以指「五四事件」之前及之後，連綿達數年的新文化運動。這運動所涉及的，文學、社會、政治、思想無所不包，因此稱為「文化運動」。

現代文學誕生於救國意識濃厚的思想文化環境中，要提高國民的知識文化水平，須從普及教育入手。就此而言，白話文的運用，非常重要。白話文運動有一具體的成果，就是一九二〇年教育部訓令全國的國民學校將一、二年級國文改為語體文（白話文），跟著高年級的也相應改了。另一具體的影響，則爲五四前後的雜誌，其文字大多改爲白話文。

我們可以說，沒有當時文化思想的新環境，新文學是不可能產生的；而新文學產生之後，白話文有利於思想的傳播、知識的吸收，因而對整個新文化運動有積極的貢獻。至於新文學開始之後，創作蓬勃，名家輩出，豐富了文化的內涵，這是不言而喻的。

四、現代文學的三個十年

中國現代文學，從「五四」到一九四九年，只有三十年的歷史。三十年的時間，在整個中國文學史中，是很短的。唐朝有二百多年，而我們一般也不過把唐代文學分爲初、盛、中、晚四個時期而已。不過，中國現代文學歷史雖短，作品卻非常豐富，很多中國現代文學史的著作，都把這三十年分爲幾個時期。其分法不一。這裡嘗試分爲三期：

現代文學的第一個十年：一九一七～一九二七年。開始那幾年是論爭的時期，主要是對舊文學的批判。這幾年，很多新的、用白話文寫的作品，先後湧現，爲現代文學打開了局面。一九二一年頗爲重要，因爲兩個極爲重要的新文學社團——文學研究會和創造社——同在這一年誕生。文學研究會成立後，其成員主編《小說月報》，是現代文學史上第一本純粹的文學刊物

（在此之前，刊登新文學作品的《新青年》、《少年中國》等，都是綜合性的雜誌）。文學社團的出現和文學刊物的登場，都爲現代文學凝聚了力量。還有，在這一年中，幾個享有盛譽的作品也發表了。例如郁達夫的《沉淪》，它是現代文學史上第一部短篇小說集；郭沫若的詩集《女神》，它是現代文學早期浪漫主義詩歌的代表作；魯迅的中篇小說《阿Q正傳》也在此年開始發表。

第二個十年：一九二八～一九三七。其特色略述如下：中國共產黨在一九二一年成立，傾向於共產主義的作家頗有其人。國民黨和共產黨衝突頻生，文學界的論爭多，形成分裂的局面。新文學運動開始那幾年，主要有新、舊體裁的論爭；第二個十年中的論爭，則常常涉及意識形態。此外，在這第二個十年中，長篇小說和多幕話劇大量出現，其藝術手法大抵上日趨高明。如茅盾的《子夜》（一九三三年出版）、老舍的《駱駝祥子》（一九三六年發表），又如曹禺的《雷雨》、《日出》（一九三六年出版），都是這個時期的作品。前二者爲長篇小說，後二者爲多幕話劇。

第三個十年：一九三七～一九四九。從「七七」抗日戰爭開始，爲日軍攻陷的地區，有所謂淪陷區文學。這個時期一方面抗日，另一方面國共兩黨也在角力。中國共產黨解放的地區，有解放區文學；在國民黨統治的地區，有國統區文學。一九四二年，毛澤東在延安文藝座談會上，發表長篇講話。講話的精神，對解放區的文學，以至對一九四九年以後整個中國大陸的文學，有深遠的影響。這第三個十年，各種體裁的作品數量極多。內容有和抗戰有關的，也有和抗戰無關的。作者輩出，在詩方面，有艾青、田間、臧克家、卞之琳、辛笛、袁水拍等；在散文方面，有李廣田、何其芳、沈從文、梁實秋、錢鍾書、蕭乾、豐子愷等；在小說方面，有巴金、老舍、吳組緗、丁玲、蕭紅、錢鍾書、張愛玲等；在話劇方面，有夏衍、曹禺、陳白塵、吳祖光等。順便一提「孤島文學」：一九三七年十一月上海淪陷，英、法等國的租界，在日軍包圍下，好像孤島一樣。一九四一年十二月，珍珠港事件爆發，日軍攻入租界。在這四年又一個月之中，很多中國作家在「孤島」創作和出版了他們的作品。這時期的文學稱為「孤島文學」。

五、閱讀各種文學史時要注意的問題

編寫歷史，向來是大事。中國古代設有史官、史館，專門負責編寫歷史。現代西方各國，通常由學術或出版機構聘請專門學者，以集體的方式來編寫「通史」或各種大型的史書，包括文學史。例如，英國的《劍橋英國文學史》，就是集合多位文學學者的力量而編寫成功的。

無論是水準多高的史書，都難以絕對做到史實準確無誤、觀點中肯持平。因為史書涉及的內容，往往非常龐大複雜；而人類的認知有其局限，眞相難以完全把握；何況編寫者又可能會偶然流露一些成見以至偏見。我們需要讀歷史，不過讀史書時應該小心，要多方比較並注意原始資料，切忌隨便輕信某家之言。

中國現代文學史一類的書，近年愈出愈多。這些書，大多是大陸編印的，台灣和香港的很少。編寫文學史，畢竟是工程龐大的事；台灣和香港的學者和學術機構，願意投入大量時間以編寫中國現代文學史的，似乎不多。一九四九年以後，三十多年間，台灣的政治禁忌頗多，當局把很多一九三〇和一九四〇年代的文學作品，都列爲禁書。如此一來，在這段時期，要編寫一本一九一九至一九四九年的中國現代文學史，實際上是極不可能的。大陸的中國現代文學史，那些在八〇年代中期以前出版的，有很濃厚的政治色彩；香港的一、兩本中國現代文學史，則頗爲粗糙。我們將在下面用實例來說明。

胡適、徐志摩、梁實秋、沈從文、錢鍾書、張愛玲等，都是中國現代文學史上重要的作家。可是，在八〇年代中期以前大陸出版的文學史中，這些作家不是不見提及，就是被貶抑。原因是這些作家沒有站在共產主義的立場，或者他們批評過中共。徐志摩本來是沒有顯著政治色彩的詩人，只不過他曾留學英美，和左派路線不同，其詩作因而被指爲「空虛」、「悲觀和失望，懷疑和頹廢」。王瑤和劉綬松分別編寫的文學史，就這樣形容他的詩。

北京大學中文系教授、中國現代文學專家嚴家炎在一九九二年所寫的〈雜談中國現代文學史研究〉一文，就慨嘆道：「從五〇年代起，人們總是強調中國現代文學史的研究要突出黨性原則。……所謂黨性，無非體現某些當權者的意志，把某種表面的政治利益放在首位；……文學史也就不成其爲科學，只成爲『左』傾政治掩蓋下的某種宗派私利的附庸。」（見《論文集》）

大陸學者所寫的中國現代文學史，特別是八〇年代中期以前出版的，對魯迅最爲推崇，以致過了頭。魯迅固然是很有成就的現代作家，他之所以在大陸最受推崇，也和毛澤東對他高度的評價有關。毛氏《新民主主義論》中，用盡一切美好的字眼褒揚魯迅，說他是偉大的文學家、思想家和革命家；他是中國文化革命的主將，是文化戰線上「最正確、最勇敢、最堅決、最忠實、最熱忱的空前的民族英雄。魯迅的方向，就是中華民族新文化的方向。」八〇年代之後，大陸各方面都較爲開放，學者較能實事求是，不再把魯迅當作神那樣來崇拜了。

八〇年代中期以前大陸出版的中國現代文學史，政治色彩十分濃厚，已如上述。香港作家司馬長風的《中國新文學史》，則因爲在倉卒的時間內編寫，而錯漏矛盾之處甚多。例如，在其書中卷第二十二章論述詩歌時，說馮至、戴望舒、廢名、卞之琳等等，都是大詩人。但是，究竟怎樣才稱得上大詩人，司馬長風並無說明。他談論卞之琳時，談卞氏的詩「蒼白晦澀」、「粗濫的用翻譯名詞和文言」、「是晦澀的頂點，也是稀薄的頂點」、「索然無味」、「蒼白貧血」。這樣不堪的詩，其作者竟然是「大詩人」，誠然不可思議。司馬長風的粗心，還在於：他說這裡要「選評十大詩人和他們的作品」；然而，我們數一數，「大詩人」一共有十四個。又例如，司馬長風在上卷評論徐志摩的散文時，指出徐氏〈北京的一晚〉一篇，「意向完整，結構勻稱，最能表現（徐氏）的風格」；可是隔了十多行，司馬長風卻說：「徐志摩的散文缺點也很顯著，……他寫散文全無結構。」到底徐氏散文的結構是怎樣的呢？類似的毛病，在司馬氏的書中，不勝枚舉。他做的研究不足，編寫時又十分倉卒草率，因此有這樣的缺點。

八〇年代中期以後，大陸學者修史，較能實事求是。例如在黃修己編寫的《中國現代文學發展史》中，對徐志摩詩的評價，就比較客觀持平了。黃修己指出，徐志摩的詩有「樂觀、進取」的精神，有對光明的追求（一五六頁）；他指出徐詩也寫「頹喪之情」，有「幻滅、失望」的情緒（一五七頁）。黃氏又認為徐志摩的詩「有很強的音樂美」（一五九頁），其愛情詩則多有「眞摯、熱烈、溫柔、清新」之作。

第二章

新詩

一、新詩導論

(一)第一批新詩的發表

一九一八年一月號的《新青年》發表了胡適的詩四首、沈尹默的三首、劉半農的兩首，都是用白話寫的。這是中國新文學的第一批新詩。早在數年前，胡適那時在美國留學，已考慮用白話來寫詩，要發動「詩國革命」。中國的傳統詩歌，一般而言，句式整齊，音韻鏗鏘，用詞典雅。胡適要用日常的語言，用較自由的形式來寫詩，這是基於一種擺脫傳統的思想，也和文學的普及化有關。他的新嘗試，也受到當時西方詩歌的影響。在這九首詩中，我們選讀三首：胡適的〈一念〉、沈尹默的〈鴿子〉、劉半農的〈相隔一層紙〉。先錄〈一念〉如下：

我笑你繞太陽的地球，一日只打得一個回旋；
我笑你繞地球的月亮，總不會永遠團圓；
我笑你千千萬萬大大小小的星球，總跳不出自己的軌道線；

我笑你一秒鐘行五十萬里的無線電，總比不上我區區的心頭一念！

我這心頭一念：

才從竹竿巷，忽到竹竿尖；

忽在赫貞江上，忽到凱約湖邊；

我若真個害刻骨的相思，便一分鐘繞遍地球三千萬轉！

詩末有作者自註：「竹竿巷，是我住的巷名。竹竿尖，是吾村後山名。」至於赫貞江，則爲美國紐約州的Hudson River。胡適曾在紐約市的哥倫比亞大學（Columbia University）深造；哥大即在赫貞江畔。凱約湖則爲紐約州的Cayuga Lake。胡適也曾在美國的康乃爾大學（Cornell University）深造，康大在凱約湖邊。

〈一念〉中頗有一些科學知識：地球繞著太陽轉，月亮繞著地球轉，千千萬萬的星球，有其軌道；電波的速度是每秒五十萬里。〈一念〉有現代的科學知識，用的是白話（語體）文的詞彙和句法，詩句有長有短。這些都與傳統詩詞很不相同，的確有一番新的氣象，不愧爲新詩。然而，這首詩押韻，而傳統詩詞也是押韻的。〈一念〉在內容思想上，強調人的想像力自由馳騁，且有人勝於自然的豪情。

下面是沈尹默的〈鴿子〉：

空中飛著一群鴿子，籠裡關著一群鴿子，街上走的人，小手巾裡還兜著兩個鴿子。

飛著的受人家的指使，帶著鞘兒翁翁央央，七轉八轉遶空飛，人家聽了歡喜。

關著的是替人家作生意，青青白白的毛羽。溫溫和和的樣子，人家看了歡喜；有人出錢便買去，買去餵點黃小米。

只有手巾裡兜著的那兩個有點難算計，不知他今日是生還是死，恐怕不到晚飯時，已在人家菜碗裡。

這首詩也用白話文的詞彙和句法，句子長短參差，押韻。和〈一念〉不同的是，它有時五六句才合成一個段落。這樣的安排，和日後的所謂「散文詩」接近（所以散文詩也稱爲「分段詩」）。至於這首〈鴿子〉的思想，則是表現了作者的同情心。鴿子不能自我作主，詩人頗爲慨嘆。浪漫主義者有博愛思想，把感情施及萬物。五四時期浪漫主義流行。就此而言，〈鴿子〉有這樣的情懷。

下面是劉半農的〈相隔一層紙〉：

屋子裡攏著爐火，
老爺吩咐開窗買水果，
說「天氣不冷火太熱，

別任它烤壞了我。」
屋子外躺著一個叫化子，
咬緊了牙齒對著北風喊「要死」！
可憐屋外與屋裡，
相隔只有一層薄紙！

這首詩用的也是白話文的詞彙和句法，不過，一跟〈一念〉、〈鴿子〉相比，就知道它和傳統的律詩頗相似。第一，它有六句是每句七個字；第二，它一共八行；第三，第一、二、四行押韻，第六、八行押韻。以上三項合起來看，使人覺得它和七言律詩頗為接近。當然，差別還是很明顯的。除了用詞不典雅之外，它不講究平仄，它沒有對仗。〈相隔一層紙〉在內容上，使我們聯想到唐代詩人杜甫「朱門酒肉臭，路有凍死骨」的句子。此外，它也有古樂府民歌的情味。

第一批新詩在一九一八年發表。到了一九二〇年一月，由新詩社編輯的《新詩集（第一編）》出版，爲現代第一部白話新詩集，內收胡適、劉半農、郭沫若等人的作品。同年三月，胡適的《嘗試集》出版，這是現代第一部個人白話詩集。胡適在此集的再版自序中說：「《嘗試集》裡面的部分作品，『實在不過是一些刷洗過的舊詩』，『還脫不了詞曲的氣味與聲調』。」胡適的這番話，也可以用來形容第一批新詩的一些作品，以及其他某些早期白話詩人的作品。

總括而言，〈一念〉、〈鴿子〉、〈相隔一層紙〉可說是「一些刷洗過的舊詩」。它們的共同特色是：用白話的詞彙和句法來寫，形式頗爲自由；押韻，但沒有傳統詩詞那樣嚴格。〈相隔一層紙〉長八行，使人聯想到八句一首的律詩；這首詩的舊詩色彩較濃。

(二)新詩的重要流派

胡適等人的新詩在一九一八年發表後，寫作新詩的人愈來愈多。不同作者，有不同的才華、性情、學養、經歷，加上不同的時代和社會環境，影響所及，詩歌的內容思想、形式技巧，自然有所不同。數十年來，新詩的研究者，爲了辨別的方便，往往把五四以來的新詩，分爲若干流派。流派的意思，有狹義和廣義之分。狹義的意思，是詩歌信念、風格相同或相近的一群人團結起來，成爲一個門派，一起努力把信念和風格發揚光大。廣義的意思，是文學研究者，把詩歌信念、風格相同或相近的一群人，集合起來，一塊兒討論，把他們的作品形容爲一個派別。在中國現代文學史上，兩種意義的流派的新詩都有。劃定流派、討論流派都不是容易的事，因爲不同作者的作品，往往異中有同，同中有異。如果說這一派的作品必然和那一派的作品，截然可分，釐然不同，是不切實際的。這就和要把人清清楚楚分爲賢愚忠奸貴賤一樣，是不切實際的。

五四之後第一個十年的新詩，朱自清認爲不妨分爲三派：自由詩派、格律詩派、象徵詩派。這可能是第一個把新詩分派的研究者。朱自清之後，嘗試把數十年的新詩分爲若干流派的研究者，數目很多。現在舉兩個近年研究者的例子。金欽俊在《新詩三十年》（一九九一）一書中，分爲三大流派：第一是現實主義流派，裡面再細分爲七個派別；第二是浪漫主義流派，裡面再細分爲三個派別；第三是現代主義流派，裡面再細分爲三個派別。柯文溥在《中國新詩流派史》（一九九三）一書中，分爲十二個派別：初期白話詩派、「人生派」詩歌、小詩運動、浪漫詩派、新月詩派、象徵詩派、現代派、普羅詩派、中國詩歌會、七月詩派、九葉詩派、解放區民歌體新詩。

上述的分類，或以內容思想爲準，或以形式技巧爲據，或以雜誌名稱爲憑，並沒有一定、明確的標準。這裡不可能對上述的分流分派詳加介紹，也不打算加以評論。這裡綜合各家，整理歸納爲下面七派：自由派、浪漫派、格律派、象徵派、現代派、七月派、九葉派。

❖自由派

胡適主張詩體的大解放，寫自由詩，不拘格律。一九二二年出版的詩人合集《雪朝》，有鄭振鐸的〈短序〉，序中這樣說：「詩歌的聲韻格律及其他種種形式上的束縛，我們一概要打破。因爲情緒是不能受任何規律的束縛的。」新詩中的自由體，其特色即如此。至於所謂自由詩派，這是個寬鬆的說法。我們可以說，任何寫自由體新詩的人，都可歸入自由詩派。一般而言，朱自清、周作人、俞平伯、冰心、蔣光赤（又名蔣光慈）、艾青、田間等眾多詩人的多篇作品，冰心的〈春水．一〇五〉、艾青的〈大堰河——我的褓姆〉，都是自由體的新詩。（請注意，提到此派時，用自由派、自由詩派、自由體新詩等等都有，並沒有固定的一個提法。）

❖浪漫派

浪漫主義詩人，可以郭沫若爲代表，其詩集《女神》是重要作品。《女神》中的〈鳳凰涅槃〉、〈筆立山頭展望〉等，都是名作。郭沫若的詩，感情奔放熱烈，粗獷雄渾，想像豐富。〈鳳凰涅槃〉、〈筆立山頭展望〉等等，莫不如此。浪漫主義的新詩，往往用排比句，用感嘆號，來表現氣勢和澎湃的感情，這兩首詩都如此。這類詩歌，通常是用自由體寫成的，不拘於甚麼格律。詩人的讚美和詛咒，往往很誇張。〈鳳凰涅槃〉詛咒「茫茫的宇宙」，說它「冷酷如鐵」、「黑暗如漆」、「腥穢如血」。〈筆立山頭展望〉則把輪船煙囪噴出的黑煙，形容爲黑牡丹，爲「二十世紀的名花，近代文明的嚴母」。中國新詩史上的浪漫主義詩歌，深受西方浪漫詩歌的影響。郭沫若這位浪漫詩人，有時乾脆在詩中用了外文，如〈筆立山頭展望〉，就有「萬籟共鳴的Symphony」、「彎彎的海岸好像Cupid的弓弩呀！」的詩行。除了郭沫若之外，創造社的詩人如王獨清、穆木天、馮乃超等，其作品也有浪漫色彩。他們可歸入浪漫詩派。

❖格律派

一九二三年成立的新月社，是「五四」後出現的重要文化社團。其成員徐志摩和聞一多都以詩著名。他們重視詩歌的形式。徐志摩說「要把創格的新詩當一件認眞事情做」，又「相信完美的形體是完美的精神唯一的表現」。一九二六年聞一多發表〈詩的格律〉一文，主張新詩應該有格律，並提出具體的意見。徐、聞二人的詩，多爲形式整齊的作品，和胡適、郭沫若等的自由體詩很不相同。徐、聞的格律詩，又稱爲「豆腐乾體」，又稱爲新月派的詩歌。徐志摩的〈偶然〉、〈再別康橋〉，聞一多的〈死水〉、〈天安門〉等多首，都是格律詩的例子。以〈死水〉爲例，我們發現此詩共分五節，每節四行，每行九字。每節的第二、四行末字押韻；即「淪」、「羹」、「花」、「霞」、「沫」、「破」、「明」、「聲」、「在」、「界」，一共五對，是押韻的。此外，全首詩的詩行，都是以三個「二字尺」和一個「三字尺」構成的，如首行：「這是／一溝／絕望的／死水」。格律派的詩，其嚴謹程度不同；〈死水〉是極嚴謹的格律詩。格律派的詩人，除了徐志摩、聞一多之外，還有很多。比如多寫社會現實的臧克家，受過聞一多的影響，其詩歌在藝術上接近新月派，寫過不少格律詩。

❖象徵派

象徵派新詩的代表人物是李金髮。他留學法國，受了法國象徵派詩人波特萊爾、魏爾倫等的影響，其作品充滿奇特的聯想，喜用暗示、象徵的手法，有朦朧、迷幻、頹廢的色彩。李氏〈棄婦〉一詩，論者說它是詩人自己的象徵（即把自己比喻爲棄婦），就很有象徵主義的特色。〈夜之歌〉和〈時之表現〉兩首亦然。由於李氏的詩晦澀、怪異，他曾被稱爲「詩怪」。創造社的詩人王獨清、穆木天和馮乃超，此外還有戴望舒等人，也有被列入象徵派的。（上文論述浪漫派時，曾說王、穆、馮諸人，可列入該派。這裡則說他們可歸入象徵派，可見派別的難分。至於戴望舒，則有人把他列入現代派。）

❖現代派

現代派的重要詩人有戴望舒、卞之琳、何其芳等人。「現代派」的名字源於《現代雜誌》，其詩是象徵派詩的延續。現代派的詩既用了新的形式，又保存若干中國古典韻味。他們常用較爲含蓄的寫法，作品往往有多義性。內容則每有幻滅和失落感。例如，卞之琳的〈距離的組織〉、〈白螺殼〉、〈圓寶盒〉等，都有上述的特色。

❖七月派

一九三七年九月，胡風主編的《七月》雜誌創刊。《七月》發表了艾青、田間等多人的詩作。他們的詩扣緊現實，表現抗日的民族意識，有政治色彩。《七月》停刊後，胡風又創辦了《希望》等刊物，繼續發表詩歌。除了艾、田之外，還有魯藜、鄒荻帆、綠原等詩人，他們對詩的信念、寫詩的風格，都很接近。這些人被稱爲「七月派詩人」。他們認爲「詩的生命不是格律、詞藻、行數之類所可賦予的」；他們寫的是自由體的新詩。七月派的詩，往往是文字淺易、句子較短的，因此常常用來朗誦。例如，田間的〈給戰鬥者〉就是這樣；這首詩還有一種噴薄而出的激情。

❖九葉派

四〇年代後半期，數位年輕詩人受了西方現代派詩歌的影響，他們的手法頗爲接近，彼此也互相認同，因而成爲一個詩群。一九八一年，他們九個人的合集《九葉集》出版了。他們是爲「九葉詩人」，包括辛笛、穆旦、陳敬容、鄭敏、袁可嘉等。他們的詩風，和三〇年代的象徵派、現代派有其承接處，也另有開拓。他們講究形象性，喜用象徵手法；內容方面，或寫個人情緒，或反映時代，不一而足。大致上，他們不用直接、平白的寫法，而傾向於凝鍊、工巧。辛笛的〈再見，藍馬店〉和穆旦的〈讚美〉都是例子。不過，他們的題材與手法都頗爲多元，不容易簡單地概括。

除了上述討論流派時提到的詩人外，還有一些頗爲重要的詩人沒有提到，例如馮至、袁水拍等。馮至的詩，寫愛情、個人追求等，也寫傳說故事，有《北游及其他》、《十四行集》等詩集。他先寫自由詩，後轉而向格律詩發展。袁水拍的詩，多以社會時事爲題材，喜用諷刺手法，有民歌色彩，出版過《向日葵》、《馬凡陀的山歌》等詩集。

㈢早期的新詩理論

五四以來，除了新詩的作品不斷增多之外，對新詩的討論，也一波又一波，出現了很多理論性的文章。《中國新文學大系》的《建設理論集》和《文學論爭集》輯有這類文章，又如楊匡漢等編的《中國現代詩論》上編（一九八五），是這類文章的結集。胡適、聞一多、朱自清、何其芳、艾青、卞之琳等等，是詩人，也寫過文章討論新詩的種種。我們這裡只能重點地討論兩篇：胡適寫的，和聞一多寫的，各一篇。二者都是早期新詩理論的重要文章。

胡適的〈談新詩〉寫於一九一九年十月，副題爲〈八年來一件大事〉，意思爲：文學革命（包括新詩的革命）是辛亥革命（一九一一年）以來的一件大事。此文分爲五節，其綱領爲：

第一節：新詩的出現，意義不小，值得談一談。

第二節：新詩是「詩體的大解放」，使內容可以「充分表現」出來。

第三節：今人做的新詩，很多都帶著傳統詩詞的意味和音節。

第四節：新詩也要注意音節，那是「自然的音節」。

第五節：做新詩，像做舊體詩一樣，「需要用具體的做法，不可用抽象的說法」。

胡適認爲中國文學史上，有四次詩體的解放。從《詩經》到《楚辭》（騷賦文學），是第一次；從《楚辭》到五七言古詩，是第二次；從五七言詩到詞，是第三次；從詞曲到五四的新詩，是第四次。

胡適在〈談新詩〉的第三節裡，舉了沈尹默等人的新詩，認爲這些作品都帶有傳統的意味和音節。這確爲事實。他們雖然要創新，但不自覺地受了傳統的影響。

在第四節裡，胡適討論音節的問題。他指出，所謂「節」，乃指「詩句裡面的頓挫段落」，有一字節、二字節、三字節以至四字節、五字節的，例如，在下面的新詩詩句裡，就有不同的節：「這一天／他／眼淚汪汪的／望著我／說道／你如何／還想著我？」胡適的所謂「音」，乃指詩的聲調，包括平仄和用韻。

胡適認爲當時新詩的趨勢，是「自然的音節」。換言之，一個詩句裡面的「節」的多少和長短，不必規定；「新體詩句子的長短，是無定的」。至於「音」，其主張爲：平仄要自然，用韻要自然。他指出：「白話詩裡只有輕重高下，沒有嚴格的平仄」；「有無韻腳都不成問題」。我們知道，傳統的五七言詩，多爲二字節和一字節，有嚴格的平仄和用韻的規定。如今胡適認爲傳統的「音」和「節」，新詩作者都要打破，這眞是「詩體的大解放」了。

胡適在音節方面，很重視實際朗讀的輕重高下。他所提倡的，名爲「自然的音節」，其實是要讀者靈活地去處理音節問題。不過，他又指出，「自然的音節是不容易解說明白的」，他後來把話題轉到「用內部詞句的組織來幫助音節」，所謂內部的組織，指的是「層次、條理、排比、章法、句法」。這樣一來，原本不容易解說明白的音節問題，現在是愈扯愈遠了。

〈談新詩〉的第五節，指出做新詩「需要用具體的做法，不可用抽象的說法」。胡適舉的都是古代的詩歌，用此來說明「具體」的重要。

綜觀〈談新詩〉一文，我們發現「解放、自然」是胡適的主要思想。此外，他強調「具體的做法」重要，這是正確的。因爲文學重視形象性，詩特別重視。所謂「具體的做法」，指的就是形象性。胡適指出，不管詩句的平仄安排如何，「讀起來自然有……」，這也很有道理，因爲實際的朗讀是非常重要的。

〈談新詩〉的第二節對五七言的絕句律詩大加貶抑，胡適認爲：「五七言八句的律詩絕不能容豐富的材料，二十八字的絕句絕不能寫精密的觀察，長短一定的七言五言絕不能委婉達出高深的理想與複雜的感情。」

胡適爲了提倡新詩，而把傳統的絕句律詩盡量貶抑，用了三次「絕不能」，實在是偏激的做法。胡適提倡的新詩，形式自由，是一大解放，固然甚有利於「充分表現」詩人的思想感情；然而古代的詩人，用絕句律詩來寫作，難道就不能「容豐富的材料」、「寫精密的觀察」、「委婉達出高深的理想與複雜的感情」嗎？我們讀一讀杜甫、李商隱等古代傑出詩人的作品，就知道胡適的說法大有問題了。

聞一多〈詩的格律〉（見《大系》）發表於一九二六年五月十三日的北京《晨報》副刊《詩雋》。全文分爲兩節。第一節指出：「棋不能廢除規矩，詩也就不能廢除格律」。聞一多說他所謂格律，就是form的意思，也就是節奏的意思。他又說：「本來詩一向就沒有脫離過格律或節奏。」在第二節中，聞一多提出詩的三美之說：音樂的美（音節）、繪畫的美（詞藻）、建築的美（節的勻稱和句的均齊）。他討論的重點在第三種美。他指出，古代的律詩，即具有建築的美。他進一步比較有建築美的律詩，和有建築美的新詩。

聞一多認爲律詩的格式，和新詩的格式，兩者並不相同。

第一，律詩永遠只有一個格式，新詩的格式卻是層出不窮的。第二，律詩的格律與內容不發生關係，新詩的格式是根據內容的精神製造成的。第三，律詩的格式是別人替我們定的，新詩的格式可以由我們自己的意匠來隨時構造。

聞一多的意見，一言以蔽之，是「新詩的格式是相體裁衣」。他嘗試爲新詩的格律，即他所說的建築美，建立原則，即每個詩行的「音尺」應有規定。以他的詩〈死水〉首行爲例，其格律（即節奏、句法）是這樣的：「這是／一溝／絕望的／死水」。用聞氏的話來說，這個詩行由三個「二字尺」（由兩個字構成的音尺）和一個「三字尺」構成。在同一首詩中，每個詩行如維持這樣的組合，就會構成這首詩的建築之美。

聞一多對新詩格律的主張，有若干復古的色彩；不過，他提倡的格律新詩，並不同於唐代近體詩中的律詩。格律新詩和律詩，相同之處是整齊。然而，在句法、平仄、用韻方面，二者不同；律詩比格律新詩要嚴格。另一不同是：格律新詩可以「相體裁衣」，而律詩則格律固定。

早期新詩的重要理論，見於胡適和聞一多的這兩篇文章。他們的主張，甚為不同：胡氏提倡自由體，聞一多提倡格律詩。他們之後，對新詩形式的討論，不出這兩個範疇。五四以來的詩作，在形式上，也離不開自由體和格律體，當然也有介乎兩者之間，即有格律卻不是聞氏格律說那樣嚴格的。寫新詩該用自由體，還是用格律體呢？兩種主張各有其背後的美學根據。欣賞和評價新詩時，詩的形式是我們要考慮的；不過，形式卻不是詩的全部。這些問題我們在下面還會觸及。

二、新詩導讀

㈠析評新詩的方法

詩的定義有很多。有人說很難為詩下定義，甚至說不可能為詩下定義。我認為詩的定義是可以下的，而且應該下。詩是文學的一種體裁。文學用文字來反映人生社會，來表達作者的感情思想。詩的性質和功能，也是這樣的。詩在各種文學體裁中，最強調形象性、精鍊性和音樂性。

新詩是相對於傳統詩歌而言的。新詩和傳統詩歌不同的地方在於：傳統詩歌用的是古代的語言，且傾向於用當時典雅的語言；新詩則用現代的中文（或稱現代漢語、語體、白話）。傳統詩歌（特別是唐詩、宋詞、元曲）講究格律，而新詩或講究格律，或不講究格律——即可自由爲之。

一般人讀新詩，就像讀其他文字作品一樣，可憑興趣而爲。他可以淺嚐即止，不求甚解，草草讀過作品之後，就高談闊論，隨意褒貶。現在我們研究新詩，卻不能這樣。研究者可說是專業讀者，要具有專業的精神。我們自然有個人的興趣和口味，不過，除此之外，我們要力求客觀，要知道怎樣去分析作品。在大量閱讀和分析、比較作品之後，我們嘗試評價這些作品。

無論新詩、舊詩（傳統詩歌），詩總是強調形象性；也因此，詩常用比喻和象徵。古希臘的大學者亞里斯多德，就十分重視比喻的運用，認爲比喻是修辭的基本技巧。中國古人所說的「賦比興」，比就是比喻，而興則類似於所謂象徵。所謂象徵，就是用具體的事物，來表示（或暗示）抽象的概念或思想感情。例如：火象徵溫暖、熱情、危險等；日落象徵式微、遲暮、衰亡等。

無論新詩、舊詩，詩總是比別的文學體裁（或稱爲文類，即genre）強調精鍊性的，也就是更重視怎樣經濟地運用語言。象徵的特色是：用一具體的事物來表示或暗示抽象的情意，而這情意往往不止一種，而是多種（上述火的象徵是個例子）。精鍊性的意思是：用最少的文字來表達最多的意義。象徵性和精鍊性有時是分不開的，二者的共同目標是：使詩具有「意外之意」，使詩耐讀。耐讀的詩，有時就是費解、晦澀的詩。古人說：「詩家總愛西崑好，獨恨無人作鄭箋。」就是因爲解說不容易，而有此感嘆。新詩裡面也有不少費解、晦澀的作品。六〇年代在台灣盛行的現代詩，特別多這類作品（當然，這類詩不在本課程範圍之內）。

無論新詩、舊詩，詩總是比別的文類重視音樂性。音樂性一般指詩的句法（syntax）、平仄、押韻。舊詩的音樂性，我們較易把握，因爲有固定的格式可以遵循；新詩的音樂性，特別是新詩中的自由體，就不容易了。胡適在〈談新詩〉中主張「自然的音節」，他說「自然的音節不容易解說明白」，既然如此，要把握就更困難了。

綜合以上所論，我向讀者建議一個閱讀、析評新詩的方法如下：

1. 認識這首詩的內容，知道它說的是甚麼。它對人生、社會有何反映、探索、啓示？它所說的，是否合情合理？是否深刻、獨到？有新意否？你讀後感動嗎？它是否引起眾多讀者的共鳴？（不過，我要提醒你，上述的問題如「獨到」與否，如「有新意否」，都不容易回答，因為你要透過大量的閱讀和比較才能下判斷。此外，一個讀者受感動，另一個讀者卻不一定，甚至根本無動於衷。）

2.這首詩的形象性如何？有沒有妥貼新穎的比喻？用了象徵沒有？其他的修辭手法如何？是否靈活多姿？想像力豐富否？（想像力通常表現於比喻、誇張等手法。）

3.這首詩是否用字精鍊，甚至字字珠璣？其結構嚴謹否？如果有多餘的字句，則其精鍊性就不足夠了。

4.這首詩有格律嗎？（格律指平仄、押韻、詩句和詩段——詩段也可以稱為詩節——的格式。）如果有格律，則其格律是否與詩的內容配合（即形式與內容配合）？如果這首詩是自由體新詩，則格律說不適用，而「自然音節」說又不容易解說明白，在這樣的情形下，我建議：把自由體新詩當作最精鍊的散文（或者可稱為「詩化散文」）來看待。

我已指出了第一點的一些難處，第二至四點同樣有難於清楚界定、解說或判斷之處。總而言之，上面建議的方法、其所用的標準，雖力求客觀、清晰、全面，但實際析評作品時，很難完全排除主觀、含糊、片面的成分。文學批評之難，就在這裡。

評論新詩的文章與專著極多，這裡介紹兩篇有關的文章。一是余光中的〈徐志摩詩小論〉（見《論文集》）。這篇文章評論了徐志摩的〈沙揚娜拉一首〉、〈偶然〉、〈再別康橋〉三首詩。徐志摩寫過很多詩，出版過《志摩的詩》、《翡冷翠的一夜》、《猛虎集》、《雲遊》等詩集。余氏此文討論的只是徐詩的一小部分，故題目有「小論」二字。

余光中對徐氏三首詩的析評，可爲詩評的範例。余氏指出〈沙〉一詩「婉轉溫柔」，寫的是使人低迴的柔情。他又認爲此詩富宋詞韻味，其句法並不西化。寥寥數語，就把〈沙〉詩的特色道出。余氏說：「在徐志摩的詩裡，這是一首上選之作。」這是余氏對此詩的評價。當然所謂「上選」，意義絕不像賽跑成績的幾分幾秒那樣精確。

余光中對〈偶〉詩的析評，較爲詳細。他說這是一首情詩，寫的是「緣」：「有緣的邂逅，無緣的結合，片時的驚喜，無限的惘然。」此詩用了雲、水、船等比喻，余氏說用得好：其轉接自然，有照應；換言之，詩的結構緊密。余氏對此詩語言的評論，深入而獨到。他指出詩中兩個西化句法，簡潔、生動而有新意，又認爲此詩「調和白話、文言、歐化三種因素，並非易事」。余氏在稱讚此詩之餘，也挑剔它聲韻上的毛病：亢拔嘹亮的去聲字太多，「未免太剛了一點」。

余氏對〈再〉詩的析評，用墨也多。此詩寫別情，「貌若灑脫而心實惆悵」。余氏指出，此詩「從晚霞到夕陽，從夕陽到星輝，從星輝到悄悄的夏夜，時序交代得井井有條」。對的，詩固然倚靠想像，可以有灑脫不羈的情懷，但詩也是要講層次、秩序的。余氏論詩，對中國風味和西方色彩的辨識、調和，一向甚感興趣。析評〈再〉詩時，他注意到它的中國詩詞韻味，以及它的西化句法。余氏向來也重視詩的音樂性，他津津樂道詩中「虹」、「夢」、「青」、「星輝」、「放歌」、「沉默」等字眼的重複，認爲這些字眼及其音韻，「交織成紛至沓來的音響效果」。余光中本人是當代極爲傑出的詩人，創作經驗豐富，精於中西詩學，他的評論精闢獨到，對我們欣賞徐志摩的詩，很有幫助。他的析評，也爲我們提供了典範。

當然，余氏對這三首詩的析評，並不曾窮盡它們內容和技巧上的一切。例如，〈再〉詩中的比喻「那河畔的金柳，是夕陽中的新娘」就很值得討論。詩人要和康橋及其周遭的景物分別，把河畔的金柳看作新娘。和新娘告別，是多麼使人傷心的事啊！從這個比喻的運用，我們可體會到「貌若瀟脫」背後的深深惆悵。此外，我要指出，我們還可以從其他不同的角度和理論，去析評這三首詩。文學評論向來是多角度、多理論、多聲音的。

另一篇是孫玉石的〈讀卞之琳的詩〉（節錄，見《論文集》）。孫玉石這裡析評的是卞之琳的〈斷章〉。短短的四行詩，而評論的文字，有四千言，平均用一千字來析評一行詩。

孫氏在文中引述李健吾的解釋，說〈斷章〉著重的是「裝飾」的意思，它表現了人生的一種悲哀。卞之琳不同意這樣的詮釋，他「夫子自道」，指出著重的是「相對」的意思。細覽這首詩，我認爲詩人自己的詮釋是有理的。此詩的前兩行和後兩行，都分別表現了「相對」的觀念。孫玉石在文中說，詩人想表示的，是「在宇宙萬物乃至整個人生歷程中，一切都是相對的，又都是互相關聯的。……詩人大約是想說，人們洞察了這番道理，也就不會被一些世俗的觀念所束縛，斤斤計較於是非有無，一時的得失哀樂，而應該透悟人生與世界，獲得內在的自由與超越。」

我們應該注意到，詩人只把情景寫出來，他並沒有把上面的哲學性道理直說出來。詩與哲學論文的不同，就在詩用形象性的寫法，而哲學論文用議論式的直說。

孫氏還評論了〈斷章〉中語言形式的安排，指出它用了「對舉互文」的手法。孫氏還關心這首詩有沒有新意。作品是否創新，不容易下判斷。孫玉石這裡拿〈斷章〉和五代馮延巳的詞〈蝶戀花〉比較，說明二者所用的意象（image）雖然近似，卞詩明顯地有所開拓。馮延巳〈蝶戀花〉有「獨立小橋風滿袖，平林新月人歸後」的句子，〈斷章〉所用的字眼，如「橋」、「人」、「月」等，和馮延巳這兩句的一些字眼是一樣的，情景也有近似之處。然而，馮延巳這兩句在寫景抒情之外，缺乏〈斷章〉的哲理性涵義。通過這樣的比較，我們知道卞詩在這方面來說，確有其創新之意。

㈡析評自由詩

下面要閱讀、析評的詩，都是相當著名的。上面我們論及新詩的重要流派時，也每每舉過它們做例子。你在不同場合讀過這些詩，又讀過對它們的評論文字，對這些作品應該有頗深刻的印象。下面的析評，由於篇幅的關係，不可能寫得詳細。我在上面已詳述過析評新詩的方法，又介紹過余光中、孫玉石的兩篇文章，相信讀者已把握了析評新詩的方法。下面的導讀，即使不很詳細，對讀者應有指引的作用，應能舉一反三。由於所舉的作品，都相當著名，很多書如《從徐志摩到余光中》（羅青，一九七八）、《中國新詩鑑賞大辭典》（吳奔星，一九八八）、《新詩三百首》（蕭蕭等，一九九五）等，都有賞析，讀者如果有興趣和需要，大可自行參考這些書，以增加對這些作品的理解。

❖郭沫若的〈筆立山頭展望〉和〈鳳凰涅槃〉

筆立山在日本門司市西，郭沫若登臨過，看到這個都會的工業文明，寫此詩加以讚美。〈筆〉是自由詩，詩行長短不一，不押韻，沒有甚麼明顯可見的平仄格式。全詩用了無數感嘆號，用了很多排比句，以造成氣勢，以抒發浪漫激情。詩人讚美近代文明，把煙筒的黑煙比喻爲黑色的牡丹（二十世紀九〇年代的我們，反對空氣污染，當然絕不會這樣讚美）。他又把黑煙喻爲「近代文明的嚴母」，意思是有這些煙，才產生近代文明。這個比喻不大經得起推敲。煙是輕飄飄的，爲甚麼不把實實在在的工廠或輪船比喻爲「近代文明的嚴母」呢？此外，「人的生命便是箭，正在海上放射呀！」的比喻，也不見得妥貼有理。郭沫若的詩，以激情和氣勢勝，而思慮往往不夠綿密。

〈鳳凰涅槃〉也是自由詩。此詩雖有押韻（但不規則），也有若干四行的詩節，但沒有固定的格律。郭沫若自言「此詩象徵著中國的再生」；黃修己在《中國現代文學發展史》也說：「這首長詩用鳳凰五百歲後自焚，在火中得以永生的神話，以鳳凰象徵古老的中國。」（八五頁）鳳凰在集香木自焚之前，唱歌表示懷疑、詛咒、仇恨之情，針對的是整個世界宇宙。自焚後更生，是新鮮、淨朗、華美、芬芳……的新生活。這首詩充滿浪漫激情，各種喜怒哀樂直接噴薄而出。此詩頗具氣魄，甚有野心——用鳳凰象徵中國的死亡與新生。不過，其表現手法不無可議之處。在《中國新詩鑑賞大辭典》中樓棲指出：詩中「一的一切」、「一切的一」內容是甚麼，相當費解。他又批評，此詩寫中國的再生，只用一些「新鮮」、「淨朗」等讚美詞，「未免華而不實」。我認為此詩的缺點還包括：坽詩中並不涉及任何中國歷史，也因此讓我們看不到中國的影子，鳳凰象徵中國這個寫法失諸空洞；麦近代中國之弱，不能只歸咎於國際環境（詩中的「宇宙」），中國人應自我反省，而這一點此詩並沒有表現出來；夼自焚時是痛苦的，只有付出這個痛苦的代價，才有新生，這一點此詩全無觸及；娃「涅槃」是佛家語，為寂滅之意。此詩最後以十多個「歡唱」收結，和寂滅的境界相差十萬八千里。此詩的題目，應改為〈鳳凰再生〉之類。

❖何其芳的〈古城〉

這是一首頗長的抒情詩；詩行長短不一，間中押韻，詩節行數多寡不均，屬於自由體新詩。詩人表達其蒼涼、落寞的情緒。他到處浪遊，希望找到理想的地方，落空了。他逃離荒原一樣的古城，但遭遇到的是悲涼絕望。年輕的詩人在動盪的時局，上下求索，此詩記述心路歷程，頗能代表當時一些知識青年的心聲。這首詩在修辭上頗爲考究。第二、三行「長城像一大隊奔馬／正當舉頸怒號時變成石頭了」用了超現實手法，很具戲劇性。「墜下地了／黃色的槐花，傷感的淚」兩行中，花與淚兩個意象有蒙太奇效果；這裡的倒裝句法，「墜下地了」在詩行中的低位置，也很別致。說是倒裝句法，因爲順裝句是這樣的：「黃色的槐花，傷感的淚／墜下地了」。本詩的末段，回應前文，結構上頗見嚴謹。「風又吹湖冰成水」、「又有人圍著桌子喝茶」兩句，恢復了生氣，使人覺得不應只有悲涼。然而，喝茶的人閒聊，聊的可能又是奔馬變成石頭的故事，也就是說又回到從前的情景。詩人求變，而結果不變，這是使人感到悲哀的。這首詩形象性強，變化有致，用詞精鍊，內容惹人沉思，是出色的作品。

❖臧克家的〈運河〉

〈運河〉多數的詩行長短參差，雖然常有押韻，但押韻時並沒有固定的格式，它也不分節，因此可說是一首自由詩。〈運河〉長一〇九行，主題是咒詛「統治者的淫威」，同情「奴隸們的辛苦」。臧克家寫此詩時，在山東省臨清中學教書。臨清接近運河中游。詩人在黃昏時，臨河佇立，沉思運河的歷史，感慨萬千。此詩以大量具體的事例，敘述老百姓開鑿運河之苦，而鑿成之後，統治者利用運河輸送海內的珍奇，以滿足口腹之慾，又利用運河行軍，掀起戰爭。秦始皇修築長城，也是勞役百姓而成，所以臧克家把運河與長城相提並論。詩中用了很多歷史典故，又引用神話傳說，這些都與主題有關，且增加了詩的廣度和深度。此詩擅於運用誇張、對比、呼應等手法，具見詩人對藝術的經營。此詩雖然不致無懈可擊，但在三〇年代來說，可稱得上是傑出的。我在《怎樣讀新詩》一書中，對此詩有較詳細的析評。讀者如果有興趣，可找來一看。

❖艾青的〈大堰河〉

〈大堰河〉是艾青的成名作，一九三三年在獄中寫的。此詩寫作者的褓姆大堰河勤勞的一生，她善良、貧窮，忍受種種的痛苦。詩人深深地敬愛她，用「飽蘸激情的筆」來寫她。大堰河成爲現代文學中一個重要的農村婦女形象。黃修己在《中國現代文學發展史》中說「這首自由體詩的文字本身並沒有多少音樂性，倒是比較質樸、粗獷的」（四五五頁）。確實如此。黃修己的批評，我認爲還不夠。〈大堰河〉的文字，甚爲粗糙、機械、冗長（如「你的關閉了的故居簷頭的枯死的瓦菲」、「我摸著新換上的衣服的絲的和貝殼的鈕扣」）。此外，它寫來即興性頗濃，一些細節（如掐死虱子之類）是可有可無的。同樣寫農村婦女，魯迅的小說〈祝福〉就比艾青的〈大堰河〉有深度得多，在藝術上優秀得多。作品的流傳，有時要講運氣。艾青寫出這樣的一個農村婦女，在新詩史上，是以前少有的。他在獄中寫成此詩，可能因此獲得讀者的一些同情分。論詩歌藝術，此詩只得粗糙二字。（艾青是著名的詩人，在大陸甚受推崇。他後來寫的詩較洗鍊，藝術性較高。）

❖辛笛的〈再見，藍馬店〉

這是一首自由體新詩，是辛笛留學英國時期所作。有一次，詩人旅行時，在一間名爲藍馬店的小客棧歇息一夜。他把旅途中的印象、感受寫下來，成爲這首詩。全詩分爲四節，詩句長短不一，不押韻。第一、二節是藍馬店的主人對詩人說的；第三節則爲詩人的話；第四節爲店主的話。寫此詩的時候，世局變幻，詩人隻身旅居外國，寂寞而苦悶。首二節述店主舉燈送客，末節店主殷殷話別，語帶勉勵，萌生了一股暖意。

辛笛寫作〈再見，藍馬店〉時西班牙在打內戰。馬德里是西班牙的首都。黑、紅、紫三色大概指三種血的顏色：乾涸的血、鮮血、凝結的血，可見戰況的慘烈。鐵工手拉風箱，臂膀上筋肉起伏。這個描寫，論者認爲乃隱喻希特勒在歐洲張牙舞爪。詩人想與滿懷理想的吉訶德先生（Don Quixote）同行，但現實和森林一樣，是羈絆人的藤蔓，和使人戰慄的魔鬼笛聲。

十九世紀後期興起的印象主義（impressionism）繪畫，對辛笛此詩似有影響。第二節的燈火、門上的黑影與板橋上的白霜，反差頗大，有印象派特色。第三節的「透明的葡萄」、「黑紅紫」三色亦然，都是一些光影色澤的捕捉。這首詩寫的是現代的一個生活情景，卻融合了不少古典詩詞意境，也是它的特色所在。口語化的文字，卻不累贅，且有文言句法穿插，頗有搖曳生姿之美。公木主編的《新詩鑑賞辭典》（一九九一）對此詩的析評可供參考。

此詩的第二、第三兩節，很可能是從溫庭筠〈商山早行〉的「雞聲茅店月，人跡板橋霜」而來的。末節店主的勉勵，則可能受到李商隱詩句「年少因何有旅愁」的啓發。辛笛讀過不少中國古典詩歌，很可能受到影響。

㈢析評格律詩

❖聞一多的〈死水〉

新月派詩人徐志摩、聞一多寫的大都是格律詩。徐志摩的〈沙揚娜拉一首〉、〈偶然〉、〈再別康橋〉，上面已析評過。聞一多的詩講究格律，辭藻濃麗，有唯美傾向；他也寫了不少與時代社會有關的詩。〈死水〉是聞一多的代表作。這首詩一共五節，每節四行；每行九個字，分爲四個「音尺」（或稱爲「頓」）；每節押一韻，第二、四行押韻。這是首格律嚴謹的新詩，它有建築之美（詩行和詩段都整齊勻稱），加上音樂之美（押韻）、繪畫之美（形象、色彩鮮明），是聞一多詩學理論的具體實踐。

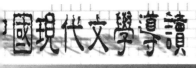

聞一多的好友梁實秋指出，聞氏寫〈死水〉時人在美國（按：聞氏在一九二三～一九二五年留美），這首詩寫現實的醜惡，也有「化腐朽爲神奇」的企圖。另一種說法是：此詩在聞氏回國後才寫。當時北洋軍閥統治，中國亂七八糟。詩人眼看現實如此醜惡，前途無望，心情激憤，要「讓給醜惡來開墾」。對於「醜惡」有兩種不同的解釋。一是朱自清說的：「索性讓醜惡早些『惡貫滿盈』，『絕望』才有希望。」一是臧克家說的：「應該把『醜惡』意會爲黑暗現實的反面。……不如索性讓另一種力量來開墾它。……是否可以把這種希望理解爲革命？」這首詩的主題，向來解說不一。詩中的死水、破銅爛鐵、翡翠、桃花等意象，可能有言外之意，但其意何在呢？誠然費解。這是一首用象徵手法寫成的詩：用具體的事物，來暗示抽象的感情思想。

❖聞一多的〈天安門〉

〈天安門〉也是格律詩，每行十個字，每兩行押韻。每行的音尺則沒有固定的格式。此詩寫於「三一八慘案」之後。一九二六年三月十八日，因日本軍艦向我軍開炮事，愛國的學生和群眾在天安門示威請願，段祺瑞政府的衛隊開槍鎮壓，死學生二十餘人。正如《發展史》一五三頁所說的，此詩以此事件爲背景，寫法較爲含蓄。〈死水〉寫醜惡的東西，〈天安門〉寫可怕的事情。有些人覺得花前月下的美人樂事才是詩，才有詩意，這兩首詩眞是沒有詩意了。不是的。詩意不能作這樣狹隘的理解。不管是甚麼題材，都可以入詩。〈天安門〉以一個人力車伕的獨白，寫他的恐懼心情，用曲筆襯托出天安門日間的血腥景象。車伕害怕有鬼在後面追來，那是日間遇害的學生。

車伕認爲十來歲的學生有得吃，有得喝，卻竟然學那些當兵的白白去送命，眞是傻瓜；他們應該老老實實過日子，不應該開會鬧事。車伕顯然不瞭解學生們爲何要示威請願，這就好像魯迅的小說〈藥〉所寫的無知老百姓，不知道青年夏瑜爲甚麼要起來革命，反對滿清政府一樣。〈天安門〉的獨白者是人力車伕，沒有甚麼知識的。聞一多用的語言，十分口語化，十分「土」，正吻合車伕的身分。此詩寫來情景逼眞，如一小段戲劇。〈天安門〉屬於「戲劇化獨白」，下面會討論這種體裁。

❖戴望舒的〈雨巷〉

〈雨巷〉共七節，每節六行，每行字數不一定，但不太參差。詩中「長」、「巷」、「娘」、「芳」、「徨」、「悵」、「光」、「茫」等字押韻，但韻式不很固定。〈雨巷〉是首不很嚴謹的格律詩。

它寫美麗的少女，寫哀愁，有頗悅耳的音樂性（押韻、重複句子等），因此較為容易討好年輕的讀者。它的文字不累贅，寫法相當集中，沒有不必要的枝葉；雨巷、傘子、丁香姑娘等意象交疊出現，頗有法國印象主義繪畫的風味。戴望舒曾留學法國，可能受到這方面的影響。

李璟的詞〈浣溪沙〉有「丁香空結雨中愁」的句子，論者說〈雨巷〉是這個句子的「稀釋」。戴望舒的〈雨巷〉，其主要意象是丁香、是雨，其情調是虛空、愁鬱；說此詩是「丁香空結雨中愁」的稀釋，是有道理的。不過，李璟詞中的丁香，是花，而〈雨巷〉寫的是丁香一樣的姑娘，兩者的景象當然有別。此外，重鋪排、重複的〈雨巷〉，整首詩對讀者的美感經驗，和單獨一句「丁香空結雨中愁」所引起的，其濃淡久暫，自然也不同。

❖戴望舒的〈獄中題壁〉

〈獄中題壁〉共四節，每節四行，每節的第二、四行押韻；每行字數多少不一定，但相差有限。這是一首格律詩。

一九四二年春天，戴望舒在香港被日軍逮捕入獄，身受刑罰，有被處死的可能。詩人在獄中寫此詩，以洩悲憤。此詩傾訴抗日愛國之情，和他早期詩作中的傷感氣氛大不相同。他希望，如果自己死了，朋友會深記此仇；更寄望抗戰勝利，那時，朋友會把他的靈魂和白骨都高高舉起來，歡呼凱旋。土牢的暗黑潮濕，山峰的太陽和飄風，構成強烈的對比，表示他坐牢時環境的惡劣。這首詩的時間，向前（如果他將來死了，及死後的情景），又向後（將來死了之後，倒後敘述坐牢時景況），頗有轉折。這個情形，和李商隱〈夜雨寄北〉一詩的時間推移，有異曲同工之妙。〈夜雨寄北〉一詩如下：「君問歸期未有期，巴山夜雨漲秋池。何當共剪西窗燭，卻話巴山夜雨時。」第三句設想將來剪燭夜話的情景，第四句設想將來剪燭夜話時，憶述巴山夜雨（即現在）的情景。換言之，時間是向前再向後地推移。

❖卞之琳的〈白螺殼〉

這首〈白螺殼〉共四節；每節十行；每行七字，分爲三個音尺（以二字尺及三字尺爲主）；押韻的形式是ababccdeed，例如第一節的韻腳是：你（a）塵（b）裡（a）情（b）湧（c）工（c）海（d）珠（e）住（e）唉（d）。它是一首嚴謹的格律詩。七言詩行是中國古典詩歌最重要的詩行之一，〈白螺殼〉用的是七言詩行，但其節奏（句法）和中國古典詩歌的七言詩行大異其趣，由此可見卞之琳推陳出新的嘗試。

這首詩不太好懂。我曾在《怎樣讀新詩》中，介紹一種閱讀新詩的方法。碰到並非一目了然、一讀就懂的作品時，我們可用「六何法」：何人（who）、何時（when）、何地（where）、何事（what）、何解（why）、如何（how），即「5W1H法」。換言之，我們細細閱讀此詩時，一個一個「何」字地問，弄清楚在講話的是誰，把「我」、「你」、「他」弄清楚，把時間、地點、事件等也弄清楚，又不斷地問：「爲何這樣寫？」「這個字爲何在這裡？」用這個「六何法」，當有助於我們對詩歌內容以至詩歌藝術的瞭解。

〈白螺殼〉的「我」和「你」兩個代名詞，在不同的詩節裡，所指的人或物是不同的。這是使讀者頭痛的事。卞之琳是個肯用心思的詩人，有時甚至挖空心思，把詩寫得刁鑽、奧秘，要和讀者捉迷藏。我且提供欣賞〈白螺殼〉的一些線索如下。第一節的「我」是詩人自己，首句的「你」指白螺殼，第六至十句的「你」卻變爲大海了。這第一節，先寫詩人對著白螺殼講話，後來對著大海講話。詩人先讚嘆白螺殼的空靈純潔，繼而讚嘆大海的「神工」與「慧心」。第二節的「我」轉而爲白螺殼，這第二節變爲白螺殼的獨白，但這個白螺殼又似乎隱隱然有詩人的一些人生觀：人生不外是「愛」和「哀」，人要出脫虛幻（「空華」），要超越自我。第三節也是白螺殼的獨白，不過此節的最末兩行，卻是「多思者」的話，因此第九行的「你」是白螺殼，而第十行的「我」是「多思者」。這個多思者就是沉思者，就是詩人自己。第二節寫的是想像世界，第三節寫的卻是現實世界。第四節的「我」、「你」所指爲何，何者爲詩人自己，何者爲白螺殼，眞不容易分辨。不過，詩人自己往往想像成爲白螺殼，所以，要絕對分清楚「我」和「你」所指爲何，似乎是沒有必要的。〈白螺殼〉寫人對理想、對美的追求，寫對人生的沉思。我這裡的導讀，只提供了一些線索。要好好認識這首詩嗎？還得請你也來沉思，來做個「多思者」。

❖臧克家的〈老馬〉

〈老馬〉分爲兩節，每節四行，除兩行爲九字外，餘皆爲八字。它押韻，韻式是abab，cdcd。詩中的老馬，承受沉重的壓力，被鞭打，不敢反抗。這是個象徵，詩人對苦難深重的中國老百姓表示同情。臧克家寫來形象突出，集中凝練。

❖袁水拍的〈老母刺瞎親子目〉

這首詩附有作者的說明，事情實有所本，可說是一首「新聞詩」。詩人用淺易的文字，敘述老母把兒子雙目刺瞎的原因和經過：老母的悲憤，充分表現出來。「莫怪你娘心太狠」重複了一次，反映了她非常的痛苦。「大雪落紛紛／河裡結了冰」兩句，既寫當時的天氣，也暗示當時的政治環境。國家打仗，苦的都是老百姓。這首詩很容易叫人聯想到唐代詩人白居易的〈新豐折臂翁〉，而其悲慘猶有過之。在形式上，〈老母刺瞎親子目〉共四節，每節五行，每行長度不一，但有其基本格式。押韻；但韻式不嚴謹。它不像聞一多〈死水〉那樣嚴格，但可算是一首格律詩。此詩語言淺白，有重複句和排比句，頗有民謠風味。

三、圍繞新詩的種種問題

(一)新詩與古典詩的關係

五四興起的新詩，有數十年的歷史。新詩一詞往往也兼指五〇年代在台灣興起的「現代詩」。至於古典詩，也可稱爲古典詩歌、古典詩詞、傳統詩歌、傳統詩詞、舊詩、舊詩詞等；這七個詞語，其意義有區別，不過，我們往往籠統地把它們的意義視爲差不多。

新詩的產生，起因於要革舊詩的命。新詩崇尚自由，其「反叛性」是相當強的。胡適在〈談新詩〉一文中，貶抑舊詩，用了三次「絕不能……」，這些我們在上面已有認識。其實，喜新忘舊、崇新抑舊、貪新厭舊的態度，是不對的。新詩固然是中國二十世紀詩歌的主流，但舊詩仍有其吸引力，仍有人寫作舊詩，舊詩的優點仍值得寫新詩的人學習。

爲甚麼說新詩是二十世紀中國詩歌的主流？理由是：(1)《中國現代文學史》一類的書，一般都只講新詩，而不講現代作家寫的舊詩；(2)海峽兩岸及香港的中小學中文教科書，選出新詩作課文，卻不選現代作家所寫的舊詩作課文；(3)在文學研究的範疇，對新詩的研究和評論，遠多於對現代作家所寫舊詩的評論。

正如筆者〈論詩的新和舊〉（見《論文集》）所指出的，舊詩在格律上有種種要求，甚至形成束縛，如湊韻、湊字等等，而寫法也有陳陳相因之弊（如「可憐日暮嫣香落」的套語式寫法），不過，舊詩整齊工巧，聲調鏗鏘，看起來比一般的新詩精美，比一般的新詩易於背誦。舊詩所用的各種修辭技巧，如比喻、象徵、誇張、對比、反諷等等，實在無所謂過時不過時，因爲這些技巧是基本的、普遍性的文學技巧，新詩自然也用得著，甚至非用不可的。

很多新詩作者，如早期的胡適、聞一多，較後的何其芳、辛笛等，對舊詩有頗佳的修養，他們作新詩時，有時會自覺或不自覺地用了一些舊詩的句子、一些舊詩的意境。例如，上面析評辛笛的〈再見，藍馬店〉時，就指出此詩很可能轉化地用了溫庭筠的「雞聲茅店月，人跡板橋霜」兩個詩句。又例如，艾青的〈雪落在中國的土地上〉有「中國／我的在沒有燈光的晚上／所寫的無力的詩句／能給你些許的溫暖麼？」等句，這些句子所表現的情懷，舊詩中也是有的。杜甫、李賀、陸游等，都愛國，卻又都覺得個人之力量微薄，難以爲國家做些甚麼。杜甫〈宿江邊閣〉的「不眠憂戰伐，無力正乾坤」的情懷，和艾青的並無二致。

憂時憂國，以及生老病死、愛情戰爭等惹起的感觸，現代人有，古代人也有；現代的詩人寫，古代的詩人也寫。因此，除了技巧之外，在感情思想上，新詩和舊詩也有很多相通之處。古典詩歷史悠久，佳作傑作如林；現代的詩人想超越古典詩，就要用現代的詞彙和形式，把詩寫得更富現代感、更靈活、更多變化，因此要用新詩的形式來寫詩。不過，古典詩的眾多瑰寶，其光輝不會磨滅，且會滋潤後代的詩人，包括五四以來新詩的作者。

(二)新詩如何受外國詩歌的影響

卞之琳在〈新詩和西方詩〉（見《論文集》）中指出，中國的文化，包括文學，向來受到外國的影響。五四時期郭沫若的新詩，就受到美國詩人惠特曼（Walt Whitman）浪漫詩歌的影響；徐志摩和聞一多，也有英美浪漫派詩的格調。稍後的戴望舒，其詩則有法國象徵派的風味，何其芳和艾青亦然。馮至則在德國詩人里爾克的影響下寫出了《十四行集》。

卞氏認為西方的影響有好有壞。在語言方面來說，好的影響是「使我們用白話寫詩的語言多一點豐富性、伸縮性、精確性」。但也有壞的一面。例如無韻自由詩這種體裁的傳入，豐富了中國詩的表現方式，可說是好事。但這卻提供了不假思索、鬆鬆垮垮、隨便寫「詩」的藉口，是值得我們警惕的。

筆者撰有〈五四新詩所受的英美影響〉一文（見《論文集》），現簡介其內容如下：

在各國文學中，英美文學對中國文學的影響特別深（大概是最深的），主要因為英美文學本身成就大，英文是世界性語文，而且中國人學外文的以學英文為最多。此文用近乎個案研究的方式，詳細述論英美詩歌對胡適、徐志摩、聞一多的影響。（還有許多新詩作者受過英美詩的影響，或受過其他外國詩的影響；這些都不能一一說明。）文中的五四時期，指的是一九一七年至一九二七年的十年間。胡、徐、聞三人在中國新詩史上，有重要地位，三人都曾留學英美，他們對英美詩歌的興趣和修養不同，所受影響亦異，而以聞一多爲最深。

很多研究者都指出，胡適提倡以口語、以自由形式寫詩，頗受了美國意象派詩人（the Imagists）的啓迪。聞一多主張格律，曾引述Bliss Perry的話來壯他理論的聲勢。他又提倡「音尺」說，「音尺」這個概念是從英詩的foot或meter而來的。徐志摩和聞一多分別對英國詩人拜倫、哈代、濟慈、白朗寧的作品加以介紹，且受其影響而寫出有拜倫風、哈代風、濟慈風、白朗寧風的作品。英國詩歌的一些重要體式，如limerick、十四行體、戲劇化獨白等，經徐、聞二人引進了中國詩壇，使中國新詩的大花園中花草的品種更多了。

徐志摩的名作〈偶然〉，用的就是limerick的體式。聞一多的〈天安門〉，則爲戲劇化獨白。這種體式，下面會較爲詳細地說明。至於十四行體，特介紹如下。十四行詩，英文是sonnet。每首十四行，每行十個音節，採用的是先抑後揚的「抑揚格」；即每行由五個「抑揚格」的音步組成（英文沒有平仄，但發音時有輕音、重音之別；輕即抑，重即揚）。十四行詩，又音譯爲「商籟體」或「聲籟體」。十四行詩因其押韻方式及分節方式的不同，而分爲兩類。義大利式是四行四行、三行三行：abba abba，cde cde。莎士比亞式是四行四行四行、二行：abab cdcd efef，gg。十四行詩是西方最常見、最重要的格律詩，其文學史上的地位，近於中國近體詩中的律詩。例如，徐志摩詩集《猛虎集》的〈獻詞〉就是一首十四行詩，不過，它押韻的方式，既非義式，也非莎式，但較爲接近莎式。

㈢新詩中的戲劇化獨白

這裡介紹的聞一多的〈天安門〉和卞之琳的〈酸梅湯〉寫法獨特。〈天安門〉的說話者是一人力車伕，他拉著車，在晚上經過北京天安門廣場時，向車上的乘客說這番話。〈酸梅湯〉的說話者也是個人力車伕，在夏末秋初的時節，在街道上一角，他一面休息，一面和賣酸梅湯的老頭兒講話，也向路人兜攬生意。這兩首詩，有共同的特色：⑴都是一個人由頭到尾獨自說話；⑵我們從說話中，可推斷說話者的身分、他向誰說話、說話時在哪裡、在甚麼時候。換言之，詩中有關的人物、時間、空間，我們都可一一推斷；當然，我們也知道說話的內容，這番話究竟傳達了甚麼意思。〈天安門〉和〈酸梅湯〉的寫法，相當特別。這樣的寫法，新詩中不多；中國的傳統詩歌，據我們所知，是沒有這種寫法的。這兩首詩，就寫法而言，是「戲劇化獨白」（dramatic monologue），是從英國詩歌中引進來的。

英詩中戲劇化獨白的寫法，由白朗寧（Robert Browning, 1812-1889）確立。據梁實秋的記述，聞一多在美國留學時，修讀過白朗寧的詩，聞一多受了影響，回國後，試用這種寫法，不足爲奇。卞之琳大學時唸的是外文系，又曾師法聞氏，目染耳濡，寫出這類戲劇化獨白，也不叫人感到意外。

戲劇化獨白的特色，是治詩與戲劇於一爐。既是詩，它具有詩的精鍊經濟；又是戲劇，它具有戲劇的故事性和生動眞實。名爲獨白，詩中的話，自始至終，是由故事的有關人物單獨一人說出來的。聽者通常是特定的某某人或某些人。如果聽者是一般泛泛的讀者，那就不夠正宗了。成功的戲劇化獨白，予人的感覺是：眞事眞話，由當事人現身說法，效果生動眞實，與現實生活無異。此外，人物性格的入微刻劃、人生問題的嚴肅探索、社會現實的深切反映、藝術技巧的超卓表現等等，也是不可少的。

〈酸梅湯〉中的人力車伕有樂天的性格：別人不說話，他說；酸梅湯沒有人喝，他喝；在樹底下睡覺眞有趣，睡久了，保證有樹葉作被子。粵語有謂：「天塌下來，當被子蓋。」用來形容樂觀的人。這位人力車伕正是這樣。〈酸梅湯〉表現了一種平淡恬靜的人生態度：時光流逝，人的年華老去，而生活保持平靜。賣完了酸梅湯，就賣柿子、花生；柿子去年這樣，今年也這樣，就像花生和去年的總是一樣。

聞一多的〈天安門〉和卞之琳的〈酸梅湯〉，用的都是格律體。不過，戲劇化獨白也可以用自由體。當然，說話者絕對可以不是人力車伕。這兩首的說話者都是人力車伕，只是巧合罷了。五四以來，中國的戲劇化獨白詩並不多，這是從西方引進的稀有品種，是新詩中的黑牡丹，值得我們好好培植。

㈣新詩的格律與音樂性

我們可分爲三方面討論詩的格律：詩行與詩節的結構、平仄以及押韻。聞一多的〈詩的格律〉一文（見《論文集》），主要提出「音尺」的理論，他要求新詩有節的勻稱（即每一詩行有固定數目的音尺）和句的均齊（即每一詩行的字數一樣）。換言之，他只討論到詩行的結構。聞一多該文沒有涉及詩節，不過，我們閱讀他的作品，就知道他的詩，每節的行數有一定。該文沒有涉及押韻，不過，他的詩都是押韻的，而且韻腳相當有規律。至於平仄，該文也不涉及。

余光中評論徐志摩的〈偶然〉（見《論文集》）時，說該詩「在這交會時互放的光亮」一句，十個字中有六個字是去聲字，太多了。不過，無論是五四的詩人或詩論家，或者是當代的詩人或詩論家，就我所知，都沒有人爲新詩提出過類似「平平仄仄平平仄」那樣的格式的主張。換言之，即使是格律詩的提倡者，對新詩的平仄，也不是十分重視的。一般的想法大概是：寫新詩，只要做到沒有一大堆平聲的字走在一起，或者沒有一大堆仄聲的字走在一起，就行了。至於新詩中的自由體，也就是卞之琳在〈新詩和西方詩〉所說的無韻自由詩，則似乎是鬆鬆垮垮、隨隨便便就可以寫出來，甚麼格律都不要了。

新詩的格律是一大問題，也是一大難題。格律太嚴的話，好像在復古，在回到唐詩宋詞的老路上；完全沒有格律的話，則看起來不像詩。就新詩的格律來說，究竟有沒有一個中庸之道呢？也許有吧。那就是：即使詩行和詩節不很整齊，也不要太參差；押韻方面，偶然押韻應該比完全不押韻好；平仄呢，「平平仄仄平平仄」的嚴謹格式自然是不需要的，但一連四、五個平聲字或仄聲字走在一起，就不大順口了，因此要避免。

至於音樂性，這是和格律有密切關係的。為詩定格律，乃為了使詩讀起來諧協、鏗鏘，使詩的音樂性增強。詩不能沒有音樂性，但詩的音樂性討論起來非常複雜。而且，詩的音樂性有「先天的」和「後天的」兩種。「先天的」音樂性指詩中文字本身的平仄、清濁等音質，以及詩行的句法、押韻等；「後天的」音樂性指朗誦時實際的處理。聞一多的〈死水〉是格律詩，有其相當好的「先天的」音樂性；然而，如果由一個不善於朗誦的人來讀，〈死水〉一定不悅耳，可能是「死氣沉沉」。艾青的〈大堰河〉句法機械，文字累贅，不講究平仄、押韻，「先天的」音樂性很差；然而，如果由一個朗誦高手來處理，此詩可能抑揚頓挫，予人鏗鏘之感。

(五)新詩是否分行的散文？

一代有一代的文學。上面說過，新詩是二十世紀中國詩歌的主流。但也有人把新詩視為逆流。有些人寫新詩，隨隨便便，任意而為，或形式怪異，或內容晦澀，或兩者兼之。論者於是說新詩是打翻了鉛字架後胡亂拼湊出來的東西。這當然是偏激的、「一竹篙打翻一船人」的說法。較客氣的批評則是：「這東西怎麼好算詩，長長短短的句子，有的連韻都不押，只是隨便幾句話罷了。倘若這樣也算得詩，我們每時每刻都在做詩了。」（葉紹鈞、夏丏尊，一九三二）換言之，新詩不過是分行來寫的散文罷了。

新詩是否分行的散文？這個問題要分開來看。第一，聞一多所提倡、所寫作的那種格律詩，整齊且押韻，當然不是分行的散文。第二，卞之琳所說的「無韻自由詩」，有時卻眞的和散文沒有甚麼分別。例如，郭沫若的〈筆立山頭展望〉和艾青的〈雪落在中國的土地上〉、〈大堰河〉等詩，假定排印的時候不是分行的話，我們的確可以說：句子長長短短，不押韻，和散文有何區別？

這第二類的新詩，大可稱之為分行的散文。不過，即使是無韻自由詩，也還是和一般的散文有分別的：⑴前者篇幅總是較短，後者較長；⑵前者表現手法較集中，通常較少先交代時間、空間、人物等背景；而後者通常先交代這些；⑶前者比後者更多用排比句、用誇張法、用比喻等修辭手法。古代詩與文的不同，也有助於我們理解這一問題。同以赤壁及其歷史為題材，蘇東坡的〈念奴嬌．大江東去〉用的是詩詞的寫法，而〈前赤壁賦〉是散文的寫法。

有些人認為詩必定是整齊且押韻的，甚至必須講平仄，因此只有舊體的絕句律詩才是詩，新詩的無韻自由詩自然不是詩了。我們生活在民主、多元的社會，是要尊重別人的觀點和信念的。我們應該容許人把無韻自由詩稱為分行的散文；不過，我們也應該讓這些人思考：散文容易寫得好嗎？某一首「分行的散文」，如果它是一篇凝鍊的好散文，那末，它不是一篇好作品嗎？

提出一個值得討論的問題：如果把何其芳的〈古城〉形容爲一篇分行的散文，你對此有何意見？這樣形容沒有甚麼大錯。不過，〈古城〉是有押韻的，例如第一節的「馬」、「芽」、「嗟」。只是押韻比較隨意，沒有固定的格式。〈古城〉確是句子長短不一，每節的行數也不一定。〈古城〉比一般的散文凝鍊，講究修辭；此外，「在危闌上憑倚……」、「墜下地了」兩行的視覺效果，是一般散文所不具備的。

第三章

現代小說（上）

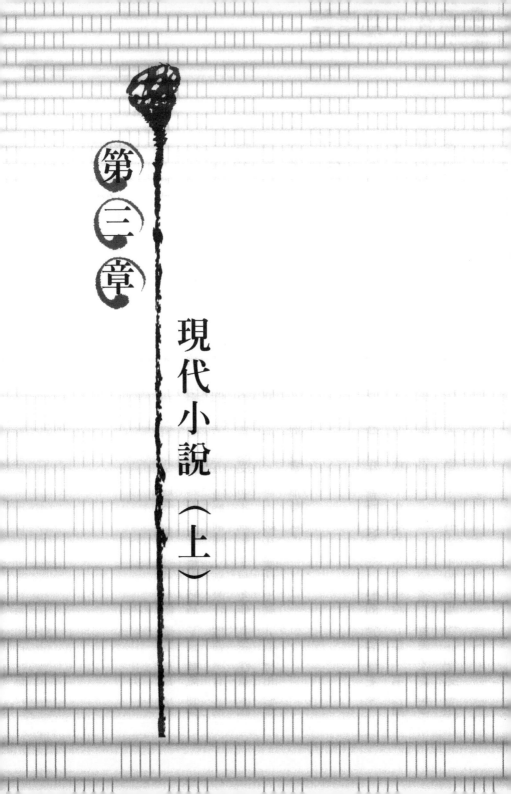

一、現代小說導論

小說是一種敘述性文類，具有人物、故事情節、主題等元素，往往以娛樂讀者爲寫作目的，也有兼具教誨功能的。中國傳統的小說，有用文言寫的，也有用白話寫的，長篇短篇都有，內容豐富，歷史悠久。中國現代小說的誕生，在五四運動前兩年。後來作品湧現，有不同的題材、不同的思想、不同的寫作手法，不少作品頗受外國小說影響，很多作者甚爲注重小說的社會功能，希望小說發揮梁啓超說的「群治」作用。現代小說比起傳統小說，在題材和思想上，都有所開拓；在寫作手法上則有新變。下面對此會稍加論述。

㈠現代小說的誕生

魯迅的〈狂人日記〉在一九一八年五月的《新青年》雜誌上發表。一般的現代文學史家，都認爲這是中國新文學的第一篇白話小說。茅盾也這樣說，魯迅自己也這樣說。其實，第一篇白話小說是女作家陳衡哲（一八九〇年出生於江蘇常州）一九一七年六月在《留美學生季報》發表的〈一日〉。這點上文已提過。這篇小說用白話寫成，打破了舊小說的形式。它記述的是一間美國女子大學幾個學生的瑣事，很有「實錄」的意味。學生中有中國的女留學生，華洋相處交談中，頗涉及中西生活方式的異同。夏志清著的《新文學的傳統》（一九七九）一書，附錄了這篇〈一日〉。魯迅發表〈狂人日記〉，比〈一日〉遲了差不多一年。這個「老二」的影響非常大，以致〈一日〉被忽略了。大家都視〈狂人日記〉為新文學的第一篇白話小說。這篇作品收在魯迅的小說集《吶喊》之中，還有不少選集都有。

〈狂人日記〉中的狂人，時時恐怕被迫害，以為四周的人都要把他吃掉。魯迅透過這篇小說，來控訴「吃人的禮教」。小說裡最常被人引用的，是下面的話：「我翻開歷史一查，這歷史沒有年代，歪歪斜斜的每頁上都寫著『仁義道德』幾個字。我橫豎睡不著，仔細看了半夜，才從字縫裡看出字來，滿本都寫著兩個字是『吃人』！」小說最後的幾句，也很有名：「沒有吃過人的孩子，或者還有？救救孩子……」。魯迅對中國傳統文化，一向持批判態度，有時簡直十分痛恨。五四時期的很多中國知識份子，都有這樣的思想，因此〈狂人日記〉發表後，震動人心，有很大的影響。魯迅攻擊中國傳統文化，這篇小說可說是他徹底反對封建的「宣言」。

俄國小說家果戈里（Nikolai Gogol, 1809-1852）有小說名為〈瘋人日記〉（英譯作"The Diary of a Madman"），魯迅的〈狂人日記〉從體裁到題目，都借取自果戈里這篇小說。〈狂人日記〉的一些字句和情節，都和〈瘋人日記〉相近。此外，據學者研究所得，魯迅這篇小說還受到其他西方小說的影響。新文學的很多作品，不論甚麼體裁的，都有西方文學的影子。〈狂人日記〉只是一個例子而已。

(二)現代小說的發展

❖一九一七～一九二七

中國現代小說的發展，爲了說明的方便，可分爲三個時期：一九一七～一九二七、一九二八～一九三七、一九三七～一九四九。第一期的小說，題材與手法已十分多元化。我們看到描述社會封建落後的作品，也讀到敘寫個人感情生活的作品，還有鼓吹革命的作品。魯迅是公認的傑出小說家，我們對他作重點式介紹，藉此看到這時期的小說風貌。

魯迅爲中國現代小說奠下了基礎。他一出手，就是大家。魯迅的作品雖然不多，但題材頗廣，知識份子、農夫農婦都成爲他筆下的人物。他的小說集有《吶喊》和《徬徨》兩本。《吶喊》收〈狂人日記〉等十四篇作品，寫作年份爲一九一八～一九二二。《徬徨》收〈祝福〉等十一篇，寫作年份爲一九二四～一九二五年。魯迅肯定新文化運動，他寫作《吶喊》中的小說時，心情是：「有時候仍不免吶喊幾聲，聊以慰藉那在寂寞裡奔馳的猛士，使他不憚於前驅。」

《徬徨》一書的扉頁引了屈原〈離騷〉的兩句：「路漫漫其修遠兮，吾將上下而求索。」表示魯迅在探索他的前路。魯迅又自己題了詩：「寂寞新文苑，平安舊戰場。兩間餘一卒，荷戟獨徬徨。」反映了他那時期的迷失苦悶。

魯迅兩本小說集的作品，有用筆明快、諷刺尖辣如〈阿Q正傳〉的，也有低迴含蓄、一唱三嘆如〈在酒樓上〉的。他反映了那個時代的人生和社會，所用的敘述手法頗多變化，可貴的是作品經得起咀嚼，藝術表現高超。我們在下面還會討論魯迅的作品，到時候再作深入的剖析。

魯迅所寫的，如〈祝福〉、〈故鄉〉等，可說是鄉土小說，也可稱為問題小說——反映當時的一些社會問題，如婦女地位、農村境況等。這些都是寫實性（現實性）強的小說。一九二一年成立的文學研究會，提倡「為人生」的文學，其成員的作品，也富於寫實性，也可稱為問題小說。文學研究會的成員有沈雁冰（茅盾）、葉紹鈞、許地山等，他們在二〇年代所寫的小說，以短篇為主，我們在「導讀」部分會加以討論。

除了文學研究會，創造社也在一九二一年成立，其成員有郭沫若、郁達夫、成仿吾、張資平等，大體上他們所寫的小說，較重個人抒情，有浪漫、頹廢的氣息，有為藝術而藝術的傾向，與文學研究會的風格構成對比。郁達夫是創造社的著名小說家，其名篇〈沉淪〉即有上述特色。

一九二一年有人提倡「革命文學」，數年後這種主張得到多人響應，出現了一些提倡「革命文學」的社團。「革命文學」在小說方面的重要作家是蔣光赤，他在一九二七年發表的中篇小說〈短褲黨〉，寫工人階級，大陸的學者說它是「現代文學史上第一部表現中國共產黨領導下工人武裝鬥爭的小說」（黃修己語，《發展史》二一九頁）。

❖一九二八～一九三七

一九二八年出現了無產階級文學的倡導運動，一九三〇年，中國左翼作家聯盟在上海成立，左傾的作家愈來愈多，文學的大眾化、社會性、實用性的問題更受重視，為人民請命的小說也愈來愈多了。柔石、張天翼、吳組緗等人的小說，就是這個環境中的產物。我們在「導讀」部分會討論一些這樣的作品。

三〇年代出現了不少重要的長篇小說，老舍的《駱駝祥子》，我們在第四章會深入討論；這裡略微介紹茅盾的《子夜》和巴金的《家》。

茅盾的長篇小說《子夜》在一九三三年出版，在此之前，他已發表過很多短篇和長篇小說。《子夜》的故事發生在一九三〇年的兩個月裡面，主角吳蓀甫雄心萬丈地要發展民族工業，結果失敗了。《子夜》寫工人罷工、農民暴動，寫商場的爾詐我虞，寫家庭的矛盾衝突。在帝國主義當道的那個時代，茅盾寫出了社會的全景：士農工商各個階層，他一網打盡。《子夜》人物衆多，情節複雜，但作者寫來層次清晰，主線支線分明。他對場景的調度，開闔自如；故事發展，起伏有致。主角吳蓀甫是個悲劇英雄，複雜多面，予人有血有肉的感覺。《子夜》對若干人物的描繪，有較爲浮淺的一面。但全書不失爲一出色的寫實主義小說，向來備受好評，影響深遠。

巴金的《家》也在一九三三年出版，是他的《激流三部曲》之一，其他兩本是《春》、《秋》。《家》寫高家三代人的故事。高老太爺是頑固封建的大家長。第二代高克明、克安、克定，有的從商，有的是紈袴子弟，無所事事。第三代覺新、覺民、覺慧三人。覺新是新舊摻半的人物，爲人軟弱；覺民、覺慧受了五四新思潮影響，後者富叛逆性，終於離家出走。小說中的梅表姐和丫頭鳴鳳，遭遇悲慘，最使人同情。《家》對三〇年代青年讀者有很大的影響，促使他們起來打倒害人不淺的大家庭制度。就此而言，《家》是一部極具時代意義的小說。《家》和《紅樓夢》都寫大家庭的衰敗，不過原因和時代背景不同，此外，正如黃修己所說，「《家》就其反映生活的深廣度和藝術成就，當然無法與《紅樓夢》比肩」（《發展史》三三六頁）。

這個時期的小說家，還有沈從文，以及劉吶鷗、穆時英、施蟄存等等（沈從文的作品下面會加以析評）。劉、穆、施三人所寫的小說，被稱爲「新感覺派」小說。此派作品主要寫人的感官經驗，挖掘人的潛意識，常有頹廢色彩。

❖一九三七～一九四九

七七抗戰開始後，很多作家都用筆來激發國民抗日的熱情。茅盾和艾蕪，很快就有抗戰小說面世。張天翼和沙汀也寫了小說，諷刺抗戰時一些人物的醜陋。蕭紅、端木蕻良等的小說，寫的是東北的事物，也以日本侵華爲其背景。抗日是持久的戰爭，現代文學因爲烽煙的濃淡不同，而分爲不同的地域，有所謂國統區、淪陷區、解放區等文學。

張天翼的短篇〈華威先生〉寫的是國統區（國民黨統治地區）的題材，巴金的長篇《寒夜》亦然，對人和事的醜陋、陰暗都有所揭露，雖然二者的筆調很不相同。徐訏的《鬼戀》、無名氏的《北極風情畫》等等，也是寫於國統區的小說，但他們不以反映現實爲主，而傾向於浪漫和哲理，在情調上頗爲傷感。

至於淪陷區，則指淪陷於日軍的地區。錢鍾書的長篇小說《圍城》，寫於淪陷的上海。這本小說，我們在第四章會詳加討論。張愛玲也是上海淪陷區的小說家，她的短篇小說〈傾城之戀〉即以香港淪陷爲背景。老舍的巨構《四世同堂》，寫的是北京淪陷區市民的生活，不過，抗戰時期老舍並不曾在北京淪陷區生活過。

至於解放區，則指共產黨解放的地區。解放區的文學，在毛澤東的延安講話發表後，湧現了很多「爲工農兵服務」的作品。毛澤東在講話中，主張「文藝服從於政治」，認爲文藝應該「爲工農兵服務」；「任何階級社會中的任何階級，總是以政治標準放在第一位，以藝術標準放在第二位的。」他主張文藝大眾化，認爲「文藝工作者的思想感情和工農兵的大眾的思想感情打成一片」，就可以做到大眾化。

解放區的小說家中，趙樹理、孫犁、馬烽等的小說，可爲代表。趙樹理的〈小二黑結婚〉、〈李有才板話〉、〈福貴〉等尤爲特出，他的作品眞可說和農民打成一片，樸實、樂觀、親切的氣息，瀰漫在作品之中。解放區也有丁玲的〈在醫院中〉等小說，對當地的一些現象提出了針砭。

一九一七～一九四九的現代小說，作品極多，其種類、題材、風格等等，絕非上文所能全部概括。不過，有一點是頗爲清晰的，那就是小說的發展，基本上和現代中國的政治和社會變遷息息相關。文學確是時代和現實的反映。

㈢現代小說對現實的反映

中國現代小說反映時代社會，有極強的寫實主義色彩。寫實主義（realism）又稱爲現實主義，照字面的意義來說，寫實即描寫現實，即人生社會的現實。不過，這個來自西方的術語，一般而言，其涵義指的是寫現實社會陰暗的一面。魯迅認爲他的作品，在「揭出痛苦，引起療救的注意」，頗能概括中國現代文學中寫實主義的特色（魯迅，〈我怎麼做起小說來〉，《南腔北調集》）。在論述中國現代小說時，經常提到現實主義。這裡介紹三篇論文，以加強對這個課題的認識。

一是劉紹銘的〈潮流與點滴——寫實小說的兩種類型〉（一九九四，頁八一三～八二〇）。劉氏指出，「自魯迅《吶喊》以後，寫實主義一直是中國近代（即現代）小說的主流」；「國家的內憂外患、社會的貧富不均」，都是小說所反映的。五四時期，「從迷信、無知、纏足、舊式婚姻、男女不平等、父權制度之專橫、資本家剝削勞工階級到政府之顢頇無能——諸如此類的題目，都是當時迫在眉睫的現實」。社會由人群組成；人性，或某個民族的民族性，影響了社會。而社會也影響了人的性格和行爲。人和社會是相互影響的。劉氏指出，胡適在〈易卜生主義〉一文中說的家庭四大惡德，其實也是中國人的壞德性，即：自私自利；倚賴性、奴隸性；假道德，裝腔作勢；懦怯沒有膽子。劉氏用魯迅的小說來印證「中國人壞德性」之說，他舉了〈肥皂〉中的四銘，「假道德，裝腔作勢」；〈在酒樓上〉的呂緯甫，優柔寡斷，患得患失，可說是「懦怯沒有膽子」。

〈肥皂〉和〈在酒樓上〉這些小說寫人性，而錢鍾書的〈紀念〉和張愛玲的〈金鎖記〉更以人的內心世界爲描寫對象，劉氏認爲後二篇寫的也是現實——是內心的現實。錢鍾書和張愛玲的這兩篇小說，因爲不以外在社會現實爲最關心的對象，揭示的不是迫在眉睫的社會問題，因此並不是中國現代小說的主流。

二是溫儒敏的〈新文學現實主義的流變〉（見《論文集》）。溫氏認爲西方的現實主義不同於中國的現實主義之處，在於中國新文學的現實主義有歷史使命感：「整個『五四』時期的現實主義創作，從『問題小說』到『鄉土文學』、『語絲體』雜文等，或探求人生社會問題，或揭示農村破敗現實，或從事社會批評與文明批評，都是有強烈的使命感的，絕非只求客觀寫出或『純藝術』的『無所爲』之作。」溫氏指出，這種使命感有三個來源：一是中華民族深重的苦難與屈辱；二爲受到馬克思主義的影響；三爲繼承了中國傳統文學「經世致用」的意識。

溫氏說，中國現代的現實主義作家，反對「本民族封建主義制度與封建思想傳統」，他們對落後的「國民性」的批判，不遺餘力。魯迅、葉紹鈞、老舍、張天翼、吳組緗等人的小說，莫不如此。他們對國民性加以批判，希望「喚起民族的自我反省、達到『改造』民族靈魂的目的」。

現實主義有時代的意義，不過，它一旦「政治化」了，就有流弊。如果將現實主義的歷史使命感僅僅落實到爲政治服務，對這種「服務」的理解又過於簡單，就很容易導致脫離生活實際、否定創作規律的謬誤，以致在現實主義的口號下違背現實主義。

三是《中國現代中短篇小說選》上冊夏志清所寫的導言（劉紹銘等，一九九四）。夏志清在導言中指出，中國現代的小說家，是「中國社會現實的觀察員、記錄員」；他們的作品，「基本上……都是眞實的」。現代中國小說家有人道精神，對中國「這個患了精神重疾而無法堅強站立或改變非人道行徑的國家，抱持一腔魂牽夢縈的關懷」。

夏氏舉了魯迅、郁達夫等人的小說爲例，說明知識份子的軟弱無能，或消極自憐。古人說：「士不可以不弘毅，任重而道遠。」但現代中國衆多知識份子的心態和作爲卻不是如此，國家自然得不到他們甚麼貢獻。夏氏又指出，中國現代小說家常常寫到女性的處境。女作家如凌叔華、丁玲、蕭紅和張愛玲，都特別關心女人的命運。男作家如魯迅、許地山、柔石等亦然。夏氏說，《中國現代中短篇小說選》的二十位作家，「全是人道主義者及社會諷刺寫實家，其最大關注，是舊社會制度下的犧牲者」；這些小說，「記錄著一個古老的民族，如何大無畏地自加檢討，以求重申人道、重建國譽」。

夏志清、劉紹銘、溫儒敏三位的文章，不約而同地指出中國現代小說家反映了社會的種種現實，包括封建思想和醜陋人性所造成的社會問題，其中女性的處境特別值得同情。劉紹銘、溫儒敏都提到民族的壞德性，夏志清更痛心地說：「在我們選集總括的三十年裡，最根深柢固的問題，並非人爲何如此愚蠢可笑……，而是人爲何如此殘酷無情。」

㈣現代小說的敘述模式

小說總離不開人物和故事。小說的寫作，離不開描寫景物、服飾、容貌，離不開敘述動作、記錄對白；有時，作者把人物的內心也交代出來；有時，作者一邊敘述，一邊還會發表議論。敘述一般是比較客觀的，發表議論一般就比較主觀了——作者對小說的人物和事件，加以主觀的評論。十九世紀及以前的小說，無論中國或者西方的，其敘述手法，大多是這樣的：以人物和情節爲主，採順敘方式，敘述者對人物和故事背景所知甚多，以至無所不知，且常常在敘述時發表議論。

例如，中國唐代的小說〈霍小玉傳〉的開頭是這樣的：「大曆中，隴西李生名益，年二十，以進士擢第。其明年，拔萃，俟試於天官。夏六月，至長安，舍於新昌里。生門族清華，少有才思，麗詞嘉句，時謂無雙；先達丈人，翕然推伏。」顯然，敘述的特色是：以人物和情節爲主；順敘；敘述者所知甚多。又如清代的《紅樓夢》，用的也是全知、順敘、夾敘夾議的手法。第一回開篇不久，敘述者即說：「列位看官：你道此書從何而來？說起根由雖近荒唐，細按則深有趣味。待在下將此來歷注明，方便閱者了然不惑。」同一回寫到甄士隱時，則有這樣的褒貶：「這甄士隱稟性恬淡，不以功名爲念，每日只以觀花修行、酌酒吟詩爲樂，倒是神仙一流人品。」

在西方，例如法國莫泊桑（Guy de Maupassant, 1850-1893）的名著〈項鏈〉，是這樣開始的：「世上有這樣一些女子，面龐兒好，丰韻也好，但被造化安排錯了，生長在一個小職員的家裡。她（女主角）便是其中的一個。她沒有陪嫁費，……沒錢打扮，因此很樸素。」（趙少侯等譯，一九七八，一〇九頁）又如美國霍桑（Nathaniel Hawthorne, 1804-1864）的短篇小說〈青春之泉〉，第二段是這樣的：「他們全是一班沮喪的老傢伙，終生潦倒，……嘉士康是個壞透的政客，久著惡聲，即使現在湮沒無聞，不致遺臭萬年，不過是時間將他的醜行掩埋過去，使近代人無從知道而已。……」（惟為譯，一九七九，第一頁）這些小說，都以人物、情節為主，敘述者喜歡一面敘述，一面發表議論。

二十世紀的小說，其敘述手法卻不一定和上述的一樣。二十世紀小說敘述模式的「現代化」，或者說「革命」，是從西方開始，然後來到中國的。在上一節，我們討論「現代小說對現實的反映」，這是中國現代小說在內容上總的特色；在這一節，我們認識現代小說的敘述模式，這是中國現代小說技巧上的一大特色。我們研讀中國的唐詩，要知道平仄、押韻等詩法；我們研讀中國現代小說，則要知道它的敘述模式。

當代學者陳平原引述五四時期周作人的話：「新小說與舊小說的區別，思想固然重要，形式也甚重要。」形式包括敘述模式。陳氏在其《中國小說敘事模式的轉變》（一九八八）一書中，分開三方面來說明中國傳統與現代小說敘述模式的不同：敘事時間、敘事角度、敘事結構。陳平原下了很多的工夫，研究了七百多部清末民初的小說，然後得出結論，對我們認識中國現代小說的形式，很有貢獻。不過，他的用詞，我認為可以斟酌。如果把「敘事時間」改為「敘述時間」，「敘事角度」改為「敘述角度」（或「敘述觀點」），把「敘事結構」改為「敘述重心」，我覺得會容易理解一些。

中國傳統小說和現代小說在敘述模式上的分別如下（下表取材於陳氏的書，但用詞略有不同)。

	傳統小說	現代小說
敘述時間	連貫敘述(順敘)	連貫敘述(順敘)、倒裝敘述、交錯敘述
敘述角度	全知角度	全知敘述、限制敘述、純客觀敘述
敘述重心	以情節爲重心	以情節爲重心、以性格爲重心、以背景爲重心

中國現代小說敘述模式的轉變,據陳氏所說,「基本上是由以梁啓超、林紓、吳趼人爲代表的與魯迅、郁達夫、葉聖陶爲代表的兩代作家共同完成的。」他又說:「一九二二年至一九二七年的小說創作中有大約百分之七十九的作品突破了傳統小說敘事模式,這無疑是中國小說已經基本完成敘事模式轉變的最明顯標誌。」

中國小說敘述模式的轉變,或者說「現代化」,有下列的好處:

第一,技巧上多元化,多姿多采,可供選擇的敘述模式增多了。

第二,使小說藝術更能做到形式與內容配合,所謂「相體裁衣」。例如,假若作者要加強故事的懸疑性,他可用倒敘及交錯穿插的敘述法(偵探小說即如此);又例如,假若作者要強調故事的眞實感,他可用純客觀的敘述角度(即是目擊式報導;敘述者不進入人物的內心,不加入任何議論）；又例如，作者無興趣於曲折的情節，他大可把敘述的重心放在氣氛、情調上面。舉例而言，交錯穿插、有順敘有倒敘的作品，有魯迅的〈祝福〉。用客觀敘述角度的作品，有魯迅的〈藥〉。不過，這篇小說中，敘述者有幾次進入了人物的內心，因此這篇用的不是百分之一百的純客觀敘述角度。以氣氛、情調爲敘述重心的作品，有魯迅的〈故鄉〉。（上面舉的全是魯迅的小說；其他作家的作品，自然也可以做例子。）

小說的敘述模式（narrative mode），是當代小說研究的一大課題。敘述模式中的敘述角度（敘述觀點 [narrative view-point]），尤受重視。敘述角度的研究，數十年來有眾多學者，其分類有不同說法。有人根據小說中的「人稱」來分類，得下列各種：

1. 第一人稱：「我」爲敘述者。
2. 第二人稱：「我」是敘述者，而「你」在小說中通常是主角；「我」主要向「你」講述故事、傾訴情懷（這種敘述角度甚爲罕見）。
3. 第三人稱：敘述者或隱退於幕後，或者是故事中的「某某」。

此外，也有人根據敘述者所知的多少，而分爲下面的類別：

1. 全知：敘述者知道每一個人物的內心。

2.限知（限制性全知）：敘述者知道某個或某幾個人物的內心。

3.旁知：敘述者只知道客觀世界的人、事、物，他不知道（或不進入）人物的內心。

也有人另行分類，如美國學者弗萊德曼（Norman Friedman）（見PMLA, LXX（1955）所刊他的文章）的八分法：

1.夾敘夾議的全知（editorial omniscience）。

2.不加議論的全知（neutral omniscience）。

3.「我」是目擊者（"I" as witness）。

4.「我」是主角（"I" as protagonist）。

5.多種選擇性全知（multiple selective omniscience），即敘述者進入幾個人物的內心。

6.選擇性全知（selective omniscience），即敘述者只進入一個人物的內心。

7.戲劇式（the dramatic mode），即敘述者不進入任何人物的內心。

8.攝影機式（the camera）。

不同的敘述角度，可得到不同的效果：

- 如果作者要自由出入角色的內心，要隨時發出議論，要通覽甚至俯視諸角色（如一智者站於高處俯視芸芸眾生），可用1法。

- 如果作者要自由出入角色，便於交代其內心，可用2法。
- 如果作者認為懸疑性是重要的，可用3法。
- 如果作者要追蹤主角成長的歷程，讓他「夫子自道」一番，可用4法。
- 如果作者要寫幾個角色，互有衝突矛盾，且要表現「言人人殊」的效果，最宜用5法。
- 6法與4法有相似處，不過6法比4法多了些距離。
- 如果作者強調眞實感，而且不想一語道破題旨，要讓小說含蓄耐讀些，可用7法。
- 8法只是理論上存在。因為拍攝出來的只有靜止的畫面，沒有動作，而一般的小說是有動作的。

上面說過，採用適當的敘述角度，是「相體裁衣」，可使形式與內容配合。我們也說過，現代小說頗重視敘述角度的運用，在西方更是這樣。不過，我們也要知道：

1. 敘述角度運用恰當與否，絕非判斷小說技巧成敗的唯一標準。
2. 同樣的故事，同樣的主題，可用不同的敘述角度來表現，雖然表現出來的效果可能有頗大差別。
3. 純粹的2法和6法都很少；換言之，敘述者往往難免會發發議論，會進入角色的內心，而不容易保持純粹的客觀。

以下根據弗氏分類法，說明一些現代著名短篇小說所用的敘述角度。錢鍾書〈紀念〉的敘述角度屬「夾敘夾議的全知」；柔石〈爲奴隸的母親〉開始那段屬「不加議論的全知」；魯迅〈祝福〉屬「我是目擊者」；葉紹鈞〈馬鈴瓜〉屬「我是主角」；郁達夫〈沉淪〉屬「選擇性全知」；魯迅〈藥〉基本上屬「戲劇式」。

二十世紀西方的小說理論家，對「戲劇式」的敘述角度（即具體呈現法）有偏愛。很多人都認爲小說作者不應該在作品中發表意見，不應該「干擾」讀者，因此他們不主張用「夾敘夾議」的方法來寫小說。他們也不喜歡用全知的觀點，因爲敘述者如果甚麼東西都知道，就欠缺眞實感和可信性。反過來說，只作客觀的報導和描寫，則予人眞實可信的感覺。這是和現代求眞、求客觀的科學態度有關的。

這種標榜「戲劇式」的小說敘述理論，影響很大，中華學術界就有人受此影響，而對「夾敘夾議」法嗤之以鼻的。我認爲我們不應該偏激，兩種不同的敘述法各有優點，都值得欣賞。我且借用《文心雕龍．知音》的兩個詞語——「醞藉」和「浮慧」——來形容兩種不同的敘述手法。「醞藉」意謂含蓄，指小說的具體呈現法，此法多用象徵、反諷等技巧。魯迅的〈藥〉、吳組緗的〈官官的補品〉用此法。「浮慧」意謂外露的聰明，指小說的夾敘夾議法，此法多用比喻，多議論，錢鍾書的《圍城》用此法。

二、現代中短篇小說導讀

小說就篇幅的長短來分，一般有三種：短篇、中篇、長篇。篇幅在二萬字以下的，是短篇；篇幅在二萬字至五萬字之間的，是中篇；五萬字以上的是長篇。不過，短篇、中篇、長篇的分法，並沒有絕對的標準。

小說離不開人物、情節、主題（新潮的、實驗性強的小說則有例外）。人物的性格如何，形象鮮明與否，其說話是否恰如其分，其行爲是否合情有理，整個人物的塑造是否有血有肉，這些都是我們閱讀時要注意的。至於情節，即事件與事件間的關係，也就是故事的發展，我們在閱讀時也必須注意（有些讀者甚至只注意情節，而不理會其他小說的元素）。小說的情節有平淡的，也有曲折離奇的。主題則是小說作者透過人物、情節表現出來的中心思想：或對社會現實的批判，或對人性醜陋的諷刺等等；當然也有正面肯定和褒揚的，不一而足。

小說的結構是否嚴謹，有沒有用了象徵、反諷手法，我們也應注意。小說和詩都是文學。閱讀詩歌時要注意的問題，閱讀小說時也可以注意。小說和詩同中有異：詩的音樂性強，小說則弱；除了敘事詩外，詩不重視故事情節，小說則重視；詩很重視想像，小說也有想像的成分，而且可能也很強，但小說更重視的是寫實——把人生和社會如實反映出來。在閱讀小說時，我們還應該注意它的敘述手法，也就是在上一節所介紹的。

以下我們將討論魯迅以降一些重要小說家的中短篇小說。這些作品很多小說選都選了，當然也可以從個別作家的作品集找到。

(一)魯迅作品

魯迅的作品，我們在上面已多次提到。他一出手就是大家，在中國現代小說史上，有十分重要的地位。我們討論魯迅《吶喊》裡面的〈孔乙己〉、〈藥〉、〈故鄉〉、〈狂人日記〉和〈阿Q正傳〉。孔乙己是個潦倒的讀書人，不長進，「不會營生，於是愈來愈窮，弄到將要討飯了」。他偷東西，結果給人打斷了腿。但他的心腸卻是不壞的：他教小孩子寫字。〈孔乙己〉這篇小說，除了寫孔乙己之外，還寫他周遭的人的涼薄、冷漠無情。咸亨酒店的掌櫃，每次提到孔乙己的時候，都只是說孔乙己還欠下多少錢，一句也不提他的生活境況。

〈孔乙己〉寫人的涼薄，連小孩子也如此。〈孔乙己〉用的是「我＝目擊者」的敘述角度。小說的敘述者「我」，十來歲，已學會了大人的勢利，輕視孔乙己：孔乙己問「我」茴字的寫法，「我想，討飯一樣的人，也配考我麼？便回過臉去，不再理會」。我們常常說，孩童比較天眞善良；又說，鄉村的人較城市的人純樸，有人情味。然而，〈孔乙己〉所寫的卻不是這樣。魯迅對他所身處的農村社會的批判，盡在不言中。「我＝目擊者」這個敘述角度，使小說除了孔乙己這個主角外，還多了「我」這個配角，使讀者透過這個「我」，非常具體眞切地認識到人的涼薄。

〈藥〉寫的是愚昧。黃修己說：「革命者爲民族復興而英勇獻身，然而結果不過是用自己的血，做了愚昧群眾的送命的藥。這是何等的悲劇呀！」（《發展史》六三頁）老百姓不明白革命的意義，這是愚昧，他們以爲人血饅頭可以治癆病，這也是愚昧。然而，在整篇小說中，我們讀不到「愚昧」二字，就像在整篇〈孔乙己〉中，我們讀不到「涼薄」二字一樣。魯迅把具體的人、事、物呈現出來，他要我們去感覺，去體會。這是魯迅小說的含蓄處。〈藥〉比〈孔乙己〉更含蓄，且多了神秘感。〈藥〉基本上用了戲劇式（即客觀具體地呈現）的敘述角度，內容分爲四節，就好像四幕戲劇一樣。我們閱讀時，要聚精會神，盡量不放過每一個細節，才知道它寫的是甚麼，包含的是甚麼意義。華家相當貧窮。何以見得？華小栓蓋的是「滿幅補釘的夾被」！我們還需要有近代歷史的知識。丁字街頭破匾上「古口亭口」這四個黯淡的金字，作者故意不完全說出來。這是「古軒亭口」，是近代革命女烈士秋瑾就義的地方。〈藥〉中的夏瑜，使我們聯想到秋瑾。夏瑜和華小栓，一姓夏，一姓華。華夏合起來就是中國——中國有華山夏水。這樣看來，〈藥〉所述的華小栓、夏瑜的命運，就成爲中國的命運了。華小栓的病，人血饅頭救不了；夏瑜死於革命。兩者都是死。保守的方法不行，革命的方法也不行，然則該怎樣救中國呢？這篇小說有沒有隱隱然包含魯迅對中國前途的看法呢？

〈藥〉的第四節，尤其是最後那幾段，最耐人尋味。李歐梵在《鐵屋中的吶喊》（見《論文集》）中說，〈藥〉是魯迅所寫的「最複雜的象徵主義小說」，又說最後的場景「引起了許多解釋和爭論」。其中出現的烏鴉，李氏說其涵義是「完全不確定的」。關於這個問題，我在〈醞藉者和浮慧者——中國現代小說的兩大技巧模式〉一文（劉紹銘等，一九九四，頁八二一～八三三），有詳細的討論。

〈故鄉〉寫的也是村鎮的事物。敘述者「我」回到相隔二千餘里、闊別了二十餘年的故鄉。「多子、饑荒、苛稅、兵、匪、官、紳」，幾乎是「所有貧苦農民共同的災難」，使「我」兒時的好友閏土苦得「像一個木偶人了」。二十餘年前的閏土，知道很多新奇的事物，常常帶「我」玩耍。「那西瓜地上的銀項圈的小英雄的影像」，「我」最難忘。現在呢？臉色灰黃，皺紋深刻，戴著一頂破氈帽，渾身瑟縮著。前後的對比太強烈了。

魯迅的生平中，確有兒時的玩伴，確曾從北方回到故鄉接親人北上。不過，他生平的實際遭遇和〈故鄉〉中所寫的，有很大的出入。魯迅刻意用戲劇性的手法，以造成前後強烈的對比，藉以使讀者同情閏土這樣貧苦的農民。〈故鄉〉用「我」來敘述，驟然看來，像是一篇敘述作者兒時往事的散文。其實是一篇小說，一篇「淡化」了情節的小說。有人說像〈故鄉〉一樣的作品，是散文和小說的合流。

關於〈狂人日記〉，我們在上面不止一次討論過。上面也提過〈阿Q正傳〉，這裡對它稍作補充。〈阿Q正傳〉很有名，但若干論者認爲阿Q這個形象過於漫畫化，是作者寫來插科打諢的，因此不及〈孔乙己〉、〈祝福〉等篇眞實而深刻。無論如何，阿Q這個人物，已成了魯迅的「註冊商標」，而且名聞遐邇。作爲中國現代文學的學生，不能不知道有阿Q這個人物，不能沒有讀過〈阿Q正傳〉這篇小說。阿Q「自欺欺人、自輕、自賤、自嘲、自解、自甘屈辱，而又妄自尊大、自我陶醉」，合起來，是他的「精神勝利病」。中國人的性格，有其優點，也有其缺點，就像其他民族一樣。〈阿Q正傳〉把中國人性格上的短處、壞處，來一個大揭露、大綜合。不能說每個中國人都是阿Q，然而在阿Q身上，我們多少都可以找到自己的影子。阿Q這個形象，值得我們警惕。

接下來我們討論《徬徨》裡面的〈祝福〉、〈在酒樓上〉、〈肥皂〉。

〈祝福〉寫祥林嫂悲劇的一生。祥林嫂兩次喪夫，兒子又給狼吃了。她在魯四爺家裡幫傭，後來被嫌棄，因爲她不吉祥。最後她「窮死」了。她是個勤勞、善良、本分的婦女。摧殘她的，是封建禮教——這是很多論者的看法。祥林嫂的不幸，她的死，固然由於迷信、禮教，不過，也有其他的因素。第一，她命不好；她的兩個丈夫先後死去，更不幸的是她的兒子竟然給狼吃了。第二，她執著於人的尊嚴、人的價值。魯四爺、四嬸不要她碰祭祀的器皿，本來她大可遵命，樂得休息一下，照樣拿她的工錢，吃她的飯；然而，在年終人人忙於祝福禮的時候，她不能參與，表示她作爲人的尊嚴和地位得不到肯定，使她心靈大受打擊，這與她最後的死亡很有關係。綜合而言，祥林嫂的悲劇，社會的因素固然重要，命運和性格兩個因素，也不能忽視。不過，後兩者是一般論者所沒有注意到的。

和〈孔乙己〉一樣，〈祝福〉用的也是「我＝目擊者」的敘述角度。這種手法使讀者覺得敘述的人事物，眞實可言。此外，「我」這個敘述者具同情心，奈何卻感無力，面對社會的問題，如杜甫所說那樣「無力正乾坤」。在電影《祝福》中，是沒有「我」這個敘述者的（詳見本書第四章）。小說中的「我」，是次要角色，卻也使我們認識到那個時代的一種知識份子。

〈祝福〉有不少耐人咀嚼的細節。例如，魯四爺書房有對聯，其上聯已脫落，下聯爲「事理通達心氣和平」。魯四爺講理學，以這副對聯爲座右，然而，他罵祥林嫂爲「謬種」，顯得不明事理，心氣不和平。講理學的宋代思想家，希望人有「民吾同胞，物吾與也」的廣大同情心；魯四爺並無此美德。這個描述對聯的細節，是在諷刺魯四爺信仰的是一套，實踐的是另一套；這種諷刺隱隱然見於字裡行間，是謂「反諷」（irony）。又例如，祥林嫂名爲「祥林」，有吉祥之事多如林的意思，但事實上她遭遇到的不幸不吉之事極多，這是名與實乖的反諷。〈祝福〉這個篇名也有反諷之意：勤勞、善良而可憐的祥林嫂，最應該受到上天和人間的祝福，然而，她卻在大家準備祝福禮的時候「窮死」了。「天地不仁，以萬物爲芻狗。」這實在是人間世的一個諷刺，使人慨嘆。

〈在酒樓上〉也惹來讀者的嘆息。黃修己說：「呂緯甫，年輕時就是個敏捷、精悍的人，爲討論救國之方，可以與人打起架來，顯然是個熱情的、政治上有追求的青年。」（《發展史》七一頁）可是在小說中出場時，他卻變得「敷敷衍衍、模模糊糊」，他以前反對的東西，現在爲了謀生，竟然教起來了。他消沉，他妥協，使人感嘆。這也是人生的一個諷刺。

〈肥皂〉對人性弱點的揭示，其間的諷刺性，比起〈在酒樓上〉和〈祝福〉，要明顯得多。〈肥皂〉中的四銘，見色起念，想入非非。他買的那塊肥皂，與其說是要給妻子，不如說是要給那個女乞兒，「咯支咯支遍身洗一洗，好得很哩！」心理分析學（psycho-analysis）有「防衛機制」（defense mechanisms）之說，其一機制是轉置（displacement）。四銘對女乞兒的慾望，不得滿足，乃「轉置」於其妻子。四銘在街上受了幾個少年的氣，回到家裡發在兒子身上，對他嚴加教訓，不滿他連「惡毒婦」的原文是甚麼都不知道（按：是old fool）。這也是一種「轉置」。四銘明明對女乞兒有非非之想，卻和「移風文社」的人舉辦徵文比賽，以〈孝女行〉爲題，希望有人寫文章表彰那個女乞兒。這是「防衛機制」中的「反態」（reaction formation）。〈肥皂〉寫來相當輕鬆有趣，和〈孔乙己〉、〈藥〉、〈祝福〉等的陰冷、沉鬱很不相同。（下面我們要討論的〈沉淪〉，更適宜用心理分析學來分析。下面我們將進一步介紹「防衛機制」。）

〈在酒樓上〉用的是「我＝目擊者」的角度；〈肥皀〉用的是「多種選擇性全知」角度（敘述者進入四銘及四銘太太的內心）。比較而言，〈肥皀〉的敘述角度異於所述的其他幾篇。總括來說，魯迅的敘述手法相當多元化，而以「我＝目擊者」爲多，這也是「散文與小說合流」之說存在的原因之一。

〈孔乙己〉、〈祝福〉、〈在酒樓上〉和〈肥皀〉四篇小說中的知識份子可分爲兩類：舊式的和新式的。孔乙己、魯四爺、四銘屬於前者：〈祝福〉中的「我」、〈在酒樓上〉的「我」、〈故鄉〉中的「我」、呂緯甫屬於後者。孔乙己無用而可憐，結局悲慘；四銘是個假道學，頗爲可笑；魯四爺缺乏同情心，無理對待祥林嫂，相當可惡。呂緯甫消沉妥協，壯志蒿萊，非常可惜。三篇小說的敘述者「我」，則頗有徬徨迷惘、欲振乏力之慨，都不是有爲者、強者的形象。無論新舊，這些知識份子難免讓讀者感到可哀。

㈡郁達夫作品

郁達夫的一生充滿傳奇色彩。他的小說，有很強的自傳性；他甚至在作品中暴露自己私生活中難堪的一面。他曾熱烈地追求王映霞，後來二人結婚了，卻又鬧婚變。他爲此寫了〈毀家詩紀〉。這組詩有一首是這樣的：「貧賤原知是禍胎，蘇秦初不慕顏回。九州鑄鐵終成錯，一飯論交竟自媒。……」此詩有自註云：「映霞失身之夜，事在飯後，X君來信中，敘述當夜事很詳細。」竟然有這樣自我暴露的。

〈沉淪〉主角的經歷，和郁達夫本人的經歷相似。這篇作品是所謂「自敘小說」。小說中性苦悶的青年，渴望得到性的滿足，卻得不到，心理失去平衡，最後要跳海自盡。他自尋短見，而把原因歸咎於國家的不富強。小說中有這樣的句子：「原來日本人輕視中國，同我們輕視豬狗一樣。」有些論者因此認爲種族歧視是主角自殺的一個原因，《發展史》一二七頁就說他「備受民族歧視」。其實，〈沉淪〉中並沒有證據支持這種說法。主角精神過敏，又和同學格格不入，以致十分孤獨。我們看不到有甚麼日本人欺負他、歧視他。他呼喊說：「中國呀中國，你怎麼不強大起來！」結尾處又說：「祖國呀祖國！我的死是你害的！」眞是怨天尤人，他有的是心理分析學所說的「諉過」（projection）心態。

〈沉淪〉寫的是青年的心理，郁達夫受過二十世紀心理分析學的影響；我們如果從心理分析學說來探討這篇小說，將會有不少收穫。上面說過，人的心理有所謂「防衛機制」。人受到威脅，乃生焦慮；爲了防止過分憂慮，乃有防衛機制，以保衛自我。諉過（projection）是防衛機制之一，其他的防衛機制有：阻抑（repression）、昇華（sublimation）、轉置（displacement）、辯解（rationalization）、反態（reaction formation）。

小說的第一節，寫到主角在「清和的早秋的世界裡……他的身體覺得同陶醉似的酥軟起來。他好像是睡在慈母懷裡的樣子。他好像是夢到了桃花源裡的樣子。……」他最希望的是在情人的懷裡，但他做不到，乃轉移目標，「退而求其次」，想像自己在慈母懷裡，在桃花源裡。這是「轉置」的例子。

第一節又敘述他看書總看不入腦，於是心裡說：「像這樣的奇書，不應該一口氣就把他唸完，要留著細細兒的咀嚼才好。」這是一種「辯解」，一種文過飾非，有強詞奪理的成分。第四節寫他自慰，心裡恐懼。有一天他得到消息，說俄國著名作家「Gogol 也犯這一宗病，他到死竟沒有改過來，他想到 Gogol 心裡就寬了一寬」。這也是一種辯解。

第二節寫主角的「憂鬱症愈鬧愈甚了」，對學校的教科書，覺得味同嚼蠟，於是他跑到人跡罕至的山水間，「覺得自家是一個孤高傲世的賢人，一個超然獨立的隱者」。他怎能說是個賢人？這裡他欺騙自己，「扮」賢人，是一種「反態」。

第三節寫他憶述從前生活。三歲喪父。少年時讀書，校風專制，學生幾全無自由。轉校也不如理想。他乾脆回家，「鎮日鎮夜的蟄居在他那小小的書齋裡。……一天一天的記起詩來，有時候他也用了華麗的文章做起小說來……」。用文藝創作來遏抑苦悶，這是「昇華」作用。小說的後半部，寫他吟詩遣興，同樣是昇華。

第五節寫他遠離居所，身處陽光下的大自然之中。「他那昨天晚上的犯罪的記憶，正同遠海的帆影一樣，不知消失到哪裡去了。」在這裡，「阻抑」不好的記憶的目的，他達到了。

以上所述，只是一些例子，還有很多。心理分析學的創始者佛洛依德（Sigmund Freud）

認爲，人的「本我」（id）和「超我」（superego）時常衝突：本我是原始的、衝動的、追求快感的；超我則是良知、理想、道德規範。〈沉淪〉有多處反映了本我和超我的衝突。例如，第四節就有這樣的敘述：他本來愛高尙愛潔淨，「然而一到了這邪念發生的時候，他的智力也無用了，他的良心也痲痺了，……他犯了罪之後，每深自痛悔，切齒的說，下次總不再犯了，然而……。」

〈沉淪〉在一九二一年完稿，同一年，〈銀灰色的死〉、〈南遷〉及本篇結集成書出版，名爲《沉淪》。出版後影響極大，青年讀者爲之震動。郭沫若說：郁達夫「那大膽的自我暴露，對於深藏在千年萬年背甲裡面的士大夫的虛僞，完全是一種暴風雨似的閃擊，把一些假道學假才子們震驚得至於狂怒了。爲甚麼？就因爲有這樣露骨的眞率，使他們感受著作假的困難。」我們如果拿魯迅〈肥皀〉中的四銘，以及張天翼〈砥柱〉中的黃宜庵，來和〈沉淪〉的主角相比，就清楚看到前二者的假道學。

〈沉淪〉寫青年的性苦悶，其「露骨的眞率」，誠然有劃時代的意義，但它的藝術手法並不高明。它欠缺剪裁，顯得冗長，敘述角度的選用也不見獨到功夫。文句累贅甚至不通的，爲數不少。例如：「終古常新的皎日，依舊在她的軌道上，一程一程的在那裡行走。」句中的「在那裡」三字可刪。「在……官道上面，他……儘在那裡緩緩的獨步。」句中的「儘在那裡」四字可刪。類似的贅句還有。又例如「從南方吹來的微風，同醒酒的瓊漿一般……」一句，怎能說「醒酒的瓊漿」呢？須知瓊漿就是酒，哪有「醒酒的酒」這樣不通的說法呢？以上所引都只是小說開頭幾段的句子，其他毛病還多，〈沉淪〉寫得實在粗糙。

㈢許地山、葉紹鈞作品

我們討論許地山的〈商人婦〉和葉紹鈞的〈馬鈴瓜〉。許地山和葉紹鈞都是文學研究會（成立於一九二一年）的成員。該會主張用文學來反映人生社會，對人生社會起實際的作用。許地山的〈商人婦〉和葉紹鈞的〈馬鈴瓜〉都寫於二〇年代初期。

許地山有筆名落華生，其散文〈落花生〉頗爲著名。他是基督教徒，對各種宗教很有研究。他在台灣出生，少年時在中國和東南亞各地居住，又曾留學歐美。有這樣的背景，他的作品中的宗教色彩和異國風光，就不會使人驚奇了。〈商人婦〉正具有上述特色。

〈商人婦〉的主角惜官，其夫赴南洋，一別十年，她只收過兩封信，於是到南洋，萬里尋夫。到了新加坡，惜官發現丈夫已另娶。更不幸的是，惜官被賣給一個印度商人當妾侍。她生了一個兒子，印度商人死了，惜官離開這個商賈之家，免得有麻煩。她到了一個城鎮，定居下來，養育兒子、讀書，認識了一些基督教徒，後來在一個村裡當教習。她從印度回到新加坡，要尋她原來的丈夫，但卻尋不到。

這個故事頗富傳奇性，不過，吸引讀者的，應該不是故事的情節，而是惜官的思想行爲。

她可說集儒家、佛教、基督教思想於一身。她進取向上，念念不忘在唐山的母親，這些是儒家思想的體現。她離開印度商人家裡時，臨時決定帶兒子同行；坐車坐錯了，就隨便坐到一個城鎮去，這些都體現了佛教的隨緣思想。她寬恕她的中國丈夫；印度商人家裡的人，多方窘迫她，她並不計較，這些正是基督教強調的恕道。許地山筆下的女性，大多是善良甚至聖潔的，惜官正是一個仁愛的女子。黃修己評論〈商人婦〉的主題，認為作者在肯定受難者的達觀思想之際，「大大地削弱了作品的批判力量」（《發展史》一〇九頁）。這是言之成理的。然而，有時現實社會委實太黑暗，而個人的力量有限，反抗不了，改變不了，人如果能保持達觀，逆來順受，不失為一種處世的方式。

〈商人婦〉沒有特別值得稱道的小說技巧，我們閱讀它，主要由於它的思想，以及它對女性角色的處理。此外，這篇小說具有異國情調。小說的事件，多發生在新加坡和印度。不說別的，只說詞彙，就已經有異國色彩。例如，「克爾塔」是回教婦人的上衣，「布卡」是面幕，「馬賽拉」是「阿拉禁止」的意思。此外，小說中還有若干閩南語詞彙，如「過番」到〈南洋〉、「頭家」（店主）等，對講粵語或國語的中國人來說，它們至少有異鄉色彩。

葉紹鈞長期從事教育工作，以教育為題材的作品，為數很多，有人把他這些作品稱為「教育小說」。〈馬鈴瓜〉寫科舉考試試場的情景，也與教育有關。中國的科舉制度，歷史悠久，到了清末，主張廢除科舉的聲音，愈來愈強，清政府終於在一九〇五年宣布廢除。〈馬鈴瓜〉

的作者葉紹鈞，參加過最後一屆的科舉考試，這篇小說以他的實際應試經驗爲素材，富有自傳色彩。

敘述者「我」當時十二歲，已參加過縣試和府試，現在來參加院試。舅父在夜裡帶他赴試場，正是所謂「漏夜趕科場」。天還沒亮，就得進入試場，對號入座。「我」帶著參考書，以及一籃子食物，準備過一天「特殊生活」。高高的儀門門限，考棚旁邊的尿桶（桶的四圍也積滿了尿），給「我」特別深刻的印象。考試的題目是寫在白紙燈上的，「我」得爬上桌板，立直了，才夠高看到燈上的題目。這個情景實在有趣。讀者覺得更有趣的，是「我」之喜吃馬鈴瓜。翠綠的瓜，剖開時現出鮮明的麥黃色，一啖香甜可口，實在是「我」的最愛。這篇小說提到馬鈴瓜的片段，有十餘個，可見「我」手中、口中、心中都是瓜。考試呢？奉了父親之命，無可奈何而來，反正作答時東抄西引，寫滿字數交差就算了。這個十二歲的小孩，對「經義」「策論」實在半個不通，所作答的，不可能是甚麼心聲、心得。在這裡，作者對科舉制度作了諷刺。小說中有擾嚷的場面，原來是有人作弊被發現了。那個喝罵作弊者，混號「杜天王」，其實也不正派：他是用假名來參加這場考試的。作者藉此說明試場的流弊。〈馬鈴瓜〉用「我＝主角」的敘述角度寫成，把小孩的內心和盤托出。

黃修己說：「〈馬鈴瓜〉是批判封建科舉制度的，對趕著十二歲的不懂事的孩子去爭功名，表示憤慨之心。」（《發展史》一一三～一一四頁）筆者認爲，這篇小說對科舉制度的確有所批判，但它的批判態度不算強烈。比起《儒林外史》等小說對科舉制度的批判，〈馬鈴瓜〉實在不算得甚麼。〈馬鈴瓜〉中的「我」，心靈並沒有受到甚麼戕害。「我」奉父親之命無可奈何應試。「我」心中記掛的只是美味的馬鈴瓜，其童心童趣躍然紙上，「憤慨之心」云云，是言過其實的。

㈣茅盾、巴金作品

茅盾和巴金都是三〇、四〇年代的重要小說家。我們在上面介紹過他們的兩部長篇小說：茅盾的《子夜》和巴金的《家》。現在討論他們的一些短篇小說。

〈春蠶〉和〈秋收〉、〈殘冬〉合起來，是茅盾的《農村三部曲》。〈春蠶〉在三篇中最著名，也是中國現代小說中寫農村的名篇，論者說它是當時「豐收成災」題材中最佳之作。小說中老通寶一家盡心盡力勞動了數十天，結果血本無歸，負了一身債務。帝國主義的侵凌，舊式社會的剝削，導致農村經濟崩潰：〈春蠶〉是一寫照。老通寶和他的兩個兒子，想法不同。老通寶頑固保守，以為傳統的做法就可以了。大兒子阿四和兒媳四大娘，較為開通，樂於接受西洋的品種。小兒子阿多，對舊制度失去信心，頗有反抗意識。黃修己指出：「這三個人的思想幾乎概括了從義和團運動到三〇年代中國農民的思想變化狀況，反映了自然經濟的封建農村，由帝國主義的侵略而逐漸半殖民地化，也逐漸革命化的過程。」（《發展史》三二六頁）

〈春蠶〉有濃厚的寫實主義色彩，對農村人物、環境以至養蠶的過程，都有眞實性很強的描寫與敘述。作者茅盾在農村出生，祖母會養蠶，他對養蠶的認識，是從祖母那裡來的。孔子說，讀詩可多識鳥獸草木之名。讀〈春蠶〉，我們可認識養蠶這門學問。小說中具體細緻地講述養蠶時「窩種」、「收蠶」、「眠」、「上山」、「浪山頭」等幾個階段，除了加強眞實感外，還使我們對農民的辛勞有進一步的體會。小說中的阿多，雖然對父親有異議，雖然「永不相信靠一次蠶花好或是田裡熟，他們就可以還清了債再有自己的田；他知道單靠勤儉工作，即使做到背脊骨折斷也不能翻身的。但是他仍舊很高興地工作著，他覺得這也是一種快活，……。」由此可見農民的勤勞，可見一家人無論大小對養蠶工作的投入。

巴金的〈沉落〉寫的則爲知識份子，篇中的大學教授鼓勵人讀書，「中國現在需要的就是埋頭讀書的人，……你們年輕人不讀書怎麼行！要收復東北，也得靠讀書」。讀書本來當然有用，但在國難當頭的時候，他如此強調，且鼓吹寬容思想，說甚麼「勿抗惡，一切存在的東西都有它存在的理由。滿州國也是這樣」。這樣的言論，自然太過分了，使小說的敘述者——一個青年學生，對他由不滿而至憎恨。

這篇〈沉落〉反映了當時一些只顧自身安逸的知識份子的言行，表示了作者的輕蔑不屑。小說的最後幾段，寫主角的太太赴美，不久後他和某女士結婚，半年後傳出死訊。流水帳、走馬燈式的敘述，顯得草率。主角在生時，「寬容」到容許其漂亮的太太，和一位年輕的歷史系教授出雙入對，更是匪夷所思。〈沉落〉是篇諷刺作品，不過巴金的文筆不夠辛辣，如果換了錢鍾書來處理這故事，一定精警得多。（我們以後討論錢氏的《圍城》時，當指出其精警之處。）〈將軍〉寫一個流落上海的白俄的悲哀故事。黃修己指出：「在現代短篇創作中，巴金是寫國外題材最多的一位作家。」（《發展史》三六五頁）〈將軍〉是一個例子。主角和妻子流落在外國，靠妻子當妓女維生，他懷想過去風光的日子，自然悲從中來。他借酒消愁。一個晚上，他在街上被撞倒，腦子還想著妻子被美國水兵粗暴對待的情形，最後閉上眼睛，大概是死了。

〈沉落〉和〈將軍〉像巴金的很多短篇小說一樣，帶有作者的抒情筆調；篇章結構和文字錘鍊，他不大講究。試拿巴金的小說和魯迅的〈藥〉、〈孔乙己〉諸篇相比，我們就會發現巴金的小說藝術有欠精鍊。

茅盾、巴金兩個筆名的由來，值得一談。茅盾的第一篇小說《幻滅》，開始時用的筆名是「矛盾」。《小說月報》的編輯葉聖陶認爲「矛盾」看來是假名，不好。於是在矛字上面加草頭，而成爲「茅盾」。茅盾當時爲甚麼要用矛盾做筆名呢？他說原因是社會上生活上的矛盾太多了；這個筆名有諷刺別人，也有嘲笑自己的意思。至於巴金這個筆名，很多人都說源於兩個無政府主義者巴枯寧和克魯泡特金的名字。巴金在年輕時有過無政府主義思想。不過，巴金曾多次否認他的筆名是這樣來的。

㈤沈從文、張愛玲作品

沈從文和張愛玲的小說，和左翼作家的很不相同。他們不像當時的主流作家那樣去反映社會黑暗和民間疾苦，他們重視的是道德層面和心理層面的刻劃。

沈從文的〈柏子〉寫的是水手和妓女的故事。公式化的寫法是：水手工作辛勞備受剝削；妓女出身於不幸家庭，迫於生活而賣淫（老舍《駱駝祥子》中的小福子就是這樣的），非常痛苦可憐。〈柏子〉卻非如此。篇中的水手和妓女，打情罵俏，把性愛交易視為樂事。水手上岸找妓女，和找女朋友差不多。在小說中，當娼和嫖妓，都不帶罪惡的色彩。〈柏子〉有一種原始素樸的生命力瀰漫其間。水手柏子就好像是一頭動物。柏子有毛茸茸的手腳；「擒了婦人」的「擒」字，像動物的一個動作；而妓女對他說：「柏子，我說你是一個牛。」小說這些地方，都暗示柏子充滿了原始味道和活力。說柏子像動物，這個比喻的意義只及原始性和活力，而不包括動物的野性甚至凶性，因為柏子並非如此。

沈從文的〈蕭蕭〉，寫女主角的悲喜故事。她十二歲時嫁到婆家，小丈夫只得兩、三歲。後來家裡的工人誘姦了她，她懷孕了。按照規矩，蕭蕭應該被沉潭，或者給賣掉。結果是選擇了後者。不過，在等待把她賣掉的過程中，她生下了白白胖胖的男嬰，一家大小都十分高興，蕭蕭自然給留下來。後來蕭蕭跟小丈夫圓房。到了兒子十二歲大的時候，蕭蕭準備給兒子娶來一個十六歲大的媳婦。〈蕭蕭〉中的祖父，是一家之長，有封建思想，但不頑固、不可怕。我們拿他和巴金《家》中的高老太爺一比，就發現二人極不相同。〈蕭蕭〉這個故事，可以發展成一屍兩命的悲劇，但我們讀到的卻是喜劇。

女主角叫蕭蕭，而蕭是一種蒿類植物，粗生粗長的。蕭蕭眞是粗生粗長，生命力頑強的。她在「風裡雨裡過日子，像一株長在園角落不爲人注意的蓖麻；大葉大枝，日增茂盛」。蕭蕭懷孕後，要打掉胎兒，吃香灰，喝冷水，卻都阻不了胎兒的生長。最後她坐草生了個兒子。蕭蕭這株植物滋長茂盛，開花結果，正是生命力強大的象徵。

沈從文的〈柏子〉和〈蕭蕭〉，寫人性的自然良善；張愛玲的〈金鎖記〉，則寫人性的腐朽醜惡。〈金鎖記〉的主角曹七巧，嫁給患骨癆的富家少爺。她在妯娌間受歧視，丈夫死後分家，這才成爲一家之主。七巧對身邊的人都有戒心，很想得到小叔的愛情，卻不信任他。由於在婚戀中得不到滿足，她竟然親手破壞兒女的婚姻幸福，其變態行爲非常可怖。

〈金鎖記〉接近結尾處，寫七巧安排與童世舫吃飯。七巧出現了，「世舫回過頭去，只見門口背著光立著一個小身材的老太太，臉看不清楚，……世舫直覺地感到那是個瘋子——無緣無故的，他只是毛骨悚然。」不久，七巧說，女兒長安「再抽兩筒就下來了」。「抽兩筒」指抽鴉片煙，而這是謊言。童世舫本來有意與長安結婚，七巧這輕描淡寫的一句謊言，把童世舫嚇壞了，七巧就這樣斷送了女兒的婚姻。這非變態爲何？

結尾處有這幾句：「七巧似睡非睡地橫在煙鋪上。三十年來她戴著黃金的枷。……她摸索著腕上的翠玉鐲子，徐徐將那鐲子順著骨瘦如柴的手臂往上推，一直推到腋下。」夏志清在其《中國現代小說史》中有專章論張愛玲，非常讚賞〈金鎖記〉的成就；他對上述的片段，印象特別深，說：「詩和小說裡最緊張最偉大的一剎那，常常會使人引起這種恐怖之感。」鐲子這個片段的恐怖之感，使夏志清聯想到英國詩人約翰．鄧恩（John Donne）的名句：「光亮的髮鐲繞在骨上。」夏氏又說，七巧的悲劇，所引起的讀者的情緒，是「恐懼多於憐憫」。七巧嫁給骨癆丈夫，雖屬不幸，但她不一定要這樣「變態」的。比起許地山〈商人婦〉惜官那樣逆來順受、善良進取，七巧這個人物實在醜惡。張愛玲的小說，一向喜歡挖掘人性的弱點，刻劃人性的醜惡，〈金鎖記〉只是一個例子。

張愛玲的小說，意象很多，具體細膩，感性豐富。翠玉鐲子那個片段，是用具體意象的一例。寫七巧在童世舫眼前出現那一幕亦然。在那個片段中，張愛玲對室內陳設和七巧的服飾，有工筆的描寫，頗有《紅樓夢》之風。請看：「一個小身材的老太太，……穿一件青灰團龍宮織緞袍，雙手捧著大紅熱水袋，身旁夾峙著兩個高大的女僕。門外日色昏黃，樓梯上鋪著湖綠花格子漆布地衣，一級一級上去，通入沒有光的所在。」

㈥吳組緗、丁玲、趙樹理作品

吳組緗、丁玲、趙樹理的小說，寫實色彩濃厚，他們在政治上認同中共的路線。趙樹理對毛澤東的延安文藝座談會講話的精神，更予以發揚。我們先討論吳組緗的〈官官的補品〉。

〈官官的補品〉的主角官官，是地主家庭的紈袴子弟。他在上海和舞女兜風時出了車禍，靠同鄉陳小禿子賣的血救了命；後來在鄉間休養，又靠陳的妻子的奶水做補品。當時土匪猖獗，陳小禿子涉嫌爲土匪通風報訊，被抓起來。官官的大叔下命令把他砍了頭。行刑後，陳小禿子的妻子呼天搶地，而鐵芭蕉嫂子（是個女傭，介紹陳妻爲官官提供奶水）喝罵她，叫她回去給官官擠奶子。

這篇小說用第一人稱敘述，把「我」即官官的輕佻、冷漠表現出來。紈袴子弟游手好閒，吸食民脂民膏（陳的血，其妻的奶），神態躍然紙上。官官說「自己是個鄉下人」，但他不關心鄉民死活；他說自己是文明人，但這個文明人對同類非常殘忍。因此，這兩句話，都是反諷。鐵芭蕉嫂子是女傭，卻勢利地站在地主那一邊，她那樣斥罵陳妻，令人齒冷。小說中的殺人場面極爲血腥恐怖，表現了人性中的殘酷冷血。陳小禿子被疑爲土匪，眾鄉紳爲了殺一儆百，不加細審，就決定殺他。劊子手在河灘上，把陳小禿子踢倒，「小禿子被亂砍了幾刀，鮮血濺滿在亂石上，已經僵臥不動，劊子手也被其他團勇扶著走了；忽然那屍首又掙扎起來，舉著雙手，像個惡鬼凶神似的放著尖嗓子叫嚷。……」

丁玲的成名作是〈莎菲女士的日記〉，它以大膽暴露女性的愛慾心理而著名。〈在醫院中〉是另一種暴露，暴露了延安附近一所醫院的多種問題。〈在醫院中〉的女主角陸萍，在上海的一個產科學校畢業，做過產婆，後來到了延安的抗大讀書，並加入了共產黨。黨派遣她到離延安四十里的一所新醫院工作。她不願意，但還是服從了。這所新辦的醫院，環境差，儀器也不足，員工態度欠佳，有些人還滿口粗話穢語。醫院的一些護士，訓練極不足夠。院長乃種田出身，在軍隊裡工作了很久，「他對醫務完全是個外行」。女主角陸萍不滿意這個環境，但她還是努力工作，經常向上級提意見。有一次做手術時，房間燒著熊熊炭火，而房門密閉，一個同事差點兒窒息致死。醫院的同事，喜歡閒言閒語，關於陸萍的流言四處飛。陸萍申請再去學習的事通過了，於是離開了這間醫院。

〈在醫院中〉值得肯定的地方，是作者揭露了醫院的陰暗面。她身處延安，有勇氣這樣做，十分難得。當然，她這樣做，結果是這篇小說被斥為「毒草」，在反右運動中受到批判。〈在醫院中〉寫得散漫，閒雜角色出現了十多個。作者也不懂得營造高潮，使故事顯得平淡乏力。作者的文筆不佳，生硬冗贅的句子很多。我們之所以閱讀這篇小說，可說乃由於它的社會性、歷史性，而和藝術性無關。茲略為舉例說明〈在醫院中〉文字上的缺點：

原文：「她不敢把太愉快的理想安置得太多。」為甚麼不說「她不敢有太多愉快的想像」？

原文：「每天把早飯一吃過。」為甚麼不說「每天吃過早飯」？

原文：「她幸運地被瞭解著的。」為甚麼不說「幸好他們瞭解她」？

原文：「人們便都回到他們的家。」為甚麼不說「人們便都回家」？回家當然指回到自己的家嘛！

原文：「她有一個端正的頭型，黑的髮不多也不少。」為甚麼用「黑的髮」這樣的字眼，難道陸萍這二十多歲的女子，除了「黑的髮」之外，還有「白的髮」嗎？

趙樹理的〈福貴〉，寫農民如何受迫害，後來如何站起來。「福貴是個好孩子，精幹、漂亮、十二、三歲就學得鋤苗」。十二歲時父親死了，十六、七歲時娶了媳婦，二十三歲時母親死了。為娶親和出喪，他向地主王老萬借了三十塊錢，自此替王老萬工作，做牛做馬來還債。可是王老萬放的是貴利，福貴的債台愈築愈高。不得已，福貴做了城裡弔喪的吹鼓手，以謀生計。王老萬知道了，叫他做「忘八」、「龜孫子」、「狗屎」，要把他活埋。福貴逃跑了，到了一個八路軍的抗日根據地，被抗日政府改造，努力工作，積下了一個小小的家當。七、八年後區的幹部把福貴找回來。福貴大吐苦水，縷述王老萬對他的迫害，希望討回個公道。

趙樹理在四〇年代寫的小說，曾被譽為成功地實現了毛澤東的文藝創作原則。誠然，他用老百姓的口語，寫農民對社會主義的醒覺，這樣的大眾化文藝，是有助於社會主義建設的。〈福貴〉正是這樣的一篇小說。

第四章　現代小說（下）

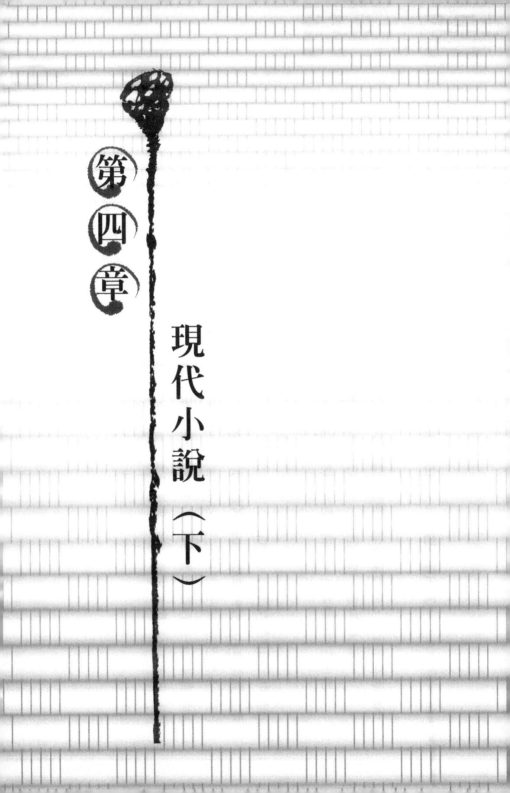

一、現代長篇小說導讀

中國現代長篇小說，作品數量極多，我們只能選擇兩部來深入閱讀和討論。這裡所選的《駱駝祥子》和《圍城》，都是十分重要、非常出色的作品。黃修己說《駱駝祥子》「是描寫北京下層市民生活的最精彩的力作」（《發展史》三五三頁）；又說它「代表老舍創作的最高水平」（同上，三五六頁）；其他好評不勝枚舉。夏志清說《圍城》是中國現代文學中「最有趣和最用心經營的小說，可能亦是最偉大的一部」（一九八〇，三八〇頁）；其他好評極多。我選擇了這兩部小說，還基於下列的理由：

1. 《駱駝祥子》寫於一九三〇年代，《圍城》寫於一九四〇年代，二者寫作年代不同。
2. 《駱駝祥子》寫下層勞動者，《圍城》寫知識份子，二者的主要人物身分不同。
3. 《駱駝祥子》以北京為背景，《圍城》以上海和湖南省等地為背景，二者所寫地域不同。
4. 《駱駝祥子》較富悲劇性，《圍城》帶有喜劇色彩，二者的格調不同。

5.《駱駝祥子》的語言較爲俚俗，《圍城》的語言甚爲文雅，二者的文字風格不同。

基於上述的理由，我們讀的雖然只得兩部小說，但接觸到的題材、地域、語言風格等等，卻頗爲廣泛，頗爲多元化，有助於我們認識中國現代小說的不同面貌。

在討論這兩本小說之前，我們要略微說明長篇小說與短篇小說的不同。第三章曾略述閱讀小說的方法。閱讀長篇小說和短篇小說，方法基本上是相同的，不過，我們仍須注意下面兩點。一、長篇小說的人物通常比短篇小說多，故事情節也較複雜；短篇小說因爲較爲簡單，其主題也就較爲單一而集中，長篇小說相形之下，主題就不一定單一而集中，而可能有好幾個：主要的主題，和較次要的主題。二、短篇小說的敘述角度，可能較爲純粹，例如，它可以通篇用「戲劇式」敘述角度。長篇小說通常人物多，事件多，就很難通篇只用一種敘述角度了。長篇小說而用「戲劇式」敘述角度貫徹首尾的，大概中外都沒有。長篇小說用的多爲「全知」敘述角度，以及「多種選擇性全知」敘述角度，而敘述時往往加插有敘述者（作者）的議論。

㈠老舍的《駱駝祥子》

❖作者及寫作背景

老舍（1899-1966）原名舒慶春，字舍予，滿族人，生於北京。童年生活艱苦，十七歲在北京師範學校畢業後，擔任教職。後赴英國，在倫敦大學教中文，開始寫作小說。後來回國，在大學教書，同時寫作小說，聲名漸著。抗戰爆發後，揮筆爲國，鼓吹抗日。一九四九年之後，繼續寫作，作品以劇本爲主。文革時首當其衝，被批鬥折磨，一九六六年八月二十四日含冤而死，多年後始獲平反。老舍一生勤奮，作品數量甚多，而以《駱駝祥子》最享盛譽。

老舍在一九三六年夏天寫作《駱駝祥子》，翌年一月小說開始在《宇宙風》連載。在〈我怎樣寫《駱駝祥子》〉一文中，老舍自述其寫作背景如下：老舍先後在數間大學教書，課餘寫作。但他不喜歡教書，「一來是我沒有淵博的學識，時時感到不安；二來是即使我能勝任，教書也不能給我像寫作那樣的愉快。」後來他決定辭去教職，做個職業作家，《駱駝祥子》是他「作職業寫作的第一炮」。

據老舍自述，大概在一九三六年春天吧，山東大學的一位朋友跟他閒談，講到一個人力車伕。這個車伕自己買了車，又賣掉，如此者三起三落，到末了還是受窮。聽了這幾句簡單的敘述，老舍當時就說：「這頗可以寫一篇小說。」朋友又說：有一個車伕，被軍隊抓了去，哪知道，轉禍爲福，他趁著軍隊移轉之際，偷偷的牽回三匹駱駝來。車伕與駱駝，就成了《駱駝祥子》故事的核心。老舍對下層市民的生活，頗有認識。他不斷盤算、醞釀車伕的故事，同時向人打聽駱駝的資料。終於，實際的生活體驗、搜集得來的資料，加上沉思想像，構成了《駱駝祥子》的內容。

❖故事情節及主題

初版的《駱駝祥子》有二十四章。一九五四年，老舍刪去了最後的一章半和前面的一些片段，重印此書。所以，《駱駝祥子》是有不同的版本的。舊版中，祥子的下場很悲慘；新版中較好。舊版中的阮明一角，新版中刪去了。現在撮述《駱駱祥子》的故事情節如下，根據的是舊版。

祥子原來在鄉下，十八歲到北京討生活，做了人力車伕。他辛勞了整整三年，節衣縮食，買了一輛新的人力車，十分高興。在兵荒馬亂的年代，一次，祥子連人力車被軍閥的部隊抓去。祥子被逼在軍隊中做苦工，後來逃脫，且帶走了三匹駱駝。祥子賣了駱駝，進城回到原來賃車的人和車廠。人和車廠的老闆劉四爺，沒有兒子，只得一個女兒——三十七、八歲的虎妞。祥子賃人和車廠的車，和從前一樣，埋頭苦幹。虎妞對祥子很有好感，引誘了他，二人發生關係。祥子不想和虎妞發展下去，離開人和車廠，到曹先生處拉包月。虎妞上門找他，騙他說已有身孕。曹先生是個教授，因政治關係，到上海暫避。祥子的積蓄又被人搶去，於是他回到人和車廠。虎妞要和祥子結婚，但其父劉四爺極力反對。虎妞和父親決裂，與祥子結婚。

虎妞和祥子結婚後，住在一個大雜院裡，虎妞告訴祥子，懷孕一事是假的。虎妞憑著她的積蓄，和祥子吃喝玩樂，不要祥子拉車。但祥子以拉車為業、為樂事，一定要拉車。虎妞沒法。一次，祥子拉車時遇到大雨，大病一場。虎妞後來眞的懷了孕，分娩時難產而死。祥子把人力車賣掉，殮葬了虎妞。

大雜院有一鄰居，二強子及其子女。二強子也是車伕，嗜酒，迫其女小福子當娼。祥子和小福子兩人漸生情愫。虎妞死後，祥子搬離大雜院，打算重新奮鬥掙錢，將來混得好一點，就回來娶小福子。祥子拉包月，受女主人引誘，得了淋病。祥子多年來受到諸般打擊，行爲開始變了，從勤勞良善變爲自私偷懶。後來遇到曹先生，爲他拉包月。曹先生要請小福子做女僕，和祥子成親。祥子高興不已，四處去找她，終於發現小福子在一下等妓院，因爲不堪非人生活而自殺死了。祥子悲痛欲絕，人大大地變了。他胡混著過日子，又瘦又髒，成爲一個人不人鬼不鬼的東西。

本小說的主角祥子，勤勞良善，爲人老實，以拉人力車爲活，但打擊接二連三而來，所謂「三起三落」，最後他不再奮鬥了，甚至「墮落」了。個人的努力，敵不過惡劣的社會環境。祥子的悲劇，主要是社會造成的。作者老舍藉著《駱駝祥子》這本小說表示了對祥子等車伕，以及對小福子等下層人民的同情，也對當時的社會提出了控訴。

❖人物

先說祥子。正如黃修己所說，祥子「勤勞、淳樸、善良，連阿Q那點狡猾也沒有」（《發展史》三五七頁），然而，外來的打擊太多了，終致一蹶不振。他經歷過「三起三落」。他苦幹三年，儲夠了錢，買了一輛新車。這是他的首起。然而，不久後他被拉夫，被搶了車。這是他的首落。祥子逃脫後，重新拉車，開始再積蓄，懷著希望生活。這是他的第二起。然而，他積蓄的錢被孫偵探騙搶了。這是他的第二落。祥子被虎妞誘騙結了婚，他認了命，婚後繼續拉車，希望過安定的生活。這是他的第三起。然而，後來虎妞難產死了，這是祥子的又一打擊，他的第三落。以後還有一些別的打擊。

祥子不是超人，不可能承受一而再、再而三的打擊後，仍屹立如山。祥子只是個勤勞良善的平常人。常人有其弱點。他不喜歡虎妞，但虎妞恩威並施，誘惑他。祥子有性的需要，抗拒不了她。後來他與女主人夏太太有染，且得了性病，也由於他抗拒不了性的誘惑。老舍因為對北京下層人民有深刻的體會，對人性有真切的瞭解，加上他的想像力，而把祥子寫得有血有肉，栩栩如生。

其次說虎妞。黃修己在《發展史》三五七頁說得好，老舍「對這個女性從外貌的老醜到個性的潑辣、厲害、粗鹵，都描寫得淋漓盡致」。虎妞有江湖氣味，她如果生於今天的商業社會，可能是個女強人。虎妞是喜歡祥子的，為了和祥子結婚，不惜與父親劉四爺決裂。不過，這個「敢愛敢恨」的虎妞，太耽於肉慾了，除了和祥子的性愛外，還要從小福子講述的故事去滿足她的性幻想。虎妞和劉四爺是父女。根據王潤華的詮釋，虎妞和劉四爺之間，有亂倫的關係。（王潤華，一九九四）。

《駱駝祥子》裡面還有其他人物，例如，曹先生是個大學教授，他和祥子分屬不同的階層，對祥子非常關心照顧，毫無架子，殊為難得，是個正面人物。又如茶館中受凍餓昏倒的老車伕及其孫兒小馬兒，是不幸車伕的寫照。老舍只用三數頁的篇幅，就寫出他們的苦境，使人同情。又例如，作者寫小福子，楚楚可憐，是另一個被壓迫的小人物。

車伕二強子中年喪妻，家貧，把女兒小福子賣給了一個軍官。軍官調往他處，小福子回家。父親嗜酒，兩個弟弟吃不飽，父親竟迫她當娼。小福子樣貌端莊，人品好，得到祥子好感，她也喜歡祥子。虎妞死後，祥子對小福子說，待他將來混得好，就回來娶她。然而，小福子終於到了下等妓院謀生，等不到祥子，她自殺死了。祥子發現後，悲痛欲絕。生活逼人，這對男女不能結合，誠然使人嘆息。

❖寫作手法

《駱駝祥子》的敘述，以人物和情節為重心，採順敘方式，用全知觀點，時有敘述者的議論。例如，小說一開始，敘述者把北平的人力車伕分為幾派，一為「年輕力壯」的，一為「稍差點勁」的，一為「年紀在四十以上，二十以下」不屬於前兩派的。敘述者對他們一一加以論述。又例如在舊版的末章末段，敘述者對祥子作了這樣的評論：「體面的、要強的、好夢想的、利己的、個人的、健壯的、偉大的祥子，不知陪著人家送了多少回殯；不知何時何地會埋起他自己來，埋起這墮落的、自私的、不幸的、社會病胎裡的產兒，個人主義的末路鬼！」

《駱駝祥子》是一部寫實主義的作品。我在第三章說過，寫實主義作品寫的通常是現實社會裡下層人物的困苦，以「引起療救的注意」。《駱駝祥子》正是如此。這本小說的寫實性，還表現於它對現實環境的眞確反映。Jean James 在其*Rickshaw*（《駱駝祥子》英譯本，一九七九）的序言中指出，《駱駝祥子》涉及的北京人的「居住環境、疾病、無知、貧窮、無望的掙扎等」，其情況和學者調查所得到的資料一樣。James指的是Sidney Gamble所著的兩本關於北京的書（一是*Peking, a Social Survey*, New York, 1924，一是*How Chinese Family Live in Peking*, New York, 1933）。

《駱駝祥子》的人物對白，用的是北京人的口語，這也是它寫實性的表現。例如，第一章寫到祥子在車鋪買車，老闆說：「聽聽聲兒吧，鈴鐺似的！拉去吧，你就是把車拉碎了，要是鋼條軟了一根，你拿回來，把它摔在我臉上！一百塊，少一分咱們吹！」又例如茶館中老車伕自述困境：「孩子心重，甭提多麼要強啦！媳婦也走了。我們爺兒倆就吃這輛車；車破，可是我們自己的，就仗著天天不必爲車份兒著急。掙多掙少，我們爺兒倆苦混，無法！無法！」這些都是道地的北京話。黃修己指出，老舍的敘述常夾著描寫，「對北京的風光、風俗，用親切的語調，……有工筆畫的效果。寫人力車伕春夏秋冬的生活，也極爲眞切。」（《發展史》三六〇頁）。

《駱駝祥子》也用了象徵筆法。在舊版的第六章，虎妞和祥子喝了酒後，屋內滅了燈，「天上很黑。不時有一兩個星刺入了銀河，或劃進黑暗中，帶著發紅或發白的光尾，輕飄的或硬挺的，直墜或橫掃著，有時也點動著，顫抖著裡，給天上一些光熱的動蕩，給黑暗一些閃爍的爆裂……」這裡老舍用了象徵筆法，暗示他們在做愛。

總括來說，老舍擅於運用語言，寫法靈活，或簡潔明快，或工筆鋪陳，而情節波瀾起伏，是個敘述故事、刻劃人物的高手。

❖片段選析

好的文學作品，每一段，甚至每一句、每個字，都是整篇作品的有機（organic）部分，都值得細細閱讀。詩尤其如此。不過，篇幅長的作品，我們不可能字字句句都細讀詳析，長篇小說特別不容許我們這樣做。現在我挑選了《駱駝祥子》的幾個片段，大家重讀一下，並加以分析。選讀這些片段，對我們深入認識這本小說的主題、人物、寫作手法等，會有幫助。

第一個片段：祥子和人力車

第一章最後四段和第二章頭三段，即從「他忽然想起來，今年是二十二歲」到「如同騎著名馬跑了幾十里那樣」。這裡寫祥子買了車之後的快樂，他不知道自己在哪一天出生，索性把買車這天當作自己的生日，「人的也是車的，好記」，不止好記，車簡直就是他的生命。

車是那麼美的車，且是祥子的車，他不跑得快，拉得美，怎對得起自己和車呢？祥子和車，彷彿有了知覺與感情，「祥子的一扭腰，一蹲腿，或一直脊背，它都就馬上應合著，給祥子以最順心的幫助，他與它之間沒有一點隔膜彆扭的地方。」拉得快的時候，「微微輕響的皮輪像陣利颼的小風似的催著他跑，飛快而平穩」。即使累了，也只感到痛快。

祥子與車，可說合而爲一。拉車成爲祥子可愛的事業，是一種他深愛的運動，我們可以想像，祥子拉車時姿態優美，如得獎的體操表演，如名騎師策騎著駿馬。事實上，老舍這樣說，祥子「如同騎著名馬……」。

第二個片段：老車伕的苦況

第十章由「這話還沒說完，門外的人進來了，也是個拉車的」到「……爲這一老一少買了十個包子。……直到已看不見了他們，他才又進到屋中」，一共有五頁左右。一個饑寒交迫的老車伕，踏進茶館不久，就暈過去了。茶客多是車伕，看到這個情景，都來幫忙。喝完白糖水後，老車伕好一點。祥子到外面買了十個羊肉餡的包子給老車伕吃。老車伕說茶館外他的小孫子正看著車，一中年車伕把小孩子叫了進來。爺孫二人一起吃包子。老車伕向眾人講述家庭狀況：兒子當兵去了，一去不回，媳婦也走了。現在爺孫二人相依爲命，拉一輛破車過日子。祥子聽了，感慨很大。一老一少的車伕離開了茶館，祥子呆立在門外，「心中感到一種向來沒有過的難受。在小馬兒（老車伕的孫兒）身上，他似乎看見了自己的過去；在老者身上，似乎看到了自己的將來！」

小說中這幾頁，具體而細微地寫出了人力車伕的命運，惹人同情。眾車伕對老車伕相濡以沫，頗使讀者感動。祥子體會到一老一少兩個車伕，是自己的寫照，心裡難過，但他沒有法子改變這樣的人生。後來祥子仍然以拉車為活，在可以不拉車的時候（虎妞叫他不要再拉車）仍然拉車。我們知道，拉車和祥子密切不可分，勤勞的祥子，以拉車為事業，為生命之所寄託。

第三個片段：二強子、小福子、虎妞

第十七章最後八段，即從「小福子長得不難看」至章末。二強子中年喪妻，貧窮、嗜酒。他把女兒小福子賣給一個軍官。後來軍官調遣到別處，小福子回家了。虎妞對這位「芳鄰」的經歷很感興趣，很想知道小福子得過的「享受」。另一方面，小福子對著兩個饑餓的弟弟，十分難過。父親二強子喝醉了酒，有了「主意」，竟然叫女兒去當娼。他說：「你閒著也是閒著，有現成的，不賣等甚麼？」小福子知道，「為教弟弟們吃飽，她得賣了自己的肉」。虎妞為小福子提供房間和其他方便，同時收取一些費用，於是小福子當起娼妓來。「虎妞樂得幫忙朋友，而且可以多看些，多明白些，自己所缺乏的，想作也作不到的事。」在這個片段中，我們可以得到這樣的論斷：小福子可憐，二強子可恨，虎妞可鄙。

第十七章的末段說：「祥子甚麼也不知道，可是他又睡不好覺了。虎妞『成全』了小福子，也要在祥子身上找到失去了的青春。」祥子白天拉車，不知道家裡發生的事情。晚上睡不好覺，因爲虎妞需索於祥子，以滿足性慾。祥子以拉車爲業，勤勞老實，看來在夫妻關係中，他是被動的。

第四個片段：雨景

第十八章下半部的一段，從「雲還沒鋪滿了天」到「有時又白亮亮的，一個水世界」。祥子在酷暑中拉車，逢大雨，濕透了，後來病了一場。這段寫的只是雨景，和故事情節沒有大關係。老舍似乎要在這裡表現寫景的能力，顯示自己不只會敘事、寫對白、發議論而已。這個段落寫雨、風、雲的變化，很有層次，很細膩。「地上射起了無數的箭頭，房屋上落下萬千條瀑布」，用了妥貼的比喻。「幾分鐘，天地已分不開，空中的河往下落，地上的河橫流」，是合理的誇張。

第五個片段：虎妞難產而死

第十九章的最後三頁左右，從「一直鬧到月底，連祥子也看出來了」到章末。虎妞不能順利生產，祥子聽了接生婆的話，請來了陳二奶奶，和一個「童兒」——四十來歲的一位黃臉大漢。陳二奶奶這個蛤蟆大仙，畫了催生符，要虎妞服下。擾嚷多時，卻對虎妞毫無幫助。陳二奶奶和「童兒」偷偷地走了。虎妞帶著個死孩子，斷了氣。小說的這個片段反映了當時下層老百姓的迷信。老舍寫得生動，可見他對這些事情頗有認識。小說家描寫人生世相，常識愈多愈好。我們讀小說，除了故事、人物、主題的體認之外，也往往可以吸收到一些常識。虎妞難產致死的原因，就屬於健康常識的範圍。

虎妞的歲數大，這又是頭胎。她平日缺乏運動，而胎又很大，因爲孕期裡貪吃油膩。這幾項合起來，要順順當當的生產是很困難的。況且虎妞一向沒有讓醫生檢查過，胎兒的部分沒有矯正過。虎妞由普通的接生婆接生，終因難產而死。作者的分析，有醫學常識爲據，是正確的。

最後，我要指出，舊版《駱駝祥子》有兩個片段是敗筆。一是第六章描寫祥子與虎妞做愛的片段，我在上面提到它時，說老舍這裡用的是象徵筆法，這是指寫作手法而言。我要批評的是這個片段的用詞。這裡寫得太文雅了，其修辭風格與兩個人物的身分不相稱。二是最後說祥子是「末路鬼」那個片段，把祥子罵得太凶了，不夠中肯持平。這個片段，在新版中都刪去了。

(二)錢鍾書的《圍城》

《圍城》在一九四七年初版，校對不大好。此後香港等地據初版重印此書，錯誤頗多。三十餘年後，錢氏校閱過舊版，做了一些修改，於一九八〇年由人民文學出版社印行新版。香港和台灣據此新版重排推出多種繁字體、直排版本。讀者閱讀時應根據新版版本。

❖作者及寫作背景

錢鍾書，字默存，一九一〇年出生，江蘇無錫人。他出自書香門第，幼受庭訓，記憶驚人，酷愛文藝，又很用功。一九三三年畢業於清華大學外文系，一九三五年得獎學金赴英國牛津大學深造，一九三七年得副博士（B. Litt）學位。一九三八年歸國，任教於多所大學。一九四九年後，任清華大學外文系教授，後改任中國社會科學院文學研究所研究員。八〇年代任該院副院長。錢氏精通中英文，兼通德文、法文、西班牙文、義大利文和拉丁文，其文學論著如《談藝錄》、《舊文四篇》、《管錐編》等旁徵博引，中西比較，議論卓越，為舉世所推崇。錢氏另有雜文集《寫在人生邊上》、短篇小說集《人獸鬼》及長篇小說《圍城》，後者被譯成多種外文。錢氏的作品，無論創作或評論，都文采斐然，其談話則風趣機智，但他極少演講或講學。八〇年代起大陸推行開放政策，一般作家學者的文學交流活動甚多，但錢氏在北京寓所與夫人楊絳深居簡出，以讀書、寫字、撰述自娛。晚年體弱臥病，於一九九八年逝世。八〇年代以來，大陸內外研究錢鍾書者，由鄭朝宗啓其端，愈來愈多，形成「錢學」。已刊行的錢氏傳記有多部；述論錢氏作品的專著和專刊，有二、三十種。

錢氏夫婦在一九三八年從歐洲回中國，曾先後在上海小住。一九四一至一九四九年居於上海。《圍城》以上海和浙江、湖南爲背景。此小說講述的是一九三七年夏天至一九三九年冬天發生的事，正當抗戰時期。

錢鍾書在《圍城》一九四七年初版的序上說：「這本書整整寫了兩年。兩年裡憂亂傷生……」書在一九四四年動筆，一九四六年完成。《圍城》是本諷刺小說，常常有讀者問錢氏，書中角色某某是否影射現實中的某某。一九八五年楊絳在〈記錢鍾書與《圍城》〉一文中說：「鍾書從他熟悉的時代、熟悉的地方、熟悉的社會階層取材。但組成故事的人物和情節全屬虛構。儘管某幾個角色稍有眞人的影子，事情都子虛烏有；某些情節略具眞實，人物卻全是捏造的。」

錢鍾書是天才型學者作家，他的《圍城》卻不是揮筆立就的，而是用了整整兩年的時間才寫成。據楊絳在〈記錢鍾書與《圍城》〉一文透露，錢氏寫《圍城》，平均每天寫五百字左右。錢氏在小說的序裡說，這本書是他「錙銖積累」寫成的。

❖情節及主題

《圍城》的主角方鴻漸是江南人，高中時與同鄉姓周女子訂了婚。方後到北平讀書。未婚妻病逝。周家把原來的嫁妝費供方鴻漸到歐洲深造。方四年間換了三間大學。方、周兩家都去信詢問學位事，方不得已買了個博士學位，在一九三七年夏天回國。在船上與鮑小姐有一段情，又結織了新科女博士蘇文紈。方回鄉後，出了不少洋相。日本飛機來襲，方與父母、弟弟等先後避居上海。方在周家的銀行工作。在上海生活無聊，登門造訪蘇文紈，並認識了趙辛楣

（留美碩士）和唐曉芙（大學生）。趙追求蘇，蘇對方極有好感，方的理想情人是唐。一番陰差陽錯，方、唐分手，蘇與劍橋博士曹元朗結婚，方、趙成了好朋友。

一九三八年九月，趙、方應湖南平成三閭大學之聘，啓程赴校。同行者還有齊赴三閭大學教書的李梅亭（中文系）、顧爾謙（歷史系）和孫柔嘉（英文系）。一行五人，舟車十分勞頓，旅程甚爲曲折，奇事異物頗爲不少，終於抵達學校。三閭大學是新辦的國立大學，校長是高松年。學校位於鄉鎮，學生只得百多人。

方和趙是好朋友，互相照應。孫對方漸生情愫，二人後來訂婚。三閭大學多有人事傾軋，各懷鬼胎，如爭做系主任、爲安插親人而勾心鬥角等，這些都把人性的弱點暴露了出來。趙辛楣因爲涉嫌桃色事件而離開三閭大學。方鴻漸與孫柔嘉訂婚。方被誤會，以「思想危險」爲理由，不獲續聘。方、孫雙雙離校，到了香港，草草結婚。

回到上海，方在報館工作，孫則在一工廠任職。方家的繁文縟節，使孫柔嘉不勝其煩。孫的有錢姑母，對方時加白眼冷眼。方、孫二人常生齟齬。一次，二人口角，終至動起手來。孫拿了箱子到姑母那裡去了。故事在一九三九年冬天結束。

《圍城》第三章有一部分寫方鴻漸與諸人吃飯，在聊天時，褚愼明道：「……他引一句英國古話，說結婚彷佛金漆的鳥籠，籠子外面的鳥想住進去，籠內的鳥想飛出來；所以結而離，離而結，沒有了局。」蘇文紈道：「法國也有這麼一句話。不過，不說是鳥籠，說是被圍困的城堡fortresse assiégé，城外的人想衝進去，城裡的人想逃出來。」褚愼明和蘇文紈的話，正爲《圍城》點題。婚姻如此，整個人生也如此。

凡人都有慾望，悉力以求，悉力以赴「城內」、「籠內」；目標達到了，進城了，入籠了，卻又覺得不外如是，甚至大失所望。於是出城、出籠，奔赴別的目標。如是者循環不息。小說中，方鴻漸從輪船到上海，從上海到三閭大學，從三閭大學回到上海，以至他一段兩段三段的戀愛婚姻，正是這樣進、出的歷程。有些人爲了達到目標，往往不擇手段，於是人性中自私、貪婪、虛僞等種種弱點，就都暴露出來了。《圍城》既寫出了人類進城、出城的無奈處境，更暴露、諷刺了人性中的這些弱點。

❖人物

《圍城》的人物頗多，主要的是方鴻漸、孫柔嘉、蘇文紈、趙辛楣、方遯翁、李梅亭等。

主角方鴻漸，是個沒有大用的好人，他有小聰明，口才好，人頗隨和，卻也有他的脾氣。夏志清說方鴻漸品性「怯懦」（一九八〇，三八五頁），茅國權（《圍城》的英譯者之一）說他「平凡」，黃修己說他是個「灰色知識份子」（《發展史》六一一頁），都是對的。這樣的一個「反英雄」（anti-hero），不但沒有轟轟烈烈的事蹟，而且婚戀和事業處處碰壁，小說結束時他孑然一身，孤立無援，實在很可憐。這個「不如意事十常八九」的普通人，正因爲其平凡普通，而成爲「我你他」的寫照，應能引起眾多讀者的共鳴。

方鴻漸有小聰明，且擅文筆。以下爲一例子。蘇文紈有一首詩，由青年政客王爾愷抄錄在扇上。蘇文紈曾向方鴻漸出示此扇上的詩，方看後，說：「王爾愷那樣熱中做官的人還會做好詩麼？」對詩批評了一頓，又說是「偷」來的。蘇極怒。後來方知道詩是蘇的，於是運用其聰明及文筆，寫一函向蘇解釋此事：「昨日承示扇頭一詩，適意有所激，見名章雋句，竟出諸傖夫俗吏之手，驚極而恨，遂厚誣以必有藍本，一時取快，心實未安。……」蘇看信後，轉而爲喜。

孫柔嘉在小說故事發展了一小半後才出現，卻是書中分量最重的女性。她樣貌不算美麗，初出現時沉靜害羞，後來與方鴻漸訂婚和結婚，才表現出她有主見，容易妒忌，正因爲這樣，她和丈夫時有摩擦，導致婚姻出現危機。孫柔嘉在赴三閭大學途中，已對方鴻漸有好感，到校之後，暗中主動向方示好。第七章最後數頁寫方、孫二人「訂婚」的事。當時方、孫二人在一起談話，李梅亭和陸子蕭以爲他們正在情話綿綿。孫一向對方有好感，尷尬害羞中向方靠近，拉方的右臂。方對孫也有感情，這時出於保護的心理，接受了這樣的「靠近」，方在和李一番對話之後，「如在雲裡，失掉自主」地，糊裡糊塗地，和孫訂了婚。這眞是毫不浪漫的愛情。

然而，孫方二人的婚姻，苦多樂少，吵架頻仍，最後不歡而散。「圍城」這個比喻，在婚姻方面，用在孫柔嘉身上最爲貼切。（方之與孫結合，是頗爲被動的；蘇文紈嫁給曹元朗，則可能有點意氣用事。「圍城」的比喻，不適合用在方和蘇身上。）

蘇文紈是大家閨秀，留學法國，獲得眞的博士學位，眉清目秀，回國時年齡已有二十五、六，頗急於找對象結婚。她對方鴻漸表示愛情，給予他機會，無奈文紈有意鴻漸無心。趙辛楣和曹元朗都追求她。她捨棄留美碩士、一表人材、青梅竹馬的趙，在方向她表示他另有所愛後，嫁給了「圓臉肥短身材」的劍橋大學博士曹元朗。此事頗使趙、方驚訝。蘇的抉擇，可能基於學位（二人都是博士）和家庭背景（蘇、曹二家是世交），似乎也有意氣用事的成分；然則，婚姻實在是功利現實的事情。蘇與曹結婚後，衣飾更時髦，和方、孫見面時，顯出盛氣凌人的樣子，把孫氣壞了。蘇的表現，可說是由於一種報復心理：報方不愛自己之仇。

趙辛楣是富家子弟，留學美國，作風洋化，他自己以爲與方鴻漸爭奪蘇文紈，其實方沒有爭。後來誤會冰釋，趙與方二人成爲好友，對方多次協助。在《圍城》的眾多知識份子中，趙與方是較爲正派的。

方遯翁是方鴻漸的父親，是老派讀書人，講究道德文章。他望子成龍，但方鴻漸人無大志，非進取識時之輩，碌碌無成，方遯翁對此實在無可奈何。方遯翁喜歡高論，以一家之主身分教訓兒子，頗爲迂腐可笑。

李梅亭僞善小器，虛榮好色，在旅途中和在三閭大學裡，都表現出來。他和褚愼明、韓學愈、汪處厚等一樣，都是《圍城》裡被諷刺調侃的對象。其他人物尚多，不及在這裡一一分析。

❖寫作手法

《圍城》以主角方鴻漸爲主線，展開故事，諷刺知識份子和其他眾生相。夏志清說它使人想起《儒林外史》，但比後者優勝，其中一個因素是它有「統一的結構」。茅國權和很多其他評論家，也都認爲它在結構上「連貫統一」，首尾呼應。《圍城》可分爲四部分：⑴第一至第四章；⑵第五章；⑶第六至第八章；⑷第九章。這是根據茅國權的分法。四部分的內容，也就是《圍城》的故事情節，上面已有介紹，請參看。

《圍城》的「敘述時間」是順敘，加上若干說明式的插敘。其「敘述重心」是人物和情節。其「敘述角度」則是夾敘夾議的全知；作者對人生世相，極盡諷刺的能事，把「夾敘夾議的全知」手法的特色，發揮得淋漓盡致。

對人的凶殘、邪惡、歹毒，我們要揭發、撻伐、詛咒。對人的虛榮、愚昧、小器等弱點，這些較小之惡，文學家加以間接地批評，用的往往是幽默的筆法，這是諷刺。《圍城》諷刺的對象，以知識份子爲主，但不止這些。正如茅國權所說，書中的角色，從店員、司機、警察、妓女，以至買辦、銀行家等，都是諷刺的對象。諷刺的事物，如茅氏所列舉的，有知識份子的出國留學熱、知識份子的弄虛作假、中國傳統小說的才子佳人老套故事等等。例如，作者這樣議論文憑：「這張文憑，彷彿有亞當、夏娃下身那片樹葉的功能，可以遮羞包醜；小小一方紙能把一個人的空疏、寡陋、愚笨都掩蓋起來。」這裡要說的是學位證書與學問沒有必然關係；愈是學問不濟的人，愈需要文憑來掩飾。又例如，褚愼明娓娓道及他跟英國哲學家羅素的交往，說羅素請他幫忙「解決許多問題」；原來羅素確實問過褚愼明甚麼時候到英國、有甚麼計畫、茶裡要擱幾塊糖這一類問題。這裡諷刺的是，褚愼明大言不慚、攀龍附鳳的虛榮心理。《圍城》幾乎每頁都有幽默可笑的諷刺，有時一頁中諷刺性文句接二連三地出現。

《圍城》的另一個手法是用比喻，也是幾乎每頁都有，有時一頁中接二連三。錢鍾書是比喻大師，他的小說、雜文以至學術論文，用喻繁複。他是個無喻不歡的作家。《圍城》中的諷刺，常常用比喻的筆法表現出來，上述對文憑的諷刺，以亞當、夏娃的遮羞樹葉爲比喻，就是一個例子。還有幾個對食物的妙喻。方鴻漸和鮑小姐在一家西菜館進餐，「誰知道從冷盤到咖啡，沒有一樣東西可口；……魚像海軍陸戰隊，已登陸了好幾天；肉像潛水艇士兵，曾長時期伏在水裡；……。」這裡所用的比喻，使人讀來噴飯。再舉一例。買辦張吉民，「喜歡中國話裡夾無謂的英文字。他並無中文難達的新意，需要借英文來講；所以他說話裡嵌的英文字，還比不得嘴裡嵌的金牙，因爲金牙不僅妝點，尚可使用，只好比牙縫裡嵌的肉屑，表示飯菜吃得好，此外全無用處。」金牙和肉屑，都是妙喻。

夏志清和茅國權說《圍城》是一部文人小說（scholar-novel）。這樣說，是因爲作者錢鍾書學識淵博，而《圍城》裡面徵引豐富，中西文學、哲學、邏輯、風俗、法律、教育制度，以至外文和女性主義等，無所不包。我們讀《圍城》，除了認識人情世態外，還吸收了不少知識。

這部文人小說的語言，是文雅的，和《駱駝祥子》以平民的北京口語為主的不同。《圍城》中有多處提到書信，其中方氏父子一來一往的函件，詞藻典雅，是作者錢鍾書文筆多姿的一個例子。錢氏描寫景物，另有一手，好像下面第五章寫月亮的一段文字，就和一般「新文藝腔」的寫法（即喜歡用所謂「詩情畫意」的美麗而陳舊的字眼）不同：「這是暮秋天氣，山深日短，雲霧裡露出一線月亮，宛如一隻擠著的近視眼睛。少頃，這月亮圓滑得甚麼都黏不上，輕盈得甚麼都壓不住，從蓬鬆如絮的雲堆下無牽掛地浮出來，原來還有一邊沒滿，像被打耳光的臉腫著一邊。」

《圍城》的人物以知識份子為主，也有各個不同階層的人。知識份子的對白，自然較為文雅。上海的買辦張先生中英夾雜，旅途中的新寡婦人，說話時而嬌柔、時而凶惡，也都維妙維肖，在在說明作者觀察入微，語言的運用十分到家。

❖片段選析

《圍城》是一本機智幽默、警句不絕的小說。這樣精彩的小說，我們要慢慢地、悠閒地閱讀，一目十行、只追看情節的讀法，絕對不能欣賞到它的好處。全書值得特別圈選、摘錄的片段甚多，下面只選取數段。選讀這些片段，對我們深入認識這本小說的主題、人物、寫作手法等，都有幫助。

第一個片段：父子書信來往

第一章，人民文學出版社一九八〇年（以下簡稱「人民版」）七、八頁，從「方鴻漸的父親是一鄉之望」到「想不到老頭子竟這樣精明」。這兩封文言文寫的信，十分有趣，可見作者文字功力的一斑。「汝托詞悲秋，吾知汝實爲懷春」用對偶法，尤其有妙趣。

第二個片段：擇偶論

第一章，人民版三三、三四頁，從「父親道：『你的婚事……』」到「……一個道理」。這裡的擇偶觀點，是老派的，可能早已不合時宜。方遯翁的「大學畢業生才娶中學女生……」論、「娶婦必須不若吾家」說，可能被譏爲落伍，爲大男人主義思想。

方遯翁的擇偶論很難說過時悖理與否。一九九四年七月三十日的電訊報導：新加坡前總理李光耀表示，目前國內教育程度高的婦女，擇偶困難；如果他早知如此，當年就不會急於把接受高深教育的機會開放給婦女。他還說：「文化是不可能迅速改變過來的，……你（男人）想要做一家之主，不想有一個比你聰明、收入比你更高的太太。」李光耀這番話，反映的正是方遯翁的思想。由此可見方氏擇偶論仍然有其時效。至於方鴻漸認同他父親的見解與否，小說沒有明說。我們只知道，方鴻漸沒有把蘇文紈當作理想妻子的候選人。

第三個片段：勢利與用典

第三章，人民版七八、七九頁。這裡其實是內容不同的兩個段落：「曹元朗料想方鴻漸認識的德文……」至「只能瞧不起本系的先生」；「詩有出典」至「……並不說他們抄襲。」前者道出學術界、教育界的勢利，這種風氣至今尚在，只是科系的行情不太一樣罷了。錢鍾書的作品，多諷多刺。假如讀者正是被刺的某系教師或者學生，讀到這裡，一定不舒服。第二個段落，說的是用典，講得有道理；這可作為一則詩學理論來讀。

第四個段落：文化的吃

第三章，人民版八七至一〇一頁，從「方鴻漸到館子」到「為甚麼不把蘇小姐看個仔細」，很長，一共十四頁多。我在〈文化的吃：錢鍾書《圍城》中的一頓飯〉一文中，闡述了這部分在小說中的作用。簡單來說，其重要性有下面幾點：點出《圍城》書名的涵義；諷刺知識份子的虛榮；警句迭出，比喻湧現，就文學問題、哲學問題發表議論；寄寓事與願違、造物弄人之意。這個大片段，可以說是整部《圍城》小說的縮影。

第五個片段：肉芽

第五章，人民版一六八、一六九頁。從「伙計取下壁上掛的一塊烏黑油膩的東西」到「這叫『肉芽』——『肉』——『芽』。」讀者讀到這裡，一定感受難忘，且難過。當時那種落後、不衛生，實在不可思議。這是個十分「寫實」的片段。

第六個片段：大學之道

第六章，人民版二一四至二一六頁，從「鴻漸教的功課到現在還是三個鐘點」到「自己的班上偏這樣無精打采」。這裡說了幾樣事情：學生來上方鴻漸的課，壓根兒爲了學分；這是功利。學生瞧不起這個教師：「只是個副教授！」「而且不屬於任何系的。」這是勢利。教授不點名，學生就不來上課。如此學生，可能使人嘆息道：「世風日下！」此外，教書誠然不是容易的事。方鴻漸初登講壇，儘管自己以爲備課充分，但準備的材料可能一下子就講完了。他後來發明了一個殺時間的方法，就是「動不動就寫黑板，黑板上寫一個字要嘴裡講十個字那些時間」。方鴻漸發現隔壁的班上，學生笑聲不絕，自己的班上，學生無精打采。講書是得有技巧的。

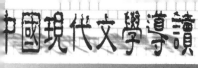

第七個片段：夫妻之道

第九章全章。這一章大部分說的是方鴻漸和孫柔嘉的吵架。如果你對人際關係，特別是夫妻相處之道，興趣濃郁，你不能錯過這一章。這一章看起來冗長囉嗦，卻是最現實、最生活化的。方鴻漸生長於老式家庭，家裡頗多繁文縟節。孫柔嘉受新式教育，對這些禮儀之事，既不懂，也不習慣。此外，孫柔嘉和妯娌相處，常有矛盾，一來因爲背景不同，二來因爲嫉妒心理。爲了方家的事，方、孫吵過好幾次。至於孫柔嘉方面，她的姑母陸太太有錢，看不起方鴻漸，對方諸多不滿，傭人李媽又站在孫柔嘉一邊，於是方、孫時起齟齬。孫對趙辛楣有恨意，而方對趙的話大多聽從，這也引起孫的不滿。方、孫兩個人受到上述人事的影響，二人又各有主見，雖然有時也互讓互諒，終不能免於頻頻吵架。

二、小說與電影的比較研究

(一)引言

這裡挑選兩部從小說改編而成的電影：《祝福》和《駱駝祥子》，比較電影與小說原著的異同。

看這兩部電影，將有助於我們對小說原著的瞭解。小說中人物的服飾，有關的器物、生活環境等，電影中具體眞實地表現出來；這些方面，對我們瞭解小說原著的幫助特別大。這兩部電影，編、導、演都很出色；電影的本身，也很值得我們欣賞。

無論電影如何忠實於原著，二者總有不同之處。究竟怎樣不同？其不同是來自小說和電影這兩種媒體的不同？還是來自改編者在故事情節、人物刻劃上的改動？還是兩個原因都有？小說和電影，一般而言，都重視情節和人物，故事性戲劇性都強。小說和電影是不同的媒體，其不同點，柯靈曾作過比較，大家可參考柯靈的〈電影劇本的特性——電影文學三講之一〉一文（見《論文集》）。下面介紹該文的意見，必要時補充一些觀點。（）內是筆者的觀點。

第一，小說訴諸文字，電影訴諸形象和聲音。讀小說，我們要用想像力把文字變爲形象和聲音；看電影，我們直接感受到形象和聲音。小說中的風景描寫，通常要花不少筆墨才能具體細膩，在銀幕上，則往往一個鏡頭就可以了。

第二，小說的篇幅，短、中、長都有，基本上是沒有限制的；小說可以容納極多的人物和情節。電影放映的時間，一般是九十分鐘至一百五十分鐘，因此，太多的人物和情節，電影是容納不下的。電視連續劇則不在此限，因爲它可以長達數十、數百集。

第三，小說裡一、兩句敘述文字，如「他常常去看他們」，「他們到處都遭到拒絕」，在電影裡，卻要用很多畫面、場景才能表現出來。（不過，在電影裡也可以透過某人物的對話，或者用旁白，交代出來。）

第四，小說對人物的描寫，可直接說明其性格，但在電影裡，人物用自己的行動和語言來表現。（當然，在電影裡，也可以用人物的對話來說明某個角色的性格，也可以用旁白來說明；但這些到底不是正宗的電影手法。）小說裡對人物的心理描寫部分，電影是不能勝任的，除非透過旁白之類的手法。

第五，讀小說時，我們可以隨時停下來，重讀一下；或者慢下來，細細閱讀。可以一邊讀一邊慢慢地思索。看電影，在錄影機普及以前，卻不容許我們這樣做。因此，電影在表現方法上必須注意通俗化。從主題、人物到劇情的進展，都要交代得清楚明白，使觀眾容易看懂、聽懂。（通俗化之說，可以商榷。實驗性[experimental]強的電影、前衛的電影，以少數的電影藝術愛好者爲對象，就可以不用通俗化，不用甚麼都交代得清楚明白。三數十年前，不少現代主義電影如《廣島之戀》、《八又二分之一》等，是相當艱澀的。若干電影愛好者，對這類電影，往往一遍兩遍地仔細觀看，以求瞭解其內涵。近年光碟普及，看電影時要反覆看某些片段，是易如反掌的事。這樣，通俗易懂更不是必要的條件了。）

(二)魯迅的〈祝福〉及據此改編的電影

電影《祝福》由夏衍據魯迅原著改編，桑弧導演，白楊、魏鶴齡（分飾祥林嫂和賀老六）等演出，在一九五六年攝製。在內容思想上，電影比原著加強了對封建思想的控訴。編劇對故事的處理，層次分明，緊湊集中，細節豐富，導演手法俐落。劇情充滿張力，高潮營造得宜，頗能震撼人心。演員技藝精湛，祥林嫂的勤奮良善，賀老六的仁厚老實，造型甚佳。魯四爺、魯四嬸有知書識禮人家的正派面貌，卻難以掩藏其陰狠，這些，演員也都充分地表現出來。至於佈景考究，配樂諧協，也是電影的優點。這部電影曾多次在國際電影節中獲獎，可說實至名歸。當然，要批評也是可以的。演員的表情和台詞稍嫌誇張，有「舞台化」之弊，因而現實化、生活化不足。以上是我個人對電影《祝福》的簡評。

小說原著用的不是順敘的手法；敘述者回魯鎮，見到祥林嫂，和她談過話。後來敘述者聽到祥林嫂去世的消息，於是回憶起他所認識的祥林嫂，講述她的故事。最後敘述者在「祝福」的爆竹聲中驚醒，結束了回憶。原著用的是倒敘加插敘的手法。而電影，顯然用的是順敘的手法。至於「敘述角度」，原著用的是「我＝目擊者」，而電影用的是「戲劇式」，並加上了若干旁白。

柯靈在上面提到的文章中，指出電影與原著的情節有以下的不同：

1. 原著用「我」來敘述故事，電影刪除了「我」；把這個「我」刪除，柯靈認爲「是完全正確的」。

2. 在原著裡不登場的賀老六，在電影中登場了；電影且安排了一段祥林嫂、賀老六「短促的幸福生活」。

3. 原著有衛老婆子這個角色，電影裡衛老二是她的化身。電影裡增加了阮大嫂、丫頭阿香、帳房老孔等角色。原著裡不登場的次要人物阿根、阿毛等，都登場了。

4. 原著中一筆帶過的事件，如祥林嫂被婆婆強迫嫁給賀老六、祥林嫂婚後生活、賀老六之死、阿毛（祥林嫂之子）被狼吃了，電影裡變爲一場一場的戲。

5. 電影豐富了祥林嫂的形象。祥林嫂與賀老六行過婚禮後翌日，她表示要走，賀老六待她很好，她很矛盾，「封建制度給她的思想影響，正當的生活的願望，在這裡作著劇烈的內心鬥爭。」
6. 電影增加了祥林嫂到土地廟砍門檻的一場。
7. 電影把賀老六父子的死組織在一場戲裡，使劇情發展更緊湊一些。

以上我撮述了柯靈的意見。在下面，我會就原著與電影的異同，以及和電影有關的問題，補充一些觀點；此外，還會討論柯靈的一兩個看法。

把短篇小說改編成電影，通常可容許電影增加一些情節，豐富某些片段的內容。〈祝福〉的改編，正是如此。電影說的是祥林嫂一生的故事，她的生平中，和賀老六結婚和婚後的生活，是重要的部分。這部分，電影用了不少篇幅來處理。電影中祥林嫂被迫與賀老六結婚，她極力反抗。後來爲賀老六的仁厚感動，結爲夫妻。婚後二人勤奮工作，很恩愛。祥林嫂有喜，誕下男嬰。賀老六打獵回來，抱起兒子，很滿足。然而，賀老六因爲結婚欠下一筆債，債主追討。賀老六拚命工作，賺錢還債。烈日下拉縴，過勞倒下。賀老六病了半年，債主兇狠地追逼，並威脅要賀老六用房子抵押。賀老六已盡了力，且生大病，忍無可忍，罵債主太狠。在衝突中被推倒，不久後死去。與此同時，兒子阿毛在戶外剝豆，不慎被狼噬食。丈夫與兒子同一日死去，祥林嫂悲慟欲絕。

回顧一下原著，我們發現魯迅只說「天有不測風雲」，賀老六是因傷寒病而死的，並沒有拉縴、追債等情節。追債的事，使我們想起趙樹理的小說〈福貴〉，放高利貸者簡直如吸血鬼。電影《祝福》加添了上述的情節，乃爲了說明老百姓受到剝削壓迫，是對封建社會的控訴。

還有一個情節，也加強反封建的主題。原著中，祥林嫂捐了門檻後，仍被魯四爺魯四嬸視爲不祥人，不准許她參與祝福禮的籌備工作，祥林嫂又一次遭受打擊，「受了炮烙似的」。自此身心衰老，精神更不濟了。過了一段時日，魯四爺魯四嬸才「想打發她走」。此事「後來終於實行了」。然而，在電影中，情形並非如此。在準備祝福禮時，祥林嫂被魯四爺魯四嬸一再喝斥，不准她碰牲品和器皿，而且被罵，立刻被趕走——當時門外正下著雪。電影中，魯氏夫妻對祥林嫂的表情，愈到後來，愈顯得陰冷以至兇狠。電影這樣的處理，在控訴封建社會方面，比小說強多了。魯迅的〈狂人日記〉，聲討的是「吃人的禮教」，但該小說的表現頗爲抽象。在電影《祝福》中，「吃人的禮教」有血有肉，非常具體。

祥林嫂的遭遇，很使人同情。電影中，祥林嫂抗婚撞頭、丈夫兒子同一天死去、被逐出魯家三處，都是高潮（後者是最大的高潮），她神情悲慟、憤慨、無助、無奈，雙目圓睜，視線向上，很有無語問蒼天的意味，充滿了控訴的力量。這些場面，甚有震撼性、感染力，電影具體生動，聲音與映象兼施的效果，相信比小說原著的力量要大很多。

電影的結構也嚴謹。狼和鞋子的伏筆，使後來發生的事情有可信性。原著中，祥林嫂死了，而瑞雪飛舞，魯鎮一片祝福禮鞭炮的聲音。這裡的對比強烈，很具反諷意味。電影中，也有類似的對比，但較爲平淡，似乎表現不出原著的力量。此外，原著的對聯下聯「事理通達心氣和平」，是對魯四爺的諷刺。電影沒有這樣的交代，可能是由於編劇者看不到這裡的反諷意味（本書第三章提過這一點），而忽略了原著中這個有用的細節。

柯靈的文章，通論小說與電影的異同，又比較〈祝福〉的原著和電影，有很多好的見解。在結束這部分的討論之前，我想對柯靈的一、兩個觀點提出來商榷一下。

柯靈說：原著中的「我」，在電影中刪掉，是完全正確的。他又說：「從電影劇本的角度看，『我』是站在戲劇衝突以下的，在祥林嫂的全部命運中，他是個局外人，因此在電影劇本中，『我』就成了多餘的人物。」我則認爲原著中的「我」，在電影中仍可存在。如「我」存在，「我」可發揮原著中本來的作用：「我」是同情祥林嫂的人；「我」是當時一種知識份子的寫照。電影《祝福》刪了「我」這個角色，是編劇和導演的一種取捨。我們不能因此就說「我」是多餘的人。順便一提：在技術上，要把「我」安排在電影中，並無困難。電影多有這種用「我」來敘述故事的例子。美國的《齊瓦哥醫生》（Doctor Zhivago）就是一例。

柯靈說祥林嫂的問題「人到底死後有沒有魂靈」，在電影中是不必要提的。柯靈的見解不一定使人認同。原著中的敘述者「我」遇到祥林嫂，祥林嫂問「我」：人死後到底有沒有魂靈。電影少了「我」這個角度，把祥林嫂這個問題，當作獨白來處理，讓它在最後出現——在祥林嫂死去之前。柯靈認爲電影到了最後，祥林嫂「求生無路，入地無門」的悲愴心境，已充分表現出來，觀眾已了然於胸；因而祥林嫂最後的這個獨白是沒有必要的，而它出現了，其效果也跟小說裡的完全不同。柯靈這個評論，有商榷餘地。祥林嫂受迷信習俗影響，很關心魂靈的有無問題。在她極爲悲愴的時候，在她去世前，她提出這個問題是合情合理的。電影的處理有其必要，所得的效果和原著也差不多。

㈢老舍的《駱駝祥子》及據此改編的電影

電影《駱駝祥子》由凌子風改編和導演，張豐毅、斯琴高娃（分飾祥子和虎妞）等演出，在一九八二年由北京電影廠攝製。這部電影攝製認眞，力求反映原著那個時代的服飾、景物的種種眞實。像電影《祝福》一樣，這部電影對加強認識原著的有關事物，很有幫助。編、導、演三方面都是一時之選。電影《駱駝祥子》本身有優異的表現：敘述明快簡潔，情節波瀾迭起，細節豐富傳神，演技精湛，角色造型突出。祥子的憨厚善良，張豐毅充分表達出來；或可訾議的是，原著中祥子的陽剛氣，電影略嫌不足。虎妞的能幹、潑辣、俗氣，斯琴高娃演繹得很好；不過，原著中虎妞老與醜，電影中卻不然，反之，是相當艷麗的。小福子楚楚可憐；劉四爺粗鄙，一臉橫肉；如此等等，這些造型都使觀眾印象深刻。

短篇小說改編爲電影，通常可加添情節；長篇小說改篇爲電影，則往往要減少。《祝福》從原著到電影，情節多了；《駱駝祥子》從原著到電影，情節少了。不過，即使如此，電影《祝福》與《駱駝祥子》相比，仍然是後者的事件和人物都比前者的多。也因此，我們發覺《駱駝祥子》的節奏比《祝福》快。

電影《駱駝祥子》刪去了原著的若干情節，例如，原著一開始，敘述者介紹北平的三種人力車伕，又略述祥子的出身，這些在電影中都略去了。祥子努力拉車三年，節衣縮食，湊足了一百塊錢買一部新車，購車後的快樂，拉著新車的滿足感，這些，電影也刪去了。電影還刪掉了下面這些：茶館中的老車伕講述兒子和媳婦的事；曹先生的學生阮明這個角色及其事情；虎妞生產時的陳二奶奶和「童兒」這兩個角色及其所爲；虎妞死後祥子與二強子的衝突；祥子在夏家拉車，與夏太太有染，得性病；祥子回到曹先生家拉車，曹先生願意幫祥子和小福子；小福子死後祥子一直潦倒，在人家的紅白事情上幫些小忙，賺幾個錢；敘述者對祥子這個「個人主義末路鬼」的斥罵。

我們知道，虎妞主動親近祥子，最後「獵獲」這個對象，她對祥子在性的方面需索頗大。這些是原著和電影都有透露的。不過，電影處理得較爲低調，只要一和原著相比就看出來。原著第十五章有這樣的句子：「他（祥子）第一得先伺候老婆，那個紅襖虎牙的東西；他已不是人，而只是一塊肉。他沒了自己。只在她的牙中掙扎著，像被貓叼住的一個小鼠。」第十六章的說法更多：「她（虎妞）不許他去拉車，而每天好菜好飯的養著他，正好像養肥了牛好往外擠牛奶！他完全變成了她的玩藝兒。他不但是厭惡這種生活，而且爲自己擔心。」「拉過兩個較長的買賣，他覺出點以前未曾有過的毛病，腿肚子發緊，胯骨軸兒發酸。他曉得自己的病源在哪裡……」「祥子……簡直沒有回家的勇氣。家裡的不是個老婆，而是個吸人血的妖精！」

在《駱駝祥子》中，老舍筆下的虎妞，「是個吸人血的妖精」，小說中其他女人，也有其可怕之處。第二十章所寫的夏太太（電影刪掉這個角色），年輕漂亮，塗香水，衣服講究。她使得夏先生身體羸弱。她引誘祥子，祥子抗拒不了，結果得了性病。祥子覺得夏太太「有些可怕，像虎妞那樣可怕」，她比虎妞年輕美好，也因此祥子就更怕她，「彷彿她身上帶著他所嘗受過的一切女性的厲害與毒惡」。在《駱駝祥子》中，虎妞和夏太太都是在性方面使祥子害怕的女人。這可能反映了作者老舍潛藏的一些懼怕女人的心理。

電影中沒有夏太太。電影中對虎妞的形容，在性方面，低調多了，因此也不覺得她怎樣可怕。這就牽涉到原著與電影一個很大的不同：電影中的虎妞，沒有原著那樣可怕，有時且顯得相當可愛。原著中的虎妞，三十多歲，又老又醜。老舍有以下的形容：「虎頭虎腦」（一九九五年人民文學出版社版本，三四頁；以下頁碼也據此版本）；「越老越結實的虎牙」（三六頁）；「擦了粉……掩去了好多她的凶氣」（四八頁）；「像個大黑塔！怪怕人的！」（七五頁）；「她的臉上大概又擦了粉……像黑枯了的樹葉上掛著層霜。……顯出妖媚而霸道」（七六頁）；「頭髮髭髭著，眼泡兒浮腫著些，黑臉上起著一層小白的雞皮疙瘩，像拔去毛的凍雞」（一一五頁）；「她的臉紅起來，……好像一塊煮老了的豬肝，顏色複雜而難看」（一三八頁）；……。老舍對虎妞還有這些描寫：虎妞「發著醜笑」（一三三頁）；「她是會拿枕頭和他變戲法的女怪」（一三四頁）；他娶的是個「母夜叉」（一三七頁）；「他越來越覺得虎妞像個母老虎」（一六三頁）；如此等等。

電影中的虎妞，是由斯琴高娃飾演的。斯琴高娃明眸皓齒，樣子漂亮，演過《高山下的花環》、《似水流年》等電影，她本人自然既不老也不醜。經過化妝，電影中的虎妞長著虎牙，但不算太顯露太難看。電影中的虎妞，潑辣、霸道、粗氣，但並不難看，不是母夜叉。她誘惑祥子的時候，別有一番媚力；她新婚之時，且相當艷麗。總之，電影中的虎妞，不老不醜，而是頗爲年輕、美麗。就造型而言，電影和原著中的虎妞，大不相同。

這不可能是改編者和導演凌子風誤讀了原著，不瞭解虎妞的形象。這是有意的改動。改動的原因呢？可能是基於實際票房的考慮。如果電影中的虎妞，和原著中一樣老醜，觀眾會不喜歡。一般觀眾幹麼要花錢來看一個又老又醜而且潑辣的女人？這不是很噁心嗎？

電影不但把虎妞美化了，還讓她變得較爲善良起來：她向小福子道歉，送她一袋麵粉。精明能幹的她，把家收拾得整齊清潔，做家務也很俐落。祥子和她結了婚，成家了，慢慢地有了家室的喜悅，雖然他眞正喜歡的是小福子。電影中，祥子在虎妞快要生產時，心想快要做爸爸了，喜上眉梢。到了虎妞難產，祥子四處找醫生，焦急張惶，一臉痛苦的樣子，後來虎妞氣絕，祥子大呼大叫，神情悽厲，可見祥子對虎妞是有感情的，而且頗深。虎妞臨終時，氣如游絲，表示要再看看祥子一面。這也是情的表現，說明虎妞並不只把祥子當作滿足慾望的工具。原著中，並沒有上述的描寫。原著雖然提到祥子成家之後的溫暖感，卻沒有上述這些情的鋪陳。原著中，祥子受到社會的剝削，也受到虎妞的需索榨取；在電影中，前者是保留的，後者在程度上是大大減低了。

原著和電影中，祥子和虎妞二人，都是最重要的角色；然而，就比例而言，原著花在二人關係上的篇幅，沒有電影的多。電影固然要刪蕪存菁，突出重點，我們也不妨這樣猜想，多花篇幅在男女關係上，對電影的賣座可能有幫助。事實上，除了祥子虎妞關係的處理之外，電影對祥子和小福子關係的處理，也「加料」、加強了。電影中關於小福子的事，小說原著所沒有的，有下面這些。一天，大雨傾盤而下，祥子拉著車，整個人濕透了。他在路上遇到小福子，一定要她上車，把她拉回家。小福子起先不肯，終於上車。還有，一天，祥子在大雜院裡縫補車子的布，小福子看見了，走過來幫忙。小福子又和祥子一起洗擦車輪和車燈，此事給虎妞回家時看見了，妒意形於色，十分不悅。另外，有一次，祥子在街上碰見含淚的小福子，上前安慰她。

上述加添的事件，都是小福子和祥子兩人之間的。祥子的妻子是虎妞，但他眞正喜歡的是小福子。上述的情節，使觀衆知道他倆互有好感，關心、幫助對方。這些片段，豐富了原著的內容。祥子、虎妞、小福子構成了三角關係，加強了矛盾衝突，使故事跌宕起來。電影明顯地強化了祥子、虎妞、小福子男女關係及其生活的描述。這樣做，固然爲了加強重要情節的內容，大概也是編導有意加重愛情戲的分量，以爭取多些觀衆。

電影《駱駝祥子》美化了虎妞的形象，與原著旨意不合，就此而言，電影不忠於原著。原著中的虎妞，又老又醜，卻又精明能幹，大膽追求其所慾，是中國現代小說中一個突出的女性，是老舍的一個創造。電影中的虎妞，由於不老不醜，形象改了，創新性也低了。就人物的塑造而論，電影不及原著的獨特。不過，我們須知，改編始終是改編，電影的編劇沒有百分之百忠於原著，何況他還要實際地考慮怎樣去吸引觀衆。

上文說過，長篇小說拍成電影時，往往會刪去若干人物情節；《駱駝祥子》正如此。基本上，電影對原著的刪節，是明智的。不過，電影沒有交代祥子儲蓄三年才買車，沒有著力描述祥子拉著新車的快樂，這些都可說是瑕疵。祥子節衣縮食了三年，才買到車子。車子是他的謀生工具，更是他生命之所寄託。他視拉車爲樂事。他拉車，就像騎著駿馬，又像在表演健美操。車子和祥子可說已合而爲一。爲了要充分刻畫祥子的性格，上述買車和拉車的片段，電影是應該有的。這些片段還有加強說明主題的功能。一個如此勤勞善良的人，他的理想不過是做個好車伕，而這個理想竟然一次一次被現實粉碎了。社會對祥子何其不公平！

《祝福》和《駱駝祥子》都是悲劇。兩個勤勞善良的人，都得不到好結果。看了這些作品，我們會很難過。而且，這些老百姓的遭遇，正是現代中國苦難的寫照。電影《祝福》和《駱駝祥子》把這些悲慘的人物和故事，具體地呈現出來，讓我們可藉此深入地思考現代中國的問題。

第五章

現代散文

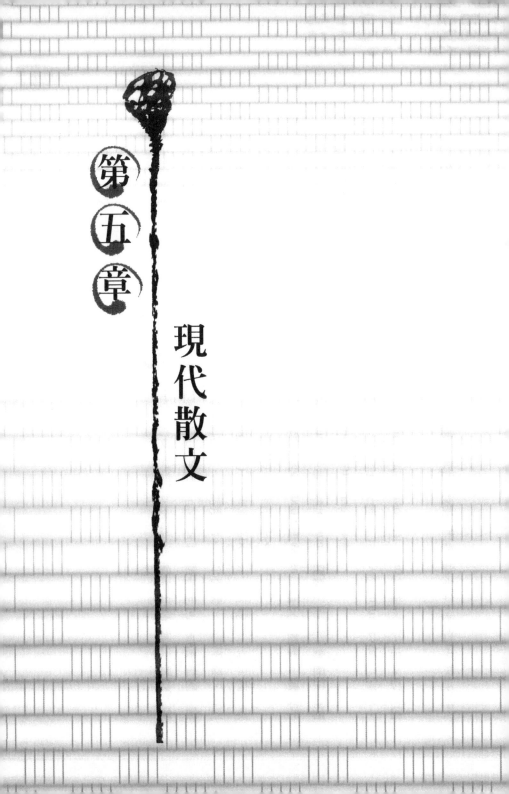

一、現代散文導論

中國傳統的文學中，詩、文並舉；文有駢體文和散體文之分。散體文就是散文。駢文（駢體文）通常是四個字一句，或六個字一句，因此又叫做「四六文」。駢文的句子是整齊的。散文與駢文相對，指句子參差不齊的文章。「南昌故郡，洪都新府，星分翼軫，地接衡廬。襟三江而帶五湖，控蠻荊而引甌越。」（王勃〈滕王閣序〉）這些是駢文句子。「嗚乎！吾少孤，及長，不省所怙，惟兄嫂是依。」（韓愈〈祭十二郎文〉）這些是散文句子。

西方文學中有prose這種文類，prose一般譯做散文。prose與verse（韻文）相對。廣義的prose，指的是verse之外的一切文類，包括fiction（小說）和drama（戲劇；不過，戲劇中包括詩劇poetic drama）；狹義的prose，指verse, fiction, drama之外的文類。

西方文學的prose之中，有essay這種體裁（也可稱爲文類）。Essay有formal essay（論文；正式文章），也有informal essay。Informal（或familiar或personal）essay這種文體，中文譯爲隨筆、小品、散文等。Essay也往往中譯爲散文。

綜合來說，中文的「散文」一詞，除了中國傳統的散體文的意義之外，還有prose, essay,

informal（或familiar或personal）essay這幾個意義。

中國現代文學中的散文，由魯迅、陳獨秀等人的議論性散文（又稱爲雜文）啓其端，稍後有冰心、朱自清等的抒情性散文出現，作家愈來愈多，作品有種種不同的類型和風貌。

㈠現代散文的各種類型

中國古代對文章（散文）的分類，非常細密、繁瑣。梁代《昭明文選》分爲三十多種，南宋《宋文鑑》分爲五十類，清代《古文辭類纂》分爲十三類。中國現代對散文的分類，各家有不同的方法，並不統一。

有人把現代散文分爲小品、雜感、隨筆、通訊四類；有人分爲思想表現、諷刺、幽默、美文、遊記、哲學幽默混合、日記、書翰、傳記九類；有人分爲小品、記述、寓言、抒情、議論、說理、雜文七類；……（可參考鄭明娳《現代散文類型論》一書的第一章。）也有人把散文分爲描寫文、敘事文、抒情文、說明文、論理文五類。這些都是不妥當的分法。

郁達夫在《中國新文學大系》（一九三五；一九六二）散文二集的「導言」中指出：「有些散文，是既說理而又抒情，或再兼以描寫記敘的，到這時候，你若把他們來分類合併，當然又覺得困難百出了。」例如，魯迅的〈秋夜〉、朱自清的〈背影〉和冰心的〈寄小讀者——通訊七〉都有敘事、描寫、抒情的成分；徐志摩的〈我所知道的康橋〉，除了敘事、描寫、抒情之外，還有說明、議論的成分。要把某篇散文準確地歸入某一種文體，往往是非常困難的，甚至是不可能的。我們要知道，即使是一篇所謂抒情的散文，也必定有敘事和描寫的成分，因為離開了人事和景物，感情是難以產生的。有時，抒情和說理頗為難分，我們不是常常說「合情合理」、「法理不外乎人情」嗎？散文有不同的偏重，或重敘事，或重描寫，或重抒情，或重說理（議論）。要把難以分類的某篇作品強行分類，是完全沒有必要的。

小品（小品文）、散文、隨筆、小品散文、散文小品五個詞語的意思相當接近，不可能有絕對、明確的分別。大概而言，小品和隨筆的篇幅都較為短小，在一、二千字之間或以下。散文的篇幅則可長可短。隨筆強調的是隨意揮寫，不一定有嚴謹的結構。小品（文）、散文、小品散文、散文小品、隨筆五者，其共同點是：非韻文；敘事、描寫、抒情、說理皆可。

上面我們論述了一些名詞，討論了散文的分類問題。這裡要解釋和散文有關的幾個名詞：雜文、報告文學、學者散文。這幾個名詞，是我們研究散文時，常常會碰到的；它們的定義較容易把握。

雜文：是散文的一種，議論性強是其特色，如魯迅的〈一九一八年隨感錄，三十五〉。

報告文學：又叫做報導文學、新聞文學、紀實文學等，是散文的一種，在調查、採訪新聞人物或新聞事件後撰寫的報告。和新聞報告相同的是：眞實性；和新聞報告不同的是：報告文學具有文學性，也就是說有文采，重視修辭藝術。夏衍的〈包身工〉是一個例子。

學者散文：是散文的一種，作品表現作者的學問和識見，且往往有機智幽默的特色，如錢鍾書的〈釋文盲〉、〈讀《伊索寓言》〉。

(二)散文與詩

這個論題和現代散文有關，對它的把握，有助於認識現代散文。不過，這個論題的範圍很大，不容易講得全面透徹。下面的討論，主要集中在中國的散文與詩，先古，後今。

1. 古代的散文，句子長短不一；古代的詩（以近體詩爲準，下同），句子長短劃一。
2. 古代的散文，不押韻；古代的詩，押韻。
3. 古代的散文，句法較平順；古代的詩，常有倒裝句法。
4. 古代的散文，抒情說理之外，頗重視形象性；古代的詩，很重視形象性。
5. 古代的散文，其篇幅一般比詩長，對人、事、物、時、空的交代，比詩較爲清楚詳細。古代的詩，以濃縮凝鍊的語言，用經濟的手法表達思想感情。

上面說了古代散文與詩的分別，下面說現代的。中國現代的詩，分爲格律詩和自由詩兩大類，這裡用以和散文比較的，是自由詩。

古代散文與詩的分別，上述3、4和5三項所說的，也適用於現代散文與詩的分別。1、

2兩項卻不適合。換言之，現代的散文與詩，都是句子長短不一的，都不押韻。既然如此，在形式上，現代的散文和詩，爲了要有區別，就讓詩分行排列了（當然，這是受了西方的影響），而現代的詩，即新詩，也就被稱爲——或者被譏爲——分行的散文了。此所以梁錫華在〈魯迅的〈記念劉和珍君〉〉一文說，魯迅該文的一些段落，大可分行排列成新詩，例如這一段：

既然
有了血痕了
當然
不覺要擴大。
至少，
也當浸漬了親族、師友、愛人的心，
縱使時光流逝，洗成緋紅，
也會在微漠的悲哀中
永存微笑的和藹的舊影。

詩與散文，至此實在難以分辨。在中國現代文學史上，有所謂「散文詩」，也就不足爲奇了。顧名思義，散文詩這種體裁，介乎散文與詩之間，它比散文濃縮，比詩較爲鋪陳，篇幅比一般的散文較短（其實散文並無固定的篇幅長短），比詩長（詩的篇幅其實也無一定）。它重視形象性，一如新詩。但它和新詩不同的是：新詩分行，它不分行，而分段，因此它又稱爲「分段詩」。魯迅的散文集《野草》，頗有上述散文詩的一些特色，因此被稱爲中國現代文學中散文詩集之始。

分類往往是個複雜的問題。魯迅《野草》中的〈秋夜〉一文，篇幅不算短，而且一開始對時、空的交代也相當清楚詳細，有散文的特色，卻被稱爲散文詩，這大概是由於它形象性很強，用了比喻和象徵，題旨較爲含蓄蘊藉，和詩的手法接近。

㈢散文與小說

散文的內容主要是作者的實際生活，和對生活的體會；散文強調的是作者的眞情實感。小說表達的是人生、社會的事物，要寫得合情合理；然而，小說的人物和故事，一般而言，是虛構的，最多是取材自眞人眞事，再經過重構、重塑，經過「藝術的加工」。這樣看來，散文寫眞人眞事，小說寫虛構的人物故事，兩者的分別是很明顯的。散文的敘述者是「我」。小說的敘述者，有「全知」的，也有「限知」的。在「限知」的敘述者中，「我」是一種敘述者。當小說的敘述者是「我」的時候，如果這篇小說的故事比較平淡，它就很容易被誤會爲散文了。

在這樣的情形下，散文和小說驟然間很難區分。

不少讀者以為魯迅的〈故鄉〉是一篇散文。它寫敘述者「我」回鄉接家人北上，在故鄉逗留期間，見了鄉民閏土和豆腐西施。〈故鄉〉寫的事物很平淡，缺乏戲劇性情節。我們知道魯迅一生中，確曾從北平回故鄉，接母親北上。由於上述這些，不少讀者以為〈故鄉〉是一篇散文。然而，它是一篇小說。說是小說，理由有二。第一，〈故鄉〉收在《吶喊》一書中，而《吶喊》是魯迅自己寫成、自己編成的小說集。第二，一經研究，我們就知道〈故鄉〉所述的事物，和魯迅的眞實經歷並不相同。他經常回故鄉。最近一次回鄉與寫作〈故鄉〉時，只隔了兩年。此外還有很多差別，包括閏土這個人物：〈故鄉〉中所寫的他，和實際的很不相同。基於上述種種，我們只能說，〈故鄉〉是一篇有若干自傳色彩的小說，而非散文。

朱自清的作品〈背影〉則為散文，理由有二。第一，這篇作品收在朱氏的散文集《背影》裡。第二，我們拿〈背影〉的內容，和朱自清生平的經歷作一比較，發現〈背影〉所寫的，與作者的生平事蹟吻合。〈背影〉寫於一九二五年十月，憶述的是一九一七年的一件事。是年冬天，朱自清的祖母去世，他從北京到徐州，和父親一起回家奔喪。喪事完畢之後，父子同行，到了浦口車站，父親要去南京，朱氏要返北京，就此分手。當時境況不佳，心情淒冷，分別時父親的背影，使朱自清印象難忘。〈背影〉中說「我」已經二十歲，朱氏當時正是此年齡。

散文寫的人、事、物，孰眞孰假，讀者不容易判斷，除非讀者與作者極為熟絡，對他有極深入的認識，或者讀者對作者生平有極深入的研究。即使作者寫的人、事、物都是眞的，但作品中的細節，也不見得全都眞實無誤。如果一篇號稱散文的作品，所寫的人、事、物和眞實有些出入，但僅限於一些細節，而且並非出於作者有意，那麼，我們仍然可以把它看作散文；如果出入大，而且出於作者有意如此，那麼，這篇作品應該改稱爲小說。

判斷一篇散文所寫的人、事、物，是否眞實，並不容易。判斷它所抒發的感情，是否眞實，同樣不容易，甚至更加困難。因此，我們要注意，在評論散文時，不應該隨便用「眞實動人」、「情感眞摰」等字眼。我們相信很多、甚至大部分散文寫的都是作者的眞情實感，然而，在眞實與否獲得驗證之前，我們不要用這些字眼。如果改用「所寫的我認爲合情合理」，「所抒發的感情，引起我們的共鳴」，這樣才是科學的、實事求是的態度。在討論「散文與小說」時，我順便提出這個眞實性問題，請大家注意。

二、現代散文導讀

下面我們討論九位作者的散文，這些作品都是著名的篇章。著名，因爲多本選集都有選入，且常常被人談論到。

- 魯迅的〈一九一八年隨感錄‧三十五〉、〈秋夜〉、〈記念劉和珍君〉
- 周作人的〈故鄉的野菜〉、〈烏篷船〉、〈死法〉
- 冰心的《寄小讀者》通訊二、通訊七
- 朱自清的〈綠〉、〈荷塘月色〉、〈背影〉
- 徐志摩的〈我所知道的康橋〉
- 何其芳的〈雨前〉、〈遲暮的花〉
- 梁實秋的〈雅舍〉、〈謙讓〉
- 錢鍾書的〈釋文盲〉、〈讀《伊索寓言》〉
- 夏衍的〈包身工〉

著名的作品，通常有其優異的表現，有其重要性。不過，著名的作品也有水準不高的；至於篇中有瑕疵、有敗筆的著名作品，也是很多的。及格的散文，是言之有物、詞句通順。如果題材有突破、情思深邃、文采斐然的，那就是傑出的作品了。

(一)魯迅

魯迅的雜文非常有名，在中國現代散文史上，有很高的地位。他有《熱風》、《墳》、《華蓋集》等雜文集多本。其雜文反封建思想，批判國民性，尖銳猛烈，論者都說仿如匕首。魯迅的文筆老辣，議論縱橫，但有時難免失諸偏激。他的〈一九一八年隨感錄．三十五〉論的是保存國粹，我們對此文試加析評如下。本文最初發表於一九一八年十一月十五日《新青年》第五卷第五號，後來收入魯迅的雜文集《熱風》。「保存國粹」是當時的口號，魯迅認為此事不妥。「倘說：中國的國粹，特別而且好；又何以現在糟到如此情形，新派搖頭，舊派也嘆氣。」魯迅一向批判傳統文化，此文反映了這種觀點。此文短小精悍，直接俐落。「要我們保存國粹，也須國粹能保存我們。」道來簡潔有力。不過，在這篇雜文裡，魯迅把國粹解釋為「一國獨有，他國所無的事物」，卻不完備。「粹」可解作「純粹」，也可解作「精華」。如解作「精華」，國粹意即一國之精華。中國的文化，良莠不齊，有的萬古常新，有的經不起時代的考驗，我們不能全部頌揚，也不應一筆抹殺。魯迅這篇文章，固然鋒利，卻嫌武斷了。

第二篇要討論的是〈秋夜〉。此文寫於一九二四年九月，同年十二月發表，後來收入散文詩集《野草》。〈秋夜〉表面上寫秋天夜裡園子裡的自然景物，實際上不止這些。和眾多評論家說的一樣，黃修己認為「那落盡了葉子還帶著傷痕，卻仍然直刺『奇怪而高』的天空的棗樹，顯然寄託著作家自己對舊勢力的傲岸不屈的精神」（《發展史》一七三頁）。〈秋夜〉用了象徵筆法，例如「奇怪而高的天空」象徵當時舊社會的惡勢力。星星、月亮、小青蟲也有象徵意義。不少評論家都指出，魯迅一反詩人詞客對星星、月亮的美好聯想，把它們寫成黑暗環境的一部分。星星睞著冷眼，月亮窘得發白，它們和陰冷的天空合起來君臨大地，統治著人間。棗樹有頑強的鬥爭精神，小青蟲奮力抗爭，不怕犧牲。作者歌頌棗樹，更向小青蟲「這些蒼翠精緻的英雄們」致敬。

〈秋夜〉一開始是這樣的：「在我的後園，可以看見牆外有兩株樹，一株是棗樹，還有一株也是棗樹。」這幾句向來譭譽不一。有些論者認爲魯迅的寫法累贅，這幾句可濃縮爲：「在我的後園，可以看見牆外有兩株棗樹。」有些論者認爲魯迅原文的寫法很好。叫好的，有這樣的解釋：棗樹原是魯迅歌頌的對象，象徵對抗黑暗的力量。但這種力量顯得單薄，如果魯迅只寫成「有兩株棗樹」，那就更顯得單薄了。「一株是棗樹，還有一株也是棗樹」的重複寫法，有強調作用，雖然只有棗樹來對抗黑暗，但絕非孤身隻影，而是可以互相支援的兩株。

另一篇是〈記念劉和珍君〉。一九二六年三月十八日，北京的段祺瑞政府衛隊，開槍殺害徒手遊行的學生，有多人遇害，劉和珍是其中之一。魯迅悲憤異常，寫了這篇文章痛斥段政府的凶殘，讚揚中國新女性的勇敢。此文寫人敘事，抒情說理，沉痛有力，篇中「眞的猛士，敢於直面慘淡的人生，敢於正視淋漓的鮮血」、「不在沉默中爆發，就在沉默中滅亡」等句子，尤爲精警深刻。

㈡周作人

周作人是重要的散文家，與其兄魯迅齊名。他先後出版的散文集有《自己的園地》、《雨天的書》、《苦茶隨筆》、《瓜豆集》等多種。誠如黃修己所說，「周作人的散文不斷地批判保存國粹和各種復古倒退的思想」（《發展史》一七六頁），也有對時代的針砭；此外，他寫了很多小品文，「這類小品文往往帶有知識性、趣味性，用淡雅清逸的筆調，從容舒緩地描述小題材，……周作人為現代散文創造了一種平和沖淡的風格。這表現在文字上，是非常的樸素、平易，不重藻飾，不刻意求工。」（《發展史》一七九～一八〇頁）例如，著名的〈故鄉的野菜〉、〈烏篷船〉兩篇小品就是這樣的。

〈故鄉的野菜〉寫於一九二四年，後來收入《雨天的書》中。作者的妻子從市場買菜回來，他因而想起故鄉的野菜。篇中有野菜的描寫、民俗的介紹、食品製造的說明。作者引述《西湖遊覽誌》、《清嘉錄》等書，又引童謠、日本風俗，在在顯示作者的知識，兼及其日本經驗。有一種野菜，名叫紫雲英，「花紫紅色，數十畝接連不斷，一片錦繡，如鋪著華美的地毯，非常好看，而且花朵狀若蝴蝶……」這些句子較為華麗，其餘則樸素沖淡，正是周氏風格。

〈烏篷船〉寫於一九二六年，後來收於《澤瀉集》中。作者以書信的形式，向「子榮」講述故鄉的烏篷船，對它有十分細膩的描寫，又介紹船行時景象，兼述沿途各地特色，行文仍然是周氏平和、質樸的格調。要順便談一談的是，據研究者的考證，此信的收信人「子榮」就是周作人自己。作者執筆時，頗有「苦」味（〈烏篷船〉是《苦雨齋尺讀》的第九篇），心思散漫，為了排遣，於是提筆寫信給二、三知己，其中一篇虛擬了「子榮」這個名字，其實是寫給自己。（可參考林志浩主編的《中國現代文學作品選析》下冊中錢理群對〈烏篷船〉的賞析一文。）上面我們討論過散文的真假問題。單是讀〈烏篷船〉，我們一定以為「子榮」是周作人的一位朋友，而不會以為是他本人。孰真孰假，其難辨處，這裡提供了又一個例證。

〈死法〉寫於一九二六年，有感於「三一八」慘案而作，議論多，是一篇雜文。作者指出，死有二法，一曰壽終正寢，二曰死於非命。「現代文明」中最理想的「死於非命」自然是槍斃。這是作者所述的最後一種死法。他表示對死難學生的憤慨，曲折陳詞，其譏諷性相當明顯。與〈故鄉的野菜〉和〈烏篷船〉不同，本篇議論性、時代性都強。至於徵引繁多，則三篇如一。

(三) 冰心

冰心成名早，《往事》、《寄小讀者》等散文集，在二〇年代中期膾炙人口，影響很大。郁達夫在《中國新文學大系．散文二集》的「導言」中，形容她的散文清麗，思想純潔；說她寫愛，筆底有「溫泉水似的柔情」。這是恰當的評論。《寄小讀者》是冰心最著名的散文集，正如黃修己所說，「是書信體的，記述現實的經歷，用親切的語言……向少年讀者報導自己遠離家鄉身在國外的生活、思緒。」（《發展史》一八六頁）

《寄小讀者》中的通訊二，寫作者目睹小鼠被狗隻銜走遇害所感到的傷痛。作者對此要負上一些責任，但她完全是無心的。她為此事哀傷逾恒，久久不能忘懷，常常自責。由此可見冰心的善良和多愁善感，也讓讀者領會到她對小動物的喜愛。她是這樣描寫小老鼠的：「淺灰色的嫩毛，靈便的小身體，一雙閃爍的明亮的小眼睛。」冰心的散文常寫母愛，對母愛的偉大的頌讚，是她作品最重要的主題。這篇通訊二寫的是小動物之死，也涉及母愛。作者的母親，目睹小鼠被銜走，很難過，對作者說：「初次出來覓食，不見回來，他母親在窩裡，不知怎樣的想望呢。」而後來作者在夜裡看見有鼠子出來，「我總是想那隻小鼠的母親，含著傷心之淚，夜夜出來找他，要帶他回去。」母愛也存在於動物之中。這篇通訊二敘事抒情，委婉有致，具見冰心散文特色。

《寄小讀者》中的通訊七，分為兩部分，寫於一九二三年。八月二十日寫的部分，執筆於日本神戶，在冰心乘坐輪船赴美留學途中；十月十四日寫的部分，執筆於美國威爾斯利學院的慰冰湖（Lake Waban）畔。第一部分寫離愁，寫海上風光，寫神戶夜景，婉麗動人。輪船啓航時飛出五色飄帶，象徵心情的「飛揚而淒惻」。在海上，「斜陽的金光，長蛇般自天邊直接到闌旁人立處。上自穹蒼，下至船前的水，自淺紅至於深翠，幻成幾十層，一層層、一片片的漾開了來，……」寥寥幾筆，就捕捉了夕陽的麗彩。寫神戶夜色的璀燦也點到即止，筆觸簡潔。第二部分寫慰冰湖黃昏時的柔媚，較爲細膩。「每日黃昏的游泛，舟輕如羽，水柔如不勝槳」，修辭有古文的句法，流利而簡鍊，可見冰心的文學功夫。

《寄小讀者》通訊七仍寫母愛。它的第一部分寫海景，第二部分寫湖光。第二部分寫湖光之後，把海和湖作比較：「海好像我的母親，湖是我的朋友。我和海親近在童年，和湖親近是現在。海是深闊無際，不著一字，她的愛是神秘而偉大的，我對她的愛是歸心低首的。……」作者所用比喻非常貼切，先寫海，後寫湖，跟著兩條線索合起來，正是結構緊密處；而冰心對母愛的頌揚，母愛主題的經常出現，通訊七提供了又一例子。

(四)朱自清

朱自清寫詩與散文，而以散文享盛譽。在新文學早期的散文家中，他和冰心一樣，作品最多選入中小學的國文教材裡面。朱自清文風清麗，擅於描寫景物，〈綠〉和〈荷塘月色〉兩篇是著名的例子。前者見於散文集《蹤跡》，後者見於散文集《背影》。

〈綠〉寫的是仙岩梅雨潭的綠色。作者先寫梅雨潭的瀑布和梅雨亭，寫法頗爲細膩。跟著寫潭水，用很細的工筆，是〈綠〉一文的主體。黃修己說此文「寫的是梅雨潭的瀑布……如少婦的裙幅，如雞蛋清的軟與嫩……」（《發展史》一八三頁），這個說法要修正。〈綠〉主要寫梅雨潭潭水的綠，黃修己這裡所引述的句子，即裙幅和雞蛋清兩個比喻，寫的正是潭水。這兩個比喻所在的句子，以及上文和下文，寫的主要是潭水（即「平鋪」的「潭水的綠面」）。如果說這部分也涉及瀑布，那麼大概只有「她輕輕的擺弄著，像跳動的初戀的處女的心」這一句——說瀑布注入潭水引起的波動。朱自清把這裡的綠和北京、杭州二地的多個名勝的綠相比較，認爲這裡的綠是「奇異的綠」、「醉人的綠」。〈綠〉充滿了「繪畫的美」（黃修己語），比喻繁多、生動，表現了作者對自然美景的禮讚。

〈荷塘月色〉是另一名篇，所寫的荷塘在北京清華大學的校園裡，此文面世後，這個地方聞名了，彷佛變得更美了。這是由於藝術的美使自然景色增添了吸引力。本文首三段交代時空背景，第四、五、六段是文章的重心。第四段寫荷葉與荷花，第五段寫月色，第六段寫月色下的荷塘周遭。第七段及以後，寫作者聯想起古代採蓮的故事。最後寫作者回家，呼應首段。全篇寫來層次井然，章法綿密。〈荷塘月色〉寫景與抒情兼之，寫景用的是作者一貫的工筆，比喻頗多，有陰柔之美。另一個修辭手法是通感（synaesthesia），如第四段寫荷花的清香，「彷佛遠處高樓上渺茫的歌聲似的」；這裡用聲音形容香味，聽覺的感官轉爲嗅覺的感官，就是通感。作者藉著具體的官能感覺和聯想，突出抽象的花香。

朱自清的〈綠〉和〈荷塘月色〉兩篇散文，比喻頗多，常以女性意象爲喻，例如，

〈綠〉：「像少婦拖著的裙幅，……像跳動的初戀的處女的心。」〈荷塘月色〉：「像亭亭的舞女的裙……又如出浴的美人。」這些比喻的「喻體」都與女性有關。潭水溫潤，荷葉和荷花柔麗，用女性的意象來形容，是恰當的。朱自清的散文，除了上述兩篇之外，他如〈春〉、〈槳聲燈影裡的秦淮河〉等，也用處女、歌姝、仙女等做比喻，女性意象很多，論者說這表示朱自清這位道貌岸然的教師的一種「意戀」（余光中，一九七七）。

〈背影〉大概是朱自清最有名的散文了。它寫回憶裡車站送別的情景，父親上下月台的笨拙，「滑稽的動作裡透出深摯的親情」（黃修己語，《發展史》一八五頁），的確讓讀者留下深刻的印象。冰心寫母愛，〈背影〉則寫父愛，兩位散文家的母女情和父子情，互相輝映。論者指出，〈背影〉中「我」四次落淚，以二十歲的年齡，似乎是過於傷感了。

㈤徐志摩

徐志摩詩文兼擅，氣質浪漫，曾留學美國和英國，去過歐洲多個地方旅行，作品具異域色彩，風行一時，尤受青年讀者歡迎。徐志摩的散文集，有《落葉》、《巴黎的鱗爪》等，其中記遊的篇章甚多：他寫中國的天目山、北戴河等，寫日本的神戶，寫歐洲的翡冷翠、巴黎、康橋等。康橋是他最喜歡的地方，〈我所知道的康橋〉一文大概是他記遊散文中最著名的作品。

康橋即劍橋，爲劍橋大學（Cambridge University）的所在地。徐志摩一九二〇年離開美國到英國，要到劍橋大學跟隨哲學家羅素讀書。此願不遂。後經友人介紹，進入劍橋大學皇家學院，在那裡度過他一生中極美好的時光。〈我所知道的康橋〉（以下簡稱〈康橋〉）加上其他一些相關詩文，寫的都是這段時期他的生活和感受。

〈康橋〉一文分爲四節。第一節講述去康橋的緣起，第二節說明在康橋的日子、作者「單獨」的情景，並交代以下兩節所寫，「一是我所知道的康橋的天然景色，一是我所知道的康橋的學生生活」。

第三節先概述康河，然後把焦點放在兩岸的Backs——即劍橋大學多間學院（college）的後園，以及諸學院的建築物。秀麗宏壯的建築，青翠的樹木與草坪，水聲、鐘聲，合成美好的環境，讓作者享受黃昏時那「蜜甜的單獨」、「蜜甜的閒暇」。徐志摩喜歡旅遊，足跡遍中外，寫康橋時拿它和巴黎、威尼斯、翡冷翠、西湖、廬山等名勝之地比較，以表現康橋「純粹美感的神奇」。

第四節寫草坪、划船、季節的轉換、自然對人的好處，以及康橋的春天。划「長形撐篙船」（punting）是著墨多的一個項目，划船女郎的敏捷、閒暇、輕盈，是作者歌詠的題材。對康橋之春的描寫，有花香和鳥語，有朝陽與夕照，從平地寫到丘陵，從風景寫到人物，範圍廣闊，筆觸工麗，而感情充沛。浪漫主義的作家，往往傾力稱頌大自然的華美、奇異、神秘。有一次，在一條寬廣的大道上，有羊群經過，太陽金輝萬縷，「我心頭頓時感著神異性的壓迫，我眞的跪下了，對著這冉冉漸翳的金光」。這個場面，充滿了浪漫主義者的情懷。徐志摩對康橋的愛戀，使他把思念康橋之情叫做「思鄉」，使他這樣宣稱：「我這一輩子就只那一〈康橋之〉春，說也可憐，算是不曾虛度。」

康橋的天然景色寫了，康橋的學生生活呢？如果說，學生生活指的是學生上課、考試、住宿舍、參與課外活動等情形，則〈康橋〉一文對這些「學生生活」並無提及。篇中說到人悠閒地在草坪看書，在康河划船，這些當然也是學生生活的一部分，但並不是最重要的。徐志摩似乎在第二節開了空頭支票。也許可以這樣解釋：徐志摩寫康橋的景色，下筆不能自休，沉醉在康橋的美景中，忘記了還應該寫學生生活的部分。這或許可作爲浪漫文風的一個例證：天馬行空，不可羈勒。〈康橋〉是一九二〇年代最著名的記遊散文之一，以後也傳誦不衰。〈康橋〉和〈自剖〉、〈想飛〉等文，是徐氏散文的代表作。

㈥何其芳

何其芳先以寫詩聞名，後以寫散文成家。他的散文，意象豐富，透過意象來暗示情意，用的手法接近象徵主義詩歌的手法。第一本散文集《畫夢錄》出版後，甚得好評，其作品被稱爲「詩人的散文」。

〈雨前〉收於《畫夢錄》。黃修己說它「寫氣候的乾燥少雨以表現生活，包括感情生活的枯燥、乾渴。從而發出『一個巨大的心的呼聲』，希望生活中能聽到雨聲，能看到綠樹的覆蔭」。黃氏又說：「在〈雨前〉中，寫乾裂大地和憔悴柳條的盼雨，寫鷹隼對天色的憤怒鳴聲，更是造足了氣氛，使人感到萬物都在盼雨，於是一句『然而雨還是沒有來』，便具有濃烈的感情色彩。」（《發展史》四〇六頁）萬物的確都是期待著雨。

〈雨前〉還寫都市的鴨子，和故鄉的雛鴨。都市的鴨子在河中划行，有的已上岸，「在柳樹下來回地作紳士的散步，舒適划行的疲勞。」這些鴨子或撫理羽毛，或搖動身體以甩落水珠。故鄉的「一大群鵝黃色的雛鴨游牧在溪流間。清潔的水，兩岸青青的草，一根長長的竹竿在牧人的手裡。他的小隊伍是多麼歡欣地發出啾啁聲……。」

〈雨前〉的主題，應該是盼雨來大地，以解乾燥。假如我們接受這樣的解釋，則篇中寫到都市的鴨子和故鄉的雛鴨，顯然與主題沒有關聯了。「我懷想著故鄉的……」和「我想起故鄉……」這些句子，使讀者以為〈雨前〉有懷鄉的題旨，也是敗筆。其實雨一來，都市的街道、公園，以及市郊的原野樹木，就都得到洗滌，作者是不一定要提到故鄉的。換言之，〈雨前〉寫得蕪雜散漫，應該加以剪裁。篇中一些用詞造句並不妥當，例如「不潔的顏色的都市的河溝」一語，就有毛病。我們說「不潔的河溝」，說「顏色烏黑的河溝」，卻不會說「不潔的顏色」，因為顏色是沒有潔與不潔可言的。〈雨前〉是一名篇，很多本選集都選了。不過名篇不一定是佳作，〈雨前〉是一個例子。

〈遲暮的花〉也是多種選集所收錄的名篇，情調感傷，意境朦朧。篇中的人物和故事，在虛實之間，「很難捉摸描畫」（借用此文中詞語）。隱隱約約說的是個愛情故事，不過，男女二人如何遇合，如何分離，其間涉及甚麼事情，作者似乎刻意要寫得隱晦。二人的對話，故意不標明甚麼是甲說的，甚麼是乙說的，也為閱讀加添困難。〈遲暮的花〉瀰漫著憂鬱神秘的氣氛，黃昏、花、愛情、青春等元素的存在，加強了它對青年讀者的吸引力。何其芳藉著〈遲暮的花〉等散文表現了他的個人風格。

(七)梁實秋

一九三九年秋天，梁實秋在北碚與友人合資購置平房一幢，有六個房間，梁氏居其二，名之為「雅舍」。後來，應報刊之邀寫專欄，每期兩千字，名為《雅舍小品》，〈雅舍〉一文是其首篇。

「雅舍」建築單薄簡陋，位於山坡，它「有窗而無玻璃，風來則洞若涼亭，有瓦而空隙不少，雨來則滲如滴漏」。其陳設簡單，「我有一几一椅一榻，酣睡寫讀，均已有著，我亦不復他求」。這幾句很重要，作者安於簡樸，以讀書寫作自娛，心境閒適。三五之夜，欣賞月色，更有一番雅致。雅舍的雅，主要是精神上的。雅舍有老鼠，有蚊子，雨來則屋漏，甚至屋頂灰泥突然崩裂，泥水下注，滿室狼藉。但作者安於所居，他的朋友時來造訪，這個陋室成為雅舍。論者指出，〈雅舍〉一文可說是現代的〈陋室銘〉。梁實秋古文根底深厚，其散文用字雅潔。梁錫華在其〈學者的散文〉中，表示對〈雅舍〉寫月夜一節（「雅舍最宜月夜」到「助我淒涼」）極為欣賞：「文白交融得明麗動人，最後一句，含意深遠，一片遊子思家的哀苦，……而詩家的溫柔敦厚，哀而不傷，也在這一段散文中有所印證。」

〈謙讓〉也收在《雅舍小品》中，諷刺的是人的虛偽。宴會裡，眾人讓座，本來正在「表現謙讓的美……，但是當時的聲浪和唾沫星子卻都表示像在爭座」，實在可笑。作者把讓座時各人的動作和對話寫出來，十分具體生動。他還提到《聊齋誌異》中讓座而失誤打落門牙一事。作者對這種虛偽的禮儀，實在厭煩，他乾脆說「我不謙讓」，以示抗議。作者接下去分析讓座之風盛行的原因，從個人的實際利益著眼，極有說服力。作者進一步議論孔融讓梨的故事，以及西方天主教會選任主教時的謙讓儀式。作者認為謙讓是美德，即使是謙讓的儀式也是好的。「可惜我們人類的文明史尚短，……露出原始人的猙獰面目的時候要比雍雍穆穆的舉行謙讓儀式的時候多些。」作者沒有直接地批判中國民族性的假謙讓，不過，從他的語氣和所舉例子看來，他矛頭之所指，是清晰可見的。

梁實秋的散文，從生活事例出發，針砭社會，嘲諷人生，學問與見識俱備，多幽默而少尖酸，辭筆練達，其作品可列入「學者散文」之內。

(八)錢鍾書

錢鍾書是中國現代散文史上極出色的「學者散文家」。學者散文指那些具備學問、識見、情趣、機智的散文。魯迅、周作人、梁實秋等的散文，都有學者散文的一些特色。錢鍾書的散文，色彩最濃。梁錫華〈學者的散文〉一文（見《論文集》）中說的「博識與機智」，正道出錢氏散文的風格。梁氏對錢氏散文有這樣的評論：「他那份無比的機智，鋒利如刀，一割透骨時給人那種新鮮、準確、驚喜和痛快淋漓的感覺，實在罕有其匹。他用比喻以表達幽默譏刺，手法已達神奇幻化的地步。他把知識大量傾注進文字裡頭，把文字顛三倒四作魔術式的傳意。這門錢氏絕技，在〈釋文盲〉整篇文章內，表現得最為透徹。」

錢氏「用比喻以表達幽默譏刺」，可在〈釋文盲〉中找到例子：「看文學書而不懂鑑賞，恰等於帝皇時代，看守後宮，成日價在女人堆裡廝混的偏偏是個太監，雖有機會，卻無能力！」這是其一，諷刺一些文學研究者，無欣賞鑑別的能力。「假如蒼蠅認得字，我說，它對文學一定和那位語言學家看法相同。」把人喻為蒼蠅，諷刺其所見者小：「只有一個個字的形義音韻，才有確實性。」這是另一個諷刺。

錢氏的文字「魔術遊戲」，則可以下面為例。「創造的」批評改為「捏造的」批評，取「捏」鼻頭做夢和向壁虛「造」之意。至於「印象派」的批評，則改為「摸象派」，因為有四個瞎子摸白象的故事。這一改，既涉及瞎子，就和本文的題目「文盲」更拍合了。

至於學問，則裡面中外古今都有，尤以外國為多，我們一看文章就發現，不必舉例說明了。〈釋文盲〉的主題，在於諷刺那些「文學研究者，對於詩文的美醜高低，竟毫無欣賞和鑑別」。所述的現象，確實存在。錢鍾書以其絕妙好辭，把這個現象加以譏刺，有識之士讀來，首肯之餘，有解頤之樂。

錢鍾書在〈釋文盲〉一文中，把文盲一詞賦予新義；在〈讀《伊索寓言》〉中，錢氏對《伊索寓言》的故事加上註釋，另賦新義。例如，蝙蝠的故事中，蝙蝠碰見鳥就充作鳥，碰見獸就充作獸。「人比蝙蝠聰明多了。……向武人賣弄風雅，向文人裝作英雄；……。」又例如天文家的故事，他仰觀星象，失足掉在井裡，引起鄰居的嘆息：「誰叫他只望著高處，不管地下呢？」錢氏把故事繼續講下去：「下去……後，絕不說是不小心掉下去的，只說有意去做下層的調查和工作。譬如這位天文家就有很好的藉口：坐井觀天。真的，我們就是下去以後，眼睛還是向上看的。」錢鍾書續講這兩個故事，前者在諷刺人的奸詐機巧，後者在諷刺人的文過飾非，以及無窮的向上爬慾望。錢鍾書在〈讀《伊索寓言》〉中，用了反筆。「我們也相信現代一切，在價值上、品格上都比了古代進步。」其實他要說的是人心愈來愈壞。「從禽獸變到人，你看這中間需要多少進化歷程！」其實他要說的是人比不上禽獸。正話反說，因此有幽默、機智的效果。

〈釋文盲〉和〈讀《伊索寓言》〉二文，都是雄辯滔滔，表現了作者不凡的見識。二者的另一相同點是幽默機智。不過在修辭行文上則有不同：一是前者徵引的中外典籍多，後者少；二是前者用比喻多，後者少。後者是對《伊索寓言》九個故事的註解、評論。每個故事只用了百餘字，篇幅少，就不容許作者在說出自己的意見之後，還從從容容地徵引典籍和鋪陳比喻了。〈釋文盲〉和〈讀《伊索寓言》〉兩篇，都收在錢氏的《寫在人生邊上》。此書成於一九三九年，只得十篇文章，共數十頁，寫的是人生社會的一些面貌，是對人生這部大書的一些批語。不過，書雖薄而蘊藏豐富，是「學者散文」的經典之作，在中國現代散文史上有重要地位。

(九)夏衍

夏衍的〈包身工〉是三〇年代報告文學的代表作。報告文學作品寫人和事，往往有情節性、戲劇性，筆法接近小說。不過，報告文學作品寫的是眞人眞事，因此，在分類時，它屬於散文。〈包身工〉寫的是眞人眞事。夏衍在〈關於報告文學的一封信〉（一九八三）中說：〈包身工〉所寫的，「完全是眞實」。二〇年代夏衍已瞭解包身工這種制度。一九三五年夏衍「認眞搜集有關包身工的材料，……這裡的人和事都是眞實的，沒有一點虛構和誇張。那個『蘆柴棒』也是確有其人的……」。

〈包身工〉寫工人被剝削榨取，揭露了資本家的醜惡面目，正如黃修己所說，作品的「語言飽含著同情與憤慨」（《發展史》三四六頁）。此文的力量，主要乃來自大量具體的描寫與敘述。對包身工每日的工作，夏衍有細緻的交代，有時連對話也寫出來。工人受到音響、塵埃、濕氣的三大威脅；關於這些，作者都提出了具體的數據。包身工的待遇比一般工人更差。

在衣食住行方面，包身工的苦況如下。衣：油髒了的短衫和褲子，破髒的粗布鞋。食：一天裡兩粥一飯，粥「裡面是較少的秈米、鍋焦、碎米，和較多的鄉下人用來餵豬的豆腐的渣粕！粥菜，這是不可能的事了，有幾個『慈祥』的老闆到小菜場去收集一些萵苣菜的葉瓣，用鹽漬一浸，這就是她們難得的佳餚」！住：「七尺闊、十二尺深的工房樓下，橫七豎八地躺滿了六、七個『豬玀』」，裡面瀰漫著汗臭、糞臭和濕氣。行：這些包身工平時走路，有點蹣跚，因爲腳纏過而未放大；此外，她們沒有甚麼「行」的機會。

夏衍除了寫一般包身工之外，還突出了「蘆柴棒」，寫她如何骨瘦如柴，如何被打被踢，受到非人的對待。作者屢次稱這些包身工爲奴隸，爲她們呼冤請命。作者爲了加強感染力，運用了下面的對比。夏衍幼年時看到漁夫用墨鴨捕魚，漁夫並沒有虐待墨鴨；眼前這些包身工，爲資方工作，卻受盡折磨。他慨嘆道：「在這千萬的被飼養者（包身工）的中間，沒有光、沒有熱、沒有希望，……沒有法律，沒有人道。」

〈包身工〉的題材極富現實意義，內容具體細緻，作者加上統計數字，發出人道主義的呼聲，結果是作品有強烈的控訴力，打動了很多讀者的心，成為報告文學中的經典之作。

上述九位作家的十九篇散文，其寫作手法各有偏重。偏重於描寫的有魯迅的〈秋夜〉和朱自清的〈綠〉；偏重於敘事的有朱自清的〈背影〉和夏衍的〈包身工〉（局部）；偏重於抒情的有徐志摩的〈我所知道的康橋〉（局部）和冰心的《寄小讀者》通訊七；偏重於議論的有周作人的〈死法〉和錢鍾書的〈釋文盲〉。

中國現代散文家還有很多，一些詩人、小說家也兼擅散文，如陳獨秀、林語堂、俞平伯、郭沫若、郁達夫、麗尼、李廣田、陸蠡、梁遇春、柯靈、唐弢、聶紺弩、豐子愷、茅盾、巴金、沈從文等等。其中林語堂提倡性靈和幽默，所寫文章，有閒適的一面，也有對時事的諷刺。他主編《論語》等刊物，既登魯迅等左翼作家作品，也刊反共文章。另一位散文家李廣田喜寫人物，且與農村有關，頗能反映農民的貧苦情況，其篇章如〈野店〉、〈種菜將軍〉等，都是「鄉下氣」瀰漫之作。

三、圍繞現代散文的幾個問題

散文是一切文類的基礎，就像素描是一切繪畫的基礎。我們日常的言談，用的是散文的句法。散文是最基本最普通的文類，所以似乎人人都會寫，人人都可以成爲散文家。不錯，受過相當教育的人，都會寫散文，但寫得好不好，是另一回事，更不要說成爲傑出的散文家了。散文的好壞，要用好幾個標準來評定。其中一個是用詞造句妥當與否。用詞造句的毛病可分爲兩大類：

1. 不通順：⑴誤用詞義和詞性；⑵句子殘缺和混亂。
2. 不簡潔：⑴過分口語化；⑵惡性英語化。

這些毛病，有時連公認的散文名家都不能避免。犯毛病的原因，則不外是：語文能力低（包括對語法的認識不足），受了壞的影響，或者寫作時倉卒草率。這一章的這一部分，討論的是中國現代散文作品用詞造句方面的問題。由於這本書的內容是「現代文學」，而不是「語法學」，這裡對語法的討論，不可能全面，也有欠深入。

㈠描述性語法、規範性語法、語病

在開始討論前，先解釋一下這幾個詞語的意義。

語法也叫做文法，英文是grammar，就是說話（口頭語言）或文字作品（書面語言）中用詞造句的法則。

描述性語法（descriptive grammar）：語法學者描述實際說話或寫作的用詞造句方式，只作客觀的報導，不作評價，不作規定。「描述性語法」通常是描述某個時代某個地域的語法現象。

規範性語法（prescriptive grammar）：語法學者規定用詞造句的正確或最好的方式，讓一般說話者和寫作者（即社會大眾）去遵循。

語病：用詞造句、表情達意時，不符合（規範性）語法，或不清楚，或不合邏輯，都是語病。

請看看下面三個例句：

1. 在沒有天黑之前，請你不要吃飯。
2. 他一吃就吃了四碗飯，真出乎我的意料之外。
3. 由於他已餓了兩天，所以吃起飯來狼吞虎嚥。

這三個句子，很多人會認爲沒有毛病，因爲意思清楚，而「沒有……之前」、「出乎……意料之外」、「由於……所以」是大家習用的句法。然而，規範性語法學者會指出，下面改動過的句子，才是正確的：

1A. 在沒有天黑的時候，請你不要吃飯。
1B. 在天黑之前，請你不要吃飯。
2A. 他一吃就吃了四碗飯，真出乎我的意料。
2B. 他一吃就吃了四碗飯，真在我的意料之外。
3A. 由於已餓了兩天，他吃起飯來狼吞虎嚥。
3B. 他已餓了兩天，所以吃起飯來狼吞虎嚥。

換言之，在例句1中，「沒有」和「之前」不應該同時出現；在例句2中，「出乎」和「之外」不應該同時出現；在例句3中，「由於」和「所以」不應該同時出現。

從描述性語法的觀點看，上述1、2、3三個句子及其句式已約定俗成用了很久，我們可以接受；規範性語法學者則認爲，1A、1B、2A、2B、3A、3B才是正確的句子，它們所用的句式才是正確的句式。上述六個句子的句式是：

1A.「在沒有……的時候」
1B.「在……之前」
2A.「出乎……的意料」
2B.「在……意料之外」

3A.「由於……」（後無「所以」）

3B.「……所以」（前無「由於」）

用1A、1B、2A、2B的句式，才顯得合邏輯、合理。原來的句子1、2則不合邏輯、不合理。至於3A、3B的用法，則可能受了英文句式的影響：在英文中，用了because就不用therefore，用了therefore，就不用because，兩者同時出現是錯誤的。

再看看下面三個句子：

4.學生會會長的選舉，根據公平進行。

5.學生會向大學當局提出參與新校長遴選。

6.颶風法來德吹襲台灣，釀成三死兩失蹤。

這三個句子，很多人會認爲沒有問題，因爲意思清楚，而「根據……」、「提出……」、「釀成……」這些動詞也用對了。然而，規範性語法學者會指出，下面改動過的句子，才是正確的：

4A.學生會會長的選舉，根據公平（的）原則進行。

5A.學生會向大學當局提出參與新校長遴選的要求（建議）。

6A.颶風法來德吹襲台灣，釀成三死兩失蹤的慘劇。

4A、5A、6A中，劃線的字，是加添部分。配合所用的動詞（「根據」、「提出」、「釀成」），加添了適當的賓語（「原則」、「要求」、「慘劇」），意思才完整，才合語法。再看看下面三個句子：

7.台北今天天色密雲，晚上有雷雨。

8.從淡水到木柵的交通，我花了整整兩個小時左右的時間。

9.魯迅是中國現代最傑出的作家之一。

7、8兩句均有語病，9的西化句式可有可無。我們說「天空密雲」，或者說「天色灰暗」；第7句中「天色密雲」有語病，要改正。「整整」和「左右」，一表示確定性，一表示不確定性；第8句中「整整兩個小時左右」的說法是矛盾的，要改正。在9一句中，究竟「最傑出的作家」有多少呢？兩個？二十個？我們並不知道。因此，說「魯迅是中國現代最傑出的作家之一（Lu Xun is one of the most outstanding writers in modern China.），和說「魯迅是中國現代非常傑出的作家」，意思並沒有分別。「最……之一」的句式，聽起來很準確，其實未必。

第9句涉及的是中文的西化問題，我們留待下一節進一步討論。這裡，我們要舉出一些現代散文名篇的語病，說明名作一樣有敗筆，一樣有缺點，我們不應該對名作名家視若神明。

魯迅的〈記念劉和珍君〉一文，有下面的句子：「同去的張靜淑君想扶起她，中了四彈，其一是手槍，立仆；同去的楊德群君又想去扶起她，也被擊，彈從左肩入，穿胸偏右出，也立仆。但她還能坐起來，一個兵在她頭部及胸部猛擊兩棍，於是死掉了。」這裡面有語病。

梁錫華在〈魯迅的〈記念劉和珍君〉〉（見《論文集》）中指出：「中了四彈，其一是手槍」這個句子是有語病的。梁氏沒有說這裡的語病是甚麼。我們可以補充說，手槍不等於子彈，所以「其一是手槍」一語，應該改爲「其一是手槍的子彈」才對。梁氏又指出，上述「但她還能坐起來」的「她」，到底是劉和珍還是楊德群呢，讀者弄不清楚。在這場血腥鎮壓中，劉和楊都死了。魯迅文中那個「還能坐起來」的她，後來「死掉了」，但她是劉是楊呢，都有可能，也因此不清楚。

徐志摩的〈我所知道的康橋〉，也有敗筆。下面是此文的幾句：「『單獨』是一個耐人尋味的現象。我有時想它是任何發現的第一個條件。你要發現你的朋友的『眞』，你得有與他單獨的機會。」

余光中在〈早期作家筆下的西化中文〉（一九八一）一文中，論及上面幾個句子時說：「第一個『單獨』原意是『獨居』、『獨處』、『離群索居』，這樣也才像個名詞；只用引號括起來，並未解決問題。第二個『單獨』呢，恐怕還得改成『單獨盤桓』、『旬月流連』，或者『共處」，才像個動詞。大概還是『共處』最合中文，因爲在中文裡，兩人在一起很難稱爲『單獨』。」所言甚是。

周作人的散文，用詞造句並非無懈可擊。我們細讀周作人的〈故鄉的野菜〉和〈烏篷船〉，一樣會發現語病。〈故鄉的野菜〉一開始就有問題。「凡我住過的地方都是故鄉」——這個說法妥當嗎？譬如周氏旅行時，在甲地住過十天八天，在乙、丙、丁各地也各住過十天八天，然則甲、乙、丙、丁四地都是他的故鄉嗎？能稱得上是故鄉的地方，總得最少住過一、兩年吧！接下來說與故鄉「朝夕會面，遂成相識」，但此文以後的段落，並沒有用擬人法來寫故鄉，以交代故鄉和周氏的關係，所以上面八個字也有毛病。至於〈烏篷船〉一文，首段的「老實說，我的故鄉，眞正覺得可懷戀的地方，並不是那裡；……」語意不清楚，也是毛病。次段說「船有兩種，普通坐的都是『烏篷船』，白篷的大抵作航船用」，交代了兩種船，很清楚。然而，接下去說「坐夜航船到西陵去也有特別的風趣……」，這裡說的「夜航船」屬於兩種中的哪一種呢？還是另一種（即第三種）船呢？這裡就交代不清了。

㈡西化問題

五四前後，很多中國知識份子崇拜西方文化，主張中文的語法也要西化。錢玄同認爲中國文字落後，「文法極不精密」，他主張廢除中文，代之以Esperanto，即世界語。傅斯年主張作白話文要「直用西洋人的款式，文法、詞法、句法、章法、詞枝（figure of speech）……一切修辭學上的方法，造成一種……歐化國語的文學」；他主張「拿西洋文當作榜樣」，寫出「歐化的白話文」。四〇年代朱自清指出，當年魯迅贊成語言的歐化，魯迅說「歐化文法侵入中國白話的大原因不是好奇，乃是必要。要話說得精密，固有白語不夠用，就只得採取些外國的句法」（參閱余光中〈論中文之西化〉一文）。

不同的文化（包括語言）互相影響，取長補短，這是人類歷史發展的事實。中國文化受到外來的影響，豐富了自己的內涵，這是我們讀歷史時認識的。然而，以語法來說，是不是西化（歐化）語法一定比中文語法精密呢？未必！余光中的〈論中文之西化〉一文，舉出大量的例子，說明英文（西方語言中最通行的）在表情達意時，不見得都精確；反過來說，中國的古代詩文，在表情達意寫景敘事時，卻並非不精確。余氏認爲，五四時期魯迅、傅斯年等人鼓吹中文西化，有其需要；數十年後，白話文已演化成一種兼有口語、文言、西化語的多元新文體，「今日的白話文已經相當成熟，不但不可再加西化，而且應該回過頭來檢討六十年間西化之得失，對『惡性西化』的各種病態，尤應注意革除。」

余光中認爲惡性西化的中文，指在中文寫作中，濫用代名詞、介系詞，濫用「作出」、「進行」、「存在著」、「最……之一」、「一定程度」、「們」、「……化」、「……度」等字眼或句法，濫用被動語氣，濫用冗長的片語和子句等。（可參看余氏《分水嶺上》（一九八一）

中的〈從西而不化到西而化之〉一文，此文舉了很多惡性西化的例子；文中與同書中的〈論中文之西化〉和〈早期作家筆下的西化中文〉兩篇合成一組文章，宜通覽。）

下面這個句子，是我「創造」出來的，集種種惡性西化語法於一身，是個「反面教材」：

一個具有高度知名度的小說家聽到了一個關於一個勤奮的大學生努力地讀他的書而後來因為戀愛失敗和成績不好而進行自殺的新聞報導，作出反應，這個存在著一定程度的一種讀書至上主義和虛無主義色彩的思想的故事，是最佳的小說題材之一，當它被寫成小說之後，讀者們肯定會被吸引於它擁有的高度的現實性和戲劇性而作出它的將成為暢銷書的預言。

我們應該革除種種惡性西化的用詞和句法，可修改如下：

一名讀書勤奮的大學生，戀愛失敗，成績不好，因而自殺。某著名小說家聽到這則新聞後認為，這個故事頗有讀書至上思想，也有虛無色彩，是極佳的小說題材。寫成小說後，讀者會因為它甚富現實性和戲劇性而受吸引；小說家預言它會暢銷。

中國現代散文的一些名篇，頗有若干西化的文句。例如，梁錫華認爲，魯迅的〈記念劉和珍君〉一文中，「至於這一回在彈雨中互相救助，雖殞身不恤的事實，則更足爲中國女子的勇毅，雖遭陰謀秘計，壓抑至數千年，而終於沒有消亡的明證了。」這一句的子句太長了。梁氏建議一分為二，作這樣的修改：「中國女子的勇毅，雖遭陰謀秘計壓抑至數千年，但還是沒有消亡。這一回在彈雨中互相救助以至殞身不恤，這事實就是明證了。」

何其芳的散文，喜用西化長句，如〈遲暮的花〉中這些：

1.「我最悲傷的是我一點也不知道長長的二十年你是如何度過的。」

2.「發現了一束開得正艷的黃色的連翹花在我書桌上和一片寫著你親切的語句的白紙。」

3.「傾聽著這低弱的幽靈的私語直到這個響亮的名字，青春，像回聲一樣迷漫在空氣中，像那痴戀著納耳斯梭的美麗的山林女神因為得不到愛的報答而憔悴，而變成了一個聲響，我才從化石似的冥坐中張開了眼睛，抬起了頭。」

上面1、2兩句，可略加改動，以避免西化的長句。第1句可改為：「長長的二十年你是如何度過的，我一點也不知道；這是我最感悲傷的。」第2句可改為：「發現了在我書桌上有花和紙：一束開得正豔的黃色連翹花；一片白紙，上面寫著你親切的語句。」

以上魯迅和何其芳的句子，都引自我們選讀的作品。其他作品的西化長句也頗多，有些簡直冗長而混亂，使人不忍卒讀。余光中在〈早期作家筆下的西化中文〉（一九八一）中，舉了周作人、沈從文、何其芳的一些西化冗句，可說是文章病院的樣品。

在結束西化問題的討論之前，我要指出，也許有人認為上述何其芳〈遲暮的花〉的1、2、3三個句子中，第3句較長，而1、2都不算太長；而且，即使說它們是長句，這些長句可能是作者有意經營出來的：第1句之長，正為了使讀者有「長長的二十年」的感覺；第3句之長，則為了加強那種回聲瀰漫的氣氛。這樣的說法，對美文而言，不無道理。如果是實用性的寫作，如公文、實驗報告、市場報告等，就應該盡量多用短句，以求容易閱讀理解了。

㈢散文語言與作家個人風格

文學是語言的藝術。散文是文學的一種類型，且是其他類型如詩、小說等的基礎。散文當然離不開語言。散文作者對語言的運用，有不同的方式，加上不同作者所選用的題材不同，所表達的情思不同，因而形成不同的風格。散文語言的最低要求，也是寫作的最低要求，是通順簡潔。不符合這要求的，就要改進。然而，有些評論者卻認為不同散文家自有其運用語言的特色，形成他個人的風格；如果有人要「改進」其用詞造句，那就是要破壞其風格了。例如，何其芳頗為喜歡用長句，這是他的風格，假若把他散文中的長句都改為短句，那就破壞——至少是改變——他的風格了。這個說法有若干道理。我要指出的是：何其芳的風格，就以〈遲暮的花〉為例，在於他那傷感神秘的情調（請參看本章的「導讀」部分），長句的運用只是他風格的一部分，甚至是較不重要的部分。如果我們把〈遲暮的花〉中的一些長句改為短句，這篇散文的基本風格是肯定存在的。

我不妨從另一個角度說明這個風格問題。錢鍾書的〈釋文盲〉、〈讀《伊索寓言》〉等文，並沒有何其芳那類長句，這樣，難道錢鍾書的散文就沒有風格嗎？或者說風格不佳嗎？不是的。錢鍾書旁徵博引、機智幽默、好用比喻，這是他的風格。有創新意圖的作家，會在用詞造句的方式上用工夫，盡量寫出自己的特色。不過，這樣說不等於否定語法的規範。用詞造句是要通順、要簡潔、要有相當的規範的，因爲如果沒有了規範，結果必然是語文的無政府狀態。

余光中在〈早期作家筆下的西化中文〉（一九八一）裡面批評周作人、沈從文的一些散文片段，意見中肯，發人深省。下面是沈從文〈《邊城》題記〉的片段：

> 我這本書只預備給一些本身已離開了學校，或始終就無從接近學校，還認識些中國文字，置身於文學理論文學批評以及說謊造謠消息所達不到的那種職務上，在那個社會裡生活，而且極關心全個民族在空間與時間下所有的好處與壞處的人去看。……我將把這個民族為歷史所帶走向一個不可知的命運中前進時，一些小人物在變動中的憂患，與由於營養不足所產生的「活下去」以及「怎樣活下去」的觀念和欲望，來作樸素的敘述。

接著是余氏的批評：

前面的一句，主句是「我這本書只預備給一些……人去看」，結構本極單純，不幸中間硬生生插進了一個文理不清文氣不貫的冗長子句，來形容孤零零的這麼一個「人」字。至於「全個民族在空間與時間下所有的好處與壞處」這一段，字面似乎十分精密，含意卻十分晦昧，真個是「匪夷所思」。後面的一句，主要骨架是「我要把一些小人物的憂患，觀念和欲望，來作樸實的敘述」，可是加上了兩個子句和一個形容片語之後，全句的文理亂成一團。「這個民族為歷史所帶走向一個不可知的命運中前進時」這一段尤其拗口，述語被動於前卻又主動於後，真是惡性西化的樣品。

第二個例子是周作人〈蒼蠅〉的片段，也是有毛病的：

蒼蠅不是一件很可愛的東西，但我們在做小孩子的時候卻有點喜歡他。我同兄弟常在夏天乘大人們午睡，在院子裡棄著香瓜皮瓤的地方捉蒼蠅……我們現在受了科學的洗禮，知道蒼蠅能夠傳染病菌，因此對於他們很有一種惡感。三年前臥病在醫院時曾作有一首詩，後半云：

大小一切的蒼蠅們，

美和生命的破壞者，

中國人的好朋友的蒼蠅們啊，
我詛咒你的全滅，
用了人力以外的
最黑最黑的魔術的力。

我們細讀這段文字，當會發現所用的代名詞不妥當。在散文式片段裡，蒼蠅有時用「他」，有時用「他們」來指稱。在新詩裡，作者用的是眾數的「蒼蠅們」，但有關的代名詞卻是單數的「你」。這裡的代名詞，用法前後不一。在英文等西方語文裡，名詞與代名詞的單數、眾數有清楚的分別；這裡學了西式語法，卻顯得紊亂了。此外，「我詛咒你的全滅」是西化句式，這個本無不妥，問題是有語病。按常理來說，詛咒的對象總是可恨的，但這裡「你的全滅」卻是可喜的。如果把句子改爲「我咒你全家毀滅」，就文從字順了。（以上用的基本上是余光中的觀點）。

我們對名家的文章提出批評，目的絕不在全盤否定他們的成就。事實上，他們在散文創作上，各有其貢獻，已在中國現代散文史上占有席位。不過，他們也許受過一些壞影響（如惡性西化），也許寫作時間倉卒草率，因而有缺點、有敗筆，這些是不能不指出來的。去掉這些敗筆，他們散文的個人風格當然還存在。

第六章

話劇

一、話劇導論

戲劇是表演藝術的一種。戲劇的演出，要靠演員、舞台、導演等，還要靠劇本。劇本的好壞，與戲劇演出的成敗，關係至大。劇本可說是戲劇的靈魂。劇本也屬於文學的範疇。在本書中，我們討論的是劇本，有時會涉及劇本以外的若干事物。中國的傳統戲劇，又稱爲戲曲，因爲都具有歌唱的部分，且歌唱是主要部分。到了二十世紀，中國戲劇受到西方的影響，而有話劇。話劇顧名思義，劇中人說的是話，像現實中的人物一樣，而不用唱的方式，來表達情意。話劇產生之後，傳統的戲曲被稱爲「舊戲」。

(一)話劇產生的背景

「五四」前後的新文學新文化，起源於對中國傳統的反動。話劇產生的背景，正是這樣。二十世紀初年中國的新戲劇運動，由舊戲（傳統戲曲）的戲子啓其端。例如，舊戲戲子汪笑儂自己創作劇本，諷刺時局，發揮感時傷世的主題。又如夏月潤，去過日本，回國後在上海造了比較新式的劇場，風格趨於寫實，演員穿著時裝，力求演出的內容婦孺都能懂。稍後，一些在日本的中國留學生，組成了「春柳社」，在一九〇六、一九〇七年演出《黑奴籲天錄》和《茶花女》，是為中國話劇的開始。這些新的戲劇中，歌唱廢除了，全劇只有對話，用的是西方的形式，又叫做「文明戲」。文明戲否定傳統戲曲的臉譜、唱工、台步、武打、鑼鼓等等。

文明戲的表演團體，愈來愈多，然而質素參差，且每下愈況，弄到連完整的劇本都沒有，演員馬虎，任意動作，任意說話，演出成為了兒戲，使觀眾大失所望。由興起到衰落，前後約十年。文明戲成為粗製濫造、不知所云的代名詞，文明戲並不「文明」。

舊戲早已是被批判的對象，文明戲又粗俗得可笑；一些知識份子起而提倡新的戲劇，中國現代的話劇於是開始滋長發展起來。

㈡話劇的發展

馬森在〈中國話劇的分期〉（見《論文集》）一文中，把中國話劇的發展分為下面四期：

1. 話劇的肇始（一九〇六～一九一八）。
2. 話劇的確立與發展（一九一九～一九二九）。
3. 話劇的成熟期（一九三〇～一九三六）。
4. 話劇的鼎盛期（一九三七～一九四九）。

這個分期很具參考價值。本書的第一章曾介紹中國現代文學的幾種分期說法。在討論中國現代話劇時，也可以有不同的分期。在下面，我打算順著時間的先後，說明中國現代話劇的一些特色，但不想加以嚴格的分期。

❖易卜生主義和問題劇

一九一八年六月，《新青年》雜誌推出《易卜生專號》。易卜生（Henrik Johan Ibsen, 1828-1906）是歐洲著名的劇作家。胡適在〈易卜生主義〉一文中說：「若要改良社會，須先知道現今的社會實在是男盜女娼的社會！易卜生的長處，只在他肯說老實話，只在他能把社會種種腐敗齷齪的實在情形，寫出來叫大家仔細看。」針砭時弊、改造社會人生，是易卜生主義的要旨。易卜生的重要作品，如《玩偶之家》、《國民公敵》等，都被翻譯介紹過來。易卜生主義成爲當時知識界流行的話題。而胡適根據這種易卜生精神編寫的獨幕劇《終身大事》，也發表於一九一九年三月號的《新青年》。

《終身大事》說的是田亞梅與一男子相戀，但田亞梅的母親迷信，父親墨守祖先的規矩，都不同意她和戀人結婚。田亞梅大膽地脫離家庭，跟自己所愛的男子走了。《終身大事》發表於易卜生主義的高潮中，很受注意，產生相當的影響。「五四」前後，有所謂「問題小說」，《終身大事》則是「問題劇」，反映的是當時的社會問題。

❖愛美劇

二〇年代初期，話劇的發展很有生氣。一些劇社在各地成立了，戲劇刊物出版了，愛美劇出現了。「愛美」一詞是法文amateur的音譯，原義爲「業餘」，「非職業性」。一九二一年四月至九月，陳大悲在北京《晨報副刊》發表〈愛美的戲劇〉長文，詳細介紹和探討話劇的種種技術問題。爲甚麼提倡業餘的話劇演出？因爲要擺脫資本家的操縱，要防止商業化的庸俗。陳大悲、歐陽予倩、熊佛西、洪深、田漢等人，都醉心於劇運。當時話劇社團如「民眾戲劇社」和「戲劇協社」等，都有所貢獻。話劇運動展開了，培養話劇人才的問題受到重視。一九二二年冬，蒲伯英、陳大悲等在北京創辦了人藝戲劇專門學校。蒲伯英一方面不贊成戲劇的商業化，一方面卻主張戲劇的職業化，使演員能「以生活的報酬助長他藝術底專精」。

❖翻譯劇

劇本是話劇的靈魂，而話劇源於西方。中國現代話劇發展的初期，創作的劇本不多，佳作更難求。把外國的劇本翻譯或改寫成中文演出，不失爲可行的途徑。一九二一年在上海成立的「戲劇協社」，是個愛美劇團。留學美國後回國的洪深，於一九二三年加入該社，翌年導演愛爾蘭作家王爾德（Oscar Wilde）的名劇《溫夫人的扇子》（Lady Windermere's Fan），非常受歡迎。有說《溫夫人的扇子》是「中國第一次嚴格地按照歐美演出話劇的方式來演出的」，因此具有特殊的意義。

翻譯劇也有演出失敗的。《華倫夫人之職業》（Mrs. Warren's Profession）是愛爾蘭作家蕭伯納的作品。汪仲賢和上海的演員，花了資本，一九二一年春在「新舞台」（可容納二千人）上演此劇，結果是大大的失敗。洪深在《中國新文學大系・戲劇集》的導言中綜合各方面的意見，指出這次演出的失敗，原因如下：劇本有很多概念、思想，觀眾不習慣或不明白；有些對白極長，觀眾不耐煩；登場的演員不能一律用國語；演員演出時緊張，若干演員的對白不純熟。這次演出失敗，其教訓是：劇本的選擇很重要；話劇要發展得好，非一朝一夕的事。

一九二九年成立的「上海藝術劇社」，也演出了不少翻譯劇，如《樑上君子》、《愛與死的角逐》、《西線無戰事》等。在中國現代話劇史上，翻譯劇經常演出，是重要的劇目。

❖左翼戲劇運動

一九三一年上海的幾個戲劇團體，包括上海藝術劇社，聯合起來，組成「中國左翼戲劇家聯盟」（簡稱爲「劇聯」），這是僅次於「中國左翼作家聯盟」的左翼文藝組織，其分會遍布中國各大城市，在三〇年代有深遠的影響。左翼戲劇工作者如田漢、洪深等，加上新秀如夏衍、陳白塵等，致力劇運，他們寫作劇本，籌劃演出，出版刊物，譯寫戲劇理論，對話劇的發展貢獻良多。國民政府對文學與戲劇的重視，不及共產黨人，不過也曾在廣州成立戲劇研究所，在南京成立戲劇學校，以培養人才。

❖創作劇本的豐收

中國現代話劇的很多重要作品，都成於一九三〇至一九三七年。例如，洪深在這時期寫成了《農村三部曲》，即《五奎橋》、《香稻米》、《青龍潭》；李健吾寫成了《這不過是春天》、《梁允達》、《以身作則》等；曹禺寫成了《雷雨》、《日出》、《原野》；田漢寫成了《月光曲》、《黎明之前》等，還改編了若干西方劇本；夏衍寫成了《中秋月》、《賽金花》、《上海屋檐下》等。這些作品，有喜劇、悲劇、寫實劇、歷史劇等，品種頗多。此外，如熊佛西、宋春舫、徐訏等，也都有劇作面世。

一九三三年，唐槐秋組織了「中國旅行劇團」，論者認爲這是第一個職業話劇團。它演出的劇目有《茶花女》、《溫夫人的扇子》、《雷雨》、《日出》等。當時最受歡迎的話劇是《雷雨》，在北京、天津、南京、上海等地巡迴演出達數年之久。

❖抗戰時期的話劇

話劇直接面對觀衆，是宣傳抗戰、激勵士氣的極佳工具，比文學和電影更快、更見實效。七七事變後，左翼和右翼人士暫停鬥爭，團結對外，他們先後成立「中國劇作者協會」、「上海戲劇界救亡協會」。一九三七年底，「中華民國戲劇界抗敵協會」在武漢成立，後來移至重慶。一九三八年十月舉行戲劇節，該協會演出《全民總動員》一劇，由曹禺、宋之的編劇，演員和導演都是一時之選。戰時的重慶，是全國話劇活動的中心。從一九四〇年至一九四四年，重慶一地每年演出的話劇達二十多種。桂林、昆明、成都話劇活動也相當蓬勃。上海這個「孤島」，也是一個中心，阿英、李健吾、黃佐臨、柯靈、楊絳等，都是代表性人物。

抗戰時期的劇作很多。田漢所寫，如《秋聲賦》等，多與抗戰有關。曹禺完成了《蛻變》、《北京人》等作品，還把巴金的小說《家》改編為話劇。夏衍寫了一連串的社會寫實劇，如《贖罪》、《法西斯細菌》、《復活》（據托爾斯泰小說原著改編）等。郭沫若則寫了多齣歷史劇，計有《棠棣之花》（一九四一）、《屈原》、《虎符》、《高漸離》、《孔雀膽》（一九四二）、《南冠草》（一九四三）。這些歷史劇往往借古諷今，希望觀眾有所領會。例如，《屈原》歌頌屈原的民族氣節、抵禦侵略的精神；《虎符》批判忍讓求和的錯誤路線；《南冠子》表揚夏完淳抗清的英勇事蹟。此外，陽翰笙、歐陽予倩、陳白塵等也寫了歷史劇。夏衍寫了多個劇本，其中《心防》寫的是「孤島」上海的知識份子堅守不懼的事蹟。吳祖光是抗戰時期成長的劇作家，其《風雪夜歸人》寫名優遭遇，頗為動人。

除了話劇之外，抗戰時期的解放區，有「民族新歌劇」的興起，其中最著名的是一九四五年在延安公演，由賀敬之編寫的大型秧歌劇《白毛女》。秧歌劇是一種民間表演藝術，流行於農村；有說有唱，載歌載舞，通俗易懂，受農民歡迎。這齣歌劇根據民間傳說《白毛仙姑》改編而成，它寫貧農楊白勞和女兒喜兒，受盡地主黃世仁的剝削壓迫。楊白勞自殺死了。喜兒遭黃世仁姦污，後來逃到山洞，變成「白毛仙姑」。喜兒不重蹈父親的老路，她起而復仇。這個民族新歌劇傾訴了農民的苦難，宣揚反壓迫的思想，以浪漫的激清，要求徹底摧毀地主的統治；情節雖有漏洞，但在土地改革運動中，《白毛女》產生了巨大的感染力。

抗戰促成話劇的蓬勃發展。正如馬森在〈中國話劇的分期〉文末所說，當時電影製作停頓，外國片又不進口，話劇既是宣傳工具，又成為大眾娛樂。一九三七年以前，話劇已有良好的基礎。此後劇本創作多，導演和演員的藝術又大有進步，「終使話劇自從世紀初由西方移植而來後，能夠在中國的土壤上紮根生長起來，成為一個為國民接受而愛悅的新劇種。」

❖戰後的話劇

抗日戰爭結束後，國共內戰。國民黨貪污腐敗，敵不過共產黨這新興的力量。戰後的話劇，有很多是諷刺國民黨的。例如，陳白塵的《升官圖》寫官場黑暗，可與《官場現形記》（長篇小說，清末李伯元撰，以譴責官場黑暗為主題）比醜。吳祖光的《捉鬼傳》說明現在的鬼比古代還要多，手段也更厲害；他的《嫦娥奔月》則把后羿寫成暴君，責其「一統天下二十年，顛倒綱常，逆天行事」，針對的人物，呼之欲出。此外，茅盾的《清明前後》、洪深的《雞鳴早看天》，也是戰後的劇作，都很具現實性。

㈢重要劇作家及其作品

說明了中國現代話劇發展的大概情形後，我在下面將介紹幾位重要劇作家及其作品。在劇作家的眾多作品中，我會舉出一部，作稍微詳細的介紹，讀者如有興趣，且時間容許，請把作品找來閱讀。這些作品或個別出版，或收在該劇作家的選集中，或收在中國現代話劇的選集（包括《中國新文學大系．戲劇集》）中，是很容易找到的。你如興趣不大，或時間不許，那麼，透過這裡的介紹，也可以知道這些名作的大概。

❖郭沫若（一八九二～一九七八）

郭沫若，四川人，是詩人、散文家、小說家、劇作家、學者、政治人物。二〇年代起，他寫過多部歷史劇，計有《卓文君》、《王昭君》（一九二三）、《聶嫈》（一九二五）、《棠棣之花》（一九四一）、《屈原》、《虎符》、《高漸離》、《孔雀膽》、《南冠草》（一九四二～一九四三）等。他有豐富的歷史知識，又能以劇作反映時代社會，或借古諷今，是中國現代極為重要的歷史劇作家。郭沫若把卓文君寫成一個追求個性解放、背叛封建禮教的女性；王昭君則反抗最高的統治者，不把君王放在眼內，其反叛性更強。這幾齣以古代婦女為主角的話劇，有濃厚的女性主義色彩。他在四〇年代寫的歷史劇，則用歷史來諷喻現實。以下介紹他的《屈原》。

愛國愛民的三閭大夫屈原，主張與齊國聯盟，以抗秦國。南后鄭袖、上官大夫靳尚等人與秦使張儀勾結，反對屈原，且陷害他，把他騙入宮廷，誣告他「淫亂宮廷」。楚懷王誤信讒言，革掉屈原官職，囚他於東皇太乙廟中。屈原的弟子宋玉投靠南后，女弟子嬋娟則忠心耿耿跟隨屈原，怒斥南后一夥的卑污行徑。南后派人送來毒酒，要害死屈原，嬋娟誤飲而死。一衛士出於義憤，放火焚燬廟宇，屈原逃走，到漢北繼續爲國家奔走出力。

《屈原》裡的人物，忠奸分明，對主角屈原的愛國、英勇、正氣，著力描寫。第五幕第二場向風及雷電說的那番話，氣勢雄渾，「讓那赤條條的火滾動起來，像這風一樣，像那海一樣，滾動起來，把一切的有形，一切的污穢，燒毀了吧，……」等句，使人聯想到英國詩人雪萊的〈西風頌〉，很有浪漫主義的力量。《屈原》一劇，寫於外敵侵華的年代，表現了國家民族的氣節。劇情起伏跌宕，五幕所說的只是屈原生命中一天的故事，非常凝鍊緊湊。郭沫若把《楚辭》中的句子或語意，融入劇情中，也很見功力。《屈原》是歷史劇中有數的佳作。

❖洪深（一八九四～一九五五）

洪深，江蘇人，留學美國，讀文學與戲劇，回國後任教於大學，並從事編劇和導演工作。一九二二年寫了《趙閻王》一劇，此劇深受美國劇作家尤金・奧尼爾（Eugene O'Neill）作品影響，在本章的導讀部分我對此將有詳細討論。洪深在三〇年代是重要的左翼劇作家，從事實際的戲劇工作，熱心戲劇教育事業；抗戰期間，戲劇活動不輟。其《農村三部曲》是公認的重要作品。

《農作三部曲》指《五奎橋》、《香稻米》、《青龍潭》。《五》寫農民與鄉紳的衝突，農民終於勝利。《香》寫「豐收成災」，因爲鄉紳對農民施加報復。《青》寫官吏、鄉董等「口惠而實不至」，農民依然受苦。地主鄉紳、資本家等對農民的剝削，貫穿了這三部曲。茅盾的小說《子夜》很具現實意義，洪深這三部曲亦然。不過，洪深對農民生活缺乏深切的體會，因此人物的刻劃未見成功。洪深的其他劇作，包括以救亡爲題材的《走私》和《鹹魚主義》等。

❖田漢（一八九八～一九六八）

田漢，是詩人、劇作家，湖南人。留學日本，回國後從事編輯、教育、戲劇工作。創辦南國電影劇社、南國藝術學校等。田漢是「五四」以來重要的戲劇家，其話劇創作甚爲豐碩，從一九二〇年的首部劇作《梵珴琳與薔薇》起，一直至五、六〇年代的《文成公主》、《關漢卿》等，共有數十部。二〇年代的《咖啡店的一夜》表示對舊社會的反抗精神，《獲虎之夜》則反對封建婚姻，《湖上的悲劇》有感傷苦悶的情緒，《名優之死》則是唯美主義和現實主義的結合。三〇年代田漢劇作的社會性轉強，如一九三二年的《月光曲》、《暴風雨中的七個女性》

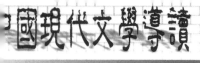

等，對現實皆有所批判。田漢寫了不少抗日的話劇，正如黃修己所說的，「高度的愛國精神使他寫出了〈義勇軍進行曲〉的歌詞，一句『起來，不願做奴隸的人們』的呼聲，振奮了億萬人的心，成爲時代的最強音」。下面我們介紹田漢的名作《名優之死》。

伶人劉振聲忠於藝術，潔身自好，他的乾女兒劉鳳仙出身貧苦，長大後成爲旦角，追逐名利。流氓紳士楊大爺常捧鳳仙的場，引誘她。鳳仙背叛了恩師，劉振聲被活活氣死在舞台上。黃修己指出，《名優之死》寫劉振聲的悲劇，揭示了人民對社會的憤懣情緒，而作者熟悉藝人生活，因此寫得眞切，有濃厚的藝人生活氣氛，生動地塑造了對藝術嚴肅認眞的藝人形象。這可說是本劇唯美的一面。黃氏認爲此劇是唯美思想澆灌下結出的現實主義之果。

❖夏衍（一九〇〇～一九九五）

夏衍，浙江人，劇作家、散文家。留學日本，回國後譯介外國文學作品，創作劇本。抗戰時從事文化、新聞工作，寫作散文、政論、劇本。一九四九年後歷任上海文化局長、全國文聯副主席等。夏衍在一九三四年開始話劇創作，有《都會的一角》、《中秋月》、《賽金花》、《秋瑾傳》、《上海屋檐下》等，《賽》和《秋》屬於歷史諷喻劇。抗戰時期劇作很多，有《一年間》、《心防》、《愁城記》、《法西斯細菌》等，後者說明政治對人人都有影響，遠離政治以示清高是不行的。下面我們介紹他的《上海屋檐下》。

此劇成於一九三七年，內容如下。上海的一幢弄堂房子裡，住著幾戶人家。趙振宇是小學教師，一家四口住在灶披間裡，日子艱苦。趙是樂天派，但他的妻子多牢騷。小職員黃家楣失業且多病，住在亭子間裡。黃父來看望兒子，發現兒子並不如想像中的發了財，於是提早回鄉，不願再拖累他。施小寶住在前樓，其丈夫是水手，一去不返，她淪落為娼。老報販李陵碑住在閣樓，景況淒涼。二房東林志成是工場管理，住在客堂裡。他的朋友匡復數年前因參加革命被捕入獄，匡復把妻子楊彩玉及女兒託付給林志成照顧。林與楊同居。現在匡出獄了，大家都痛苦難堪。林、匡、楊三人的糾葛，是此劇的中心情節。《上海屋檐下》用橫切面的方式，反映上海小人物的生活現實，也反映了時代。五戶人家的生活，情調陰沉抑鬱，和劇中渲染的黃梅天氣一樣。正如黃修己在《發展史》中所說的，《上海屋檐下》被譽為三〇年代左翼劇作中最具現實主義特色的作品。

❖李健吾（一九〇六～一九八二）

李健吾，筆名劉西渭，山西人，是翻譯家、文藝批評家、劇作家。曾留學法國，歷任大學教授和研究員。三〇年代有多部話劇創作，包括《這不過是春天》、《以身作則》、《母親的夢》、《梁允達》等。其劇作題材廣泛，富地方色彩，兼採傳統劇曲的表現方法。《梁允達》和《以身作則》都是例子。

《以身作則》講的是現代的故事，但此劇的人物，和傳統戲曲中常見的角色甚爲接近，例如，徐守清相當於傳統戲曲中的員外，徐玉貞相當於小姐，劉德相當於老僕，方義山相當於惡少，寶善相當於惡僕，王婆相當於醜婆子。黃修己認爲，這種種「相當」，「如果不是有意識的借鑑，至少可以看出受戲曲潛移默化的影響之深」，很有見地。《以身作則》是喜劇，寫男女調情的事，沒有離奇曲折的情節。最令人忍俊不禁的是徐守清這個角色，他常常引經據典，子曰詩云，滿口道德，而想入非非。中國現代文學中，徐守清一類的假道學，已成爲典型，和魯迅〈肥皂〉中的四銘、張天翼〈砥柱〉中的黃宜庵同聲同氣。劇作者李健吾熟讀傳統經典，因此隨時讓徐守清掉書袋。

❖曹禺（一九一〇～一九九六）

曹禺，原名萬家寶，原籍湖北省，出生於天津。他在南開中學讀書時，已喜愛戲劇，是該校新劇團的骨幹。升入清華大學西洋文學系，認眞學習了希臘三大悲劇家、莎士比亞、契訶夫（Anton Chekhov）等的劇作。一九三三年他二十三歲的時候，寫出了第一部話劇《雷雨》，翌年發表，一鳴驚人。一九三五年完成《日出》，一九三六年完成《原野》，都備受矚目，兩、三年間就奠定了他的地位。他以後還寫作了不少劇本。曹禺被公認爲中國現代話劇史上最傑出、最有影響的劇作家。

《雷雨》是悲劇，本章的導讀部分將會詳細討論。《日出》是社會寫實劇，有交際花、小妓女、大經理、小職員等諸種角色，反映社會的貧富懸殊、人性的邪惡醜陋。《原野》的主角是仇虎，他全家爲惡霸焦閻王所害。仇虎逃出監獄，來到焦家報仇。劇本揭露了惡霸、土匪、官府的相互勾結。在手法上則受過美國劇作家奧尼爾《瓊斯王》（Emperor Jones）的影響。

一九三九年曹禺寫了《蛻變》，以傷兵醫院爲背景，表揚主角丁大夫的愛國心和正義感。一九四〇年他寫了《北京人》，講一個封建世家的沒落，劇名很具象徵意味。一九四二年他根據巴金小說《家》，寫成劇本，論者認爲劇本比原著出色。曹禺還寫了不少劇本，一直至五、六、七〇年代仍有創作。

曹禺在話劇創作上的成就，黃修己有頗爲詳盡的說明，簡言之，有下面各點：

1.他創造了一批有典型性，令人難忘的人物，如周樸園、蘩漪、陳白露、李石清等。這些角色的性格內涵豐富，具多面性。

2.他所用的語言切合劇中人物身分，反映人物的心理。

3.他擅於製造戲劇衝突，情節結構非常緊湊，氣氛的營造十分成功。

黃氏又指出，曹禺從中國傳統戲曲吸取營養，且多方面融匯西方戲劇的優點，「使這外來的戲劇形式爲我所用，第一次在較大的思想容量和深刻性上表現了中國的民族生活。」

❖楊絳（一九一一～　）

楊絳，江蘇人，劇作家、翻譯家、小說家。留學法國。歷任大學教授和研究員。她寫的劇本並不多，主要的《稱心如意》（一九四四）和《弄真成假》（一九四五），都是喜劇，頗受推崇。《稱》和《弄》是「風俗喜劇」，這種話劇的特色是對社會世態習俗作溫和的諷刺，指出人性的弱點。

《稱》寫一孤女寄人籬下，在她一個又一個的親戚家裡暫住，像走馬燈一樣。她嘗到了炎涼世態，最後是出人意表的團圓收場。《弄》的主角周大璋為求巨額嫁妝以及躋身上流社會，設法向地產商的女兒張婉如示愛，混跡於張家。他甚至違心地離開原來的愛人張燕華。命運跟周大璋開玩笑，到頭來張婉如還是另嫁他人。張燕華是地產商的親侄女，寄居在叔叔家裡，卻被人瞧不起，待遇和女傭差不多。她想用結婚來改變處境，用計謀迅速奪回周大璋，但成婚的結果是離開張宅，住進周家棲身的雜貨鋪而已。楊絳用了西方風俗喜劇的形式，但在語言的運用上，卻有中國民俗風味，無西化語言那種硬搬硬套。她很會經營喜劇情境，擅於用對白表現人物性格、行爲；對人性的弱點，婉而多諷。這些都在《弄》中表現出來。

上面介紹了七位劇作家，並分別介紹了他們的代表作品。這七個劇本，或可作如下的分類（這裡的分類可能有重複之處，並非最好的分類）：

歷　史　劇：郭沫若的《屈原》。
社會寫實劇：洪深的《趙閻王》、田漢的《名優之死》、夏衍的《上海屋檐下》。
喜　　　劇：李健吾的《以身作則》、楊絳的《弄眞成假》。
悲　　　劇：曹禺的《雷雨》。（洪深的《趙閻王》也可歸入悲劇類。）

㈣話劇所受的外國影響

中國現代文學深受西方影響，新詩和話劇尤其顯著。新詩部分，我在第二章已討論過，這裡要說話劇。中國傳統的戲曲，演員穿著戲服，面部化濃妝，甚至畫臉譜，動作誇張，富象徵性。戲文唱的部分占重要地位，有管弦伴奏。舞台布景簡單，也帶象徵性。話劇則是寫實性的。演員穿著平時服裝，說話也如平時，不唱曲。話劇被引進中國前，已在西方流行了很久。話劇初時稱爲「新劇」，後來稱爲「文明戲」。上官蓉在〈文明戲與話劇〉一文中說：

文明兩字在中國本來是非常時髦的東西，凡是含有維新意義都可以冠以文明兩字。這說法可以隨便舉幾個例：中國舊式結婚節目繁多，陳腐落伍，於是發現了新式結婚，簡捷了當，非常新鮮。雖然是同一結婚，而新式結婚被稱為文明結婚。中國手杖奇形怪狀，殊不美觀，外國運來了「斯的克」，雖然同為手杖，可是後者要稱為文明棍。

> 講到文明戲名字的來源正和文明結婚、文明棍相同。中國大鑼大鼓的京戲看膩了，外面來了專門說話的戲，不必像京戲咬文嚼字，簡單明白，非常受人歡迎。明明是話劇，可是有人要叫它文明戲。（轉引自馬森，一九九一，六六頁）

文明戲流行了十年，沒落了（本章在前面對此有交代）。後來「話劇」成了正式的名稱。文明戲是話劇的前身，是舊戲過渡到話劇的新戲，是不成熟的話劇。

話劇這種形式來自西方，其內容思想也甚受西方影響。例如本章前面提到的「易卜生主義」就是。胡適的《終身大事》受到易卜生的影響，後來田漢、洪深、曹禺等劇作家的作品，特別是那些反映社會、家庭問題的，也多少受到易卜生的啓發。易卜生之外，其他的西方影響也有跡可循。黃修己指出，「曹禺對歐洲命運悲劇、性格悲劇、社會悲劇，在藝術上都有所吸收。」（《發展史》三八三頁）

人擺脫不了命運，最後陷於悲劇的境地，這樣的悲劇，是謂命運悲劇。古希臘的《俄狄帕斯王》（Oedipus the King）是命運悲劇。曹禺的名作《雷雨》中，侍萍重新出現在周公館，她力圖使女兒四鳳不重蹈自己的覆轍，結果卻蹈了；她們都無法擺脫命運的播弄，這正是命運悲劇的表現。（《俄狄帕斯王》這部經典戲劇，是薩福克里斯〔Sophocles〕的作品，寫弒父娶母的故事，使人震慄。）

曹禺在求學時讀了西方古今戲劇家很多經典之作，他在《雷雨》的序中承認「潛意識」裡受過西方諸家的影響。很多學者，包括黃修己，都指出《雷雨》有莎士比亞式性格悲劇的意味（蘩漪愛如火恨如火的性格導致悲劇），也有易卜生《群鬼》式社會悲劇的意味（侍萍、四鳳的悲劇遭遇和壓迫婦女的社會環境有關）。

此外，表現主義（expressionism）也影響了中國現代話劇，洪深的《趙閻王》、曹禺的《原野》等都是例子。表現主義是二十世紀初期興起的一個文藝潮流，由德國的戲劇啓其端，其後及於小說和詩等其他文藝形式。表現主義的戲劇，情節一般很簡單，其演出圍繞著一個中心人物，透過其內心獨白和幻象的顯現，把他的心理狀況表現出來，往往有神秘、狂亂的色彩。德國的魏德金德（Wedekind）是表現主義劇作家，美國的奧尼爾也是。洪深的《趙閻王》，我們在導讀部分會深入地討論，討論的內容包括這個劇本與奧尼爾《瓊斯王》的表現主義特色。洪深曾留學美國，他所受的西方影響，直接而具體。我在下面做一個個案式的說明。

洪深在《中國新文學大系．戲劇集》導言中說他在激烈競爭後獲准修讀「戲劇編撰」一科，在倍克教授門下學習，學寫劇本。台前幕後的種種工作，包括後台管理，都得到倍克教授的指導。洪深又在「波士頓表演學校」跟Curry夫人學習發音、表演和跳舞。此外，洪深還在波士頓的Copley Square Theater附設的劇院學校，學習戲劇的一切，以及劇院營業和管理方面的一切。換言之，洪深留學美國，在戲劇所取得的經，是全面的。他所受的直接而明顯的影響，不言而喻。我在上面說過，劇本是戲劇的靈魂，洪深在劇本寫作上所受的外國影響，顯而易見。

洪深在哈佛大學修讀「戲劇編撰」，其老師倍克教授有很多學生，都在戲劇界出人頭地，奧尼爾就是其中一位。奧尼爾的《瓊斯王》寫於一九二〇年，兩年後洪深寫成《趙閻王》。二者相似之處甚多，學者都認為後者是模仿前者。這點將在導讀部分詳論之。

中國現代話劇所受的外國影響，不止上述這些。人間的美，往往被無情地、無辜地摧殘；小人物生活貧困、心靈抑鬱，使人有無可奈何之感。這些都是俄國劇作家契訶夫作品中常見的主題。夏衍的《上海屋檐下》、曹禺的《北京人》、吳祖光的《風雪夜歸人》，都多少受過契訶夫的感染，沾上了一些色彩。

歐洲的風俗喜劇，用幽默機智的手法，諷刺世態的炎涼、人性的偽善。法國的莫里哀（Molière）、英國的王爾德等等，是其中名家。這些劇作家的作品，都有中譯；丁西林、宋春舫、李健吾、楊絳等，曾在法國或英國留學，對英法的風俗喜劇興趣濃厚，他們的作品，頗有這種喜劇的遺風。

中國現代話劇也受日本的影響。十九世紀末日本盛行「新派劇」，這種劇受歐美戲劇影響，但寫的是日本民族的義理和人情，且往往有悲劇性結局。中國現代話劇的「先鋒」春柳社，其演出的戲劇，就有新派劇的影子。又以夏衍的作品為例。論者指出，他的《上海屋檐下》，在構思上就受過日本作家藤森成吉《光明與黑暗》和伊馬鵜平《兩個伊凡的吵架》等劇作的影響。

影響這個問題，還沒有說完。讀者對此如有興趣，可參考田本相主編的《中國現代比較戲劇史》一書（一九九三）。上面的論述，有若干地方採用了該書的資料。在結束這個論題之前，我順便指出，中國現代話劇無疑深受外國影響，我們在中西互相影響上「入超」了。不過，中國傳統戲劇如《趙氏孤兒》和《灰欄記》，在十八、九世紀的歐洲頗受重視，有其影響力。然而這已是題外話了。

二、話劇導讀

(一)洪深《趙閻王》

《趙閻王》寫於一九二二年，其緣起可參看洪深《中國新文學大系．戲劇集》導言裡作者自述。大致上是這樣的：一九二二年的春天，洪深聽人說到當時軍隊的情形，包括傷兵被活埋、士兵的窮困，洪深有所感觸，於是在那年冬天以此為題材，寫成了《趙閻王》。

❖故事情節、人物

《趙閻王》的故事如下。主角趙大，綽號趙閻王，是北方某軍營營長的勤務兵。一個寒冬的晚上，營長打麻將去了，趙大爲營長看守著空房。營裡有好幾個月沒有發軍餉，士兵老李來到營長房間，告訴趙大，說營長剋扣軍餉，企圖吞沒，而軍餉就藏在屋裡。趙大不相信。老李亂翻東西，被趙大阻止，二人糾纏。營長回來，命人把老李關起來。營長因爲輸了錢，要翻本，便從床下的皮箱拿了鈔票，再赴賭博處。趙大這才恍然而悟，知道老李說的不假。經過一番內心衝突，趙大取了很多鈔票藏在身上，臨走時碰上營長，用槍打傷了他，然後向軍營附近的大松林逃去。趙大在松林裡東走西走，神智失常，想起從前的種種經歷，包括殺人放火、姦淫擄劫等。他迷失了方向，走不出松林。在軍營裡，營長命令士兵小馬領兵入林，由老李做嚮導，捉拿趙大。趙大終被尋獲且被擊斃。老李暗中取去趙大身上的鈔票，埋了屍體，要穿過松林回老家。

《趙閻王》共有九幕，第一幕最長，占了一半篇幅。第一幕以營長房間爲背景，第九幕講老李他們尋獲趙大，並把他擊斃等情節。中間七幕寫趙大獨自在松林中東走西走，神智不清，有種種回憶和幻覺。

趙大出身農民，父親死後，與母親和妻子過活，被村人欺負，失去土地，母親和妻子相繼死去，趙大當兵，到過兩廣、四川、南京、河南很多地方。趙大吃過苦，也曾在將軍命令下活埋過傷兵，又曾被迫放火搶劫。他曾說自己「一輩子無惡不作」，但其實不算是壞人。老李對趙大有這樣的評語：「你做好人心太壞，做壞人心太好，好人壞人，都做不到家，我瞧你東奔西走，到處惹禍，一輩子也沒有過了一天的好日子。」頗為中肯。他為營長做事，「打臉水、倒溺壺、沏開水、抹桌子、大冷的天守著夜、招罵、挨嘴巴、做奴才、做豬、做狗」，但他對營長忠心耿耿。營長剋扣軍餉，在老李慫恿下，他想偷鈔票，然而，他內心掙扎得很厲害，最後他決定下手了，這樣對自己說：「借用幾百塊錢，……我上別處去安身，以後真要做個好人！」他計畫買一塊小麥田，自食其力地耕種；又修蓋娘娘廟，又修橋鋪路；有親戚朋友，窮的老的，他都會接濟。好人壞人，趙大都做不到家。不過，他是較為接近好人的。洪深塑造趙大的角色，相當立體，而非扁平化（所謂flat character），這是成功的地方。

趙大為甚麼要當兵？太窮了，走投無路！他的處境使我們想起聞一多〈天安門〉一詩所寫的：「咱二叔頭年死在楊柳青，／那是餓的沒法兒去當兵。」聞一多和洪深身處的二〇年代，軍閥混戰，士兵和人民命如草芥，過的都是困苦的日子。趙大當兵後做壞事，是被迫的，他同流合污，實在沒有別的辦法。有權有位的人，則自私自利，只顧一己的快活。士兵生活已夠苦了，而營長還要扣起他們的糧餉，自己用這些錢來賭博玩樂。洪深寫《趙閻王》，乃有感而發，對社會有很大的批判意義。

❖寫作手法

不過，洪深寫作此劇的目的，不止於「社會寫實」（social realism）；他還嘗試發掘人物的內心世界，嘗試表現人物的心理狀態。洪深寫出趙大的種種矛盾。第一幕一開始，就是趙大的猶豫：「咱溜罷！回到自己棚裡，找點甚麼吃的，再睡他一個大覺。……算了罷，還是好好的當差罷！」後來，他發現了營長確實藏起了軍餉，自己要不要偷呢？他一再遲疑：「……爲甚麼不拿個三千五千，圖個眼下快活。（憤激）咳呀！咱一輩子，也沒有過了一天的好日子，（毅然決然）幹罷！送命就送命！也是值得的！」這一刻說要幹，下一刻卻改了心意：「趙閻王，你讓甚麼東西蒙住了心，想起幹這種壞事？」他的矛盾掙扎，使我們想起莎士比亞筆下的哈姆雷特（Hamlet）。

《趙閻王》的第二至第八幕，進一步表現趙大的內心世界。趙大過去的經歷，和現在的處境，往往混在一起。時空的交錯，使這部分很有意識流（stream of consciousness）的色彩。例如，第四幕寫趙大計畫怎麼用那些偷來的鈔票，忽然閻王狗子出現了，在擲骰子，贏去了趙大的錢。這是趙大的幻覺，是他的意識之流。

洪深寫社會之實，這是當時很多小說家和劇作家的共通點；他也寫內心之實，而這內心寫實是當時的小說家、劇作家較少用的，劇作家尤其少。洪深的內心寫實，顯然受了美國劇作家奧尼爾《瓊斯王》的影響。這一點我在上面提過了，這裡作一較爲細緻的說明。

❖奧尼爾《瓊斯王》的影響

《瓊斯王》的主角是黑人瓊斯。瓊斯被白人擄到美國做奴隸。在白人世界中，他學會種種手段來對付人。他先後殺了一個黑人和一個白人，於是逃到一荒島，做起皇帝來。荒島的土著對他不滿，不甘被奴役，起來反抗他。瓊斯王被追兵打死。

《瓊斯王》寫於一九二〇年，同年在美國上演，備受好評，公認爲表現主義戲劇的經典之作。此劇共有八場，首尾兩場用寫實手法交代主角的逃走及其結局，中間六場則透過音響效果、幻覺、內心獨白等揭露主角的內心世界。洪深的《趙閻王》深受《瓊斯王》的影響，說他模仿後者也不爲過。

奧尼爾在一九一四年修讀倍克教授的「戲劇編撰」，洪深在一九一六年赴美留學，也修讀了這個課程。奧尼爾一九二〇年寫作此劇，同年上演，洪深當時在美國。一九二二年春洪深回國，年底寫出《趙閻王》。兩劇相同或相近的地方如下：

1. 主角都叫做「王」，都攜有手槍，裡面有六顆子彈，二人都向天開槍。
2. 劇的首尾兩場用的是寫實手法，中間那幾場則透過幻覺、獨白等寫主角的內心，而且都充滿咚咚的鼓聲。
3. 兩劇中間那幾場的背景都是森林，充滿神秘、恐怖的氣氛。

4.瓊斯王和趙閻王從前都殺了人，都感到戰慄、內疚。

當然，兩個劇本也有相異之處。瓊斯王眞的當過皇帝，而趙閻王只是個綽號。他們兩個人的經歷也不同。《瓊斯王》寫黑人和白人文明的問題（但提升到普遍的人性層次），《趙閻王》則寫二十世紀初期中國社會的民生問題（趙大的內心衝突當然也很具普遍性）。無論如何，我們看到《瓊斯王》對《趙閻王》的巨大影響。洪深學習奧尼爾，是亦步亦趨式的。中國現代的文學藝術以至社會科學各方面，有明顯的西化現象，《趙閻王》只是眾多例子中的一個。

不同的文化，向來互相影響。奧尼爾《瓊斯王》的表現主義手法，其實得自德國的戲劇。不過，洪深《趙閻王》所受影響的痕跡太顯露了，以致使人覺得他的創造力不夠。大概可以這樣說，洪深很欣賞表現主義那種表露內心世界的手法，因此照搬過來。這樣的引進，無疑擴闊了當時中國觀眾的視野。（事實上，除了洪深的《趙閻王》之外，一九二三年伯顏的劇本《宋江》，一九二九年谷劍塵的劇本《紳董》，也都模仿了《瓊斯王》；曹禺的《原野》亦然。詳情可參閱田本相主編《中國現代比較戲劇史》第六章，一九九三。）

《趙閻王》首演後，洪深指出：「這次表演的結果，對大多數觀眾是失敗的。」（洪深《中國新文學大系．戲劇集》導言）有些觀眾看不明白劇情，因爲此劇用倒敘的手法，且訴諸內心獨白和幻覺。《趙閻王》缺乏曲折動人的情節，沒有哀豔的愛情故事，也是難以討好一般觀眾的原因。這類話劇，大抵只能吸引少數知識份子觀眾，和曹禺《雷雨》一類較為雅俗共賞的作品不同。

(二)曹禺《雷雨》

《雷雨》這個劇本，有單獨印行的，也有輯在曹禺劇作選如《曹禺選集》（北京：人民文學出版社，一九七八）的，也有收在一般現代話劇選集或文學大系，如《中國話劇選一》（上海戲劇學院戲劇文學系編，上海文藝出版社，一九八一）的，請讀者自行找來閱讀。《雷雨》是個四幕劇。早期印行的《雷雨》，除了四幕之外，還有序幕和尾聲——這二者後來由劇作者曹禺自己刪掉。

曹禺在一九三三年寫成了《雷雨》，當時他二十三歲，是清華大學西洋文學系的學生。這個劇本在一九三四年發表，一九三五年首次演出，震驚劇壇。此後不斷在舞台演出，歷久不衰，可說是中國現代話劇史上最受歡迎、觀眾最多的作品。

❖故事情節

《雷雨》的情節如下：富家子弟周樸園與女傭之女侍萍相好，侍萍生了兩個兒子。次子出生才三天，周樸園為了迎娶有錢人家的小姐，趕走了侍萍。侍萍抱了幼子大海投河遇救。周樸園以爲她死了。侍萍謀生，嫁人。再嫁，丈夫是魯貴，生了女兒四鳳。至於周樸園，後來他又騙娶了蘩漪，生了兒子周沖。周樸園和蘩漪夫妻不和，蘩漪苦悶寂寞，與周萍（周樸園和侍萍所生長子）發生亂倫關係。侍萍被逐二十多年後，魯貴和四鳳進周府（大概在天津市）幫傭，大海在周樸園的礦場做工，侍萍則在濟南市做學校校工。

侍萍被逐三十年後某日，來到周府探親，並準備把四鳳接到濟南；侍萍並不知道魯貴和四鳳的主人竟然就是當年的周樸園。這時周萍與四鳳相戀，要離開蘩漪，四鳳且懷了周萍的孩子。蘩漪苦苦纏著周萍，知道周萍要和四鳳出走，絕望中宣布了她與周萍的關係；且斥罵周沖，因爲喜愛四鳳的他，不在乎四鳳與周萍相愛。侍萍來到周府後，與周樸園相見，又驚悉四鳳與周萍的亂倫關係，悲痛欲絕，深感命運播弄人之可怖。四鳳知道了身世，無法承受這突然的打擊，在雷雨中衝出客廳，在花園中觸電身亡。周沖爲了救四鳳，也觸電死去。周萍知道身世，羞於自己所爲，吞槍自殺。（受到這些影響，蘩漪和侍萍先後瘋了。）

《雷雨》四幕劇涉及的故事，前後數十年，但劇情實際的時間，只是一晝夜。第一幕發生在夏天某個早上，第二幕在當天下午，第三幕在當天夜晚，第四幕在當天半夜後。至於地點，第一、二、四幕是周公館的客廳，第三幕是周公館不遠的魯貴家裡。

由此看來，《雷雨》的時間和地點，都緊湊集中，符合西方戲劇「三一律」的兩項要求。馬森在其〈中國現代舞台上的悲劇典範——論曹禺的《雷雨》〉（見《論文集》）中，引述曹禺的夫子自道，指出《雷雨》遵循「三一律」。除了時間的統一（劇情實際時間在二十四小時之內）、地點的統一（劇情進行的地點在同一個城市或地方）之外，還有「動作」（action，意義相當於劇本的故事情節）的統一，合起來稱爲「三一律」。《雷雨》的人物和故事，錯綜複雜，但貫串其間的，是一明顯的線索：冥冥中的命運，安排了這些人物的愛恨生死。這就是《雷雨》在「動作」即情節方面的統一。

❖命運悲劇

《雷雨》是一個命運悲劇。上述馬森的論文引錄了亞里士多德對悲劇所下的定義，這是十分重要的概念，可參看。我在上面介紹過《雷雨》悲劇的形成，有其性格、社會、命運三個因素。三者之中，最重要的是命運因素。《雷雨》有各種矛盾衝突。周樸園與魯大海之間的勞資糾紛是其一；冥冥中安排，起衝突的原來是兩父子。周萍、蘩漪、四鳳的三角戀情，是全劇最重要的矛盾；冥冥中安排，四鳳來到周公館幫傭，與其同母異父的哥哥周萍發生肉體關係。侍萍被周樸園逐走，日後自食其力，艱苦地生活；冥冥中安排，她在三十年後回到周公館，發現了周萍和四鳳的亂倫關係，使她痛不欲生。至於四鳳和周沖，二人在雷雨中觸電而死，非冥冥之安排而爲何？

馬森的論文，引述曹禺自己對《雷雨》人物和故事的感想。曹禺說：「（周沖的）死亡和周樸園的健在都使我覺得宇宙裡並沒有一個智慧的上帝做主宰。」又說：「情感上《雷雨》所象徵的對我是一種神秘的吸引，一種抓牢我心靈的魔：《雷雨》所顯示的，並不是因果，並不是報應，而是我所覺得的天地間的『殘忍』（這種自然的『冷酷』，四鳳與周沖的遭際最足以代表。他們的死亡，自己並無過咎）。」

馬森說：「這對宇宙殘忍的看法，無寧是自來道家的『天地以萬物為芻狗』的觀念，是西方的悲劇未曾涉及的。」誠然命運對《雷雨》中諸人，是殘酷的；周沖和四鳳的慘死，特別使我們覺得「天地不仁，以萬物為芻狗」（語出《老子》）。不過，這樣的觀念，是否西方的悲劇就未曾涉及呢？答案是：西方的命運悲劇，如《俄狄帕斯王》，同樣有「天地不仁」的情形：俄狄帕斯一誕生，就命定了要弒父娶母，上天對他何其殘酷！他長大後力求逃出命運，卻歸於徒然，結局非常悲慘。這樣的故事，使人震驚於天地的不仁、命運的可怖。

❖人物

下面評析《雷雨》劇中塑造的主要角色：蘩漪、侍萍、周樸園、周萍、魯貴、四鳳、魯大海、周沖。

蘩漪

《雷雨》悲劇的形成，命運之外，還有性格因素，而蘩漪這個人物的性格和行為，最為舉足輕重，歷來討論她的人最多。馬森說「蘩漪是《雷雨》中的靈魂人物」，曹禺本人對此說一定深表贊同，因為早在一九三六年寫的〈雷雨．序〉中，他就這樣說：「蘩漪是個最動人憐憫的女人。」又說她是一個最「雷雨」的性格，「她的生命交織著最殘忍的愛和最不忍的恨」。又說在《雷雨》的八個人物中，他「最早想出的，並且也較覺真切的是周蘩漪」。在《雷雨》中，蘩漪出場之前，曹禺對她有這樣的描寫：

眉目間看出來她是憂鬱的。鬱積的火燃燒著她，她的眼光時常充滿了一個年輕的婦人失望後的痛苦與怨望。……有一股按捺不住的熱情和力量是在她的心裡翻騰著。她的性格中有一股不可抑制的「蠻勁」，使她能夠忽然做出不顧一切的決定。她愛起人來像一團火那樣熱烈；恨起人來也會像一團火，把人燒毀。

她那團愛的火，有情有慾，眞的異常熱烈。在劇本中，曹禺讓蘩漪透過對話和行動，表現了出來。在第二幕中，蘩漪說周萍引誘過她；說她之於周萍，「母親不像母親，情婦不像情婦」；又說她在周家，「已經安安靜靜地等死，一個人偏把我救活了，又不理我，撇得我枯死，慢慢地渴死」。這些對白，清楚地表示二人之間的性關係，而這種性關係對蘩漪非常重要，她得之則生，失之則死。

蘩漪知道周萍要離開周家，就苦苦留住他，又求他帶她走，當周萍拒絕這樣做時，蘩漪說：「（懇求地）不，不，你帶我走，——帶我離開這兒，（不顧一切地）日後，甚至於你要把四鳳接來——一塊兒住，我都可以，（熱烈地）只要你不離開我。」周萍與四鳳相戀，周沖也喜歡四鳳。蘩漪甚至狠狠地罵周沖，說他沒有男人氣，白白讓四鳳跟周萍好。蘩漪對周沖說：「我要是你，（指四鳳）我就殺了她，毀了她。」至此可說獸性大發了。黃修己說「蘩漪的行動帶有追求個性解放的因素，……性格中也有陰鷙殘忍的一面」（《發展史》三七五頁），她確是這樣。（不過，黃修己說「因爲歸根到柢她是一個資產階級女性，所以性格中也有陰鷙殘忍的一面」，則值得商榷；人的性格有沒有陰鷙殘忍的一面，與其是否爲資產階級並無關係。）

侍萍

《雷雨》中的侍萍，是另一種造型。她善良，受迫害後掙扎求生，有志氣，吃得苦。黃修己說：「當她再次來到周家，聽周樸園說要給梅小姐修墓之後，卻又主動地在他面前挑起往事，承認自己就是當年的梅，這表明她性格中仍有軟弱的一面。」（《發展史》三七六頁）所謂「軟弱」，指的應是侍萍仍然忘不了三十年前那一段情、那一段恩怨，而且，她現在被眼前周樸園的念舊之情「軟化」了。由此看來，《雷雨》寫的都是情。人都是感情動物。

周樸園

以封建家長面目出現的周樸園，有其溫情的一面。他穿著舊的雨衣，堅持室內陳設保持三十年前的式樣，以至打算修建梅的墓地，都表示他念舊、懺悔。然而，正如黃修己指出的，「一旦待侍萍竟活著站在他的面前，對他的名譽、利益構成威脅時，他便自毀假面，露出了資產階級僞君子的眞相」（《發展史》三七五頁）。周樸園常常逼令蘩漪吃藥、看醫生，夫綱大振，儼然一家之主。他曾在第一幕中自信地說：「我的家庭是我認爲最圓滿，最有秩序的家庭，我的兒子我也認爲都還是健全的子弟，我教育出來的孩子，我絕對不願叫任何人說他們一點閒話的。」觀眾看完了這齣話劇，回味這幾句話，自然會深深感受到其諷刺性。

周萍

周樸園的三個兒子，個性各不相同。周萍怯弱無大志，溺於情愛。他厭棄舊愛蘩漪，另結新歡四鳳，因爲後者美麗年輕有活力。但蘩漪苦苦纏著他，破壞他與四鳳之戀。他在苦海中掙扎。當他知道四鳳是同母異父的妹妹時，呼喊道：「您（周樸園）不該生我！」這句話混雜著痛苦、羞恥、悔恨。他終於吞槍自殺。

黃修己認爲周萍的自殺「沒有很充分的性格根據」（《發展史》三七五頁），其實對這件事很難有一致看法。周萍生性怯弱，且有厭世傾向，當他處於困境（兩個女人都愛他，他對她們都有責任），且發現自己竟然亂倫時，情緒極爲激動而複雜。他羞愧、痛苦，解決不了問題，因而自尋短見，這樣的結局是合乎情理的，是合乎其性格的。不過，自殺通常出於一時的衝動。如果周萍得到冷靜的機會，他的怯弱會使他沒有膽量自殺。

魯大海、周沖、四鳳、魯貴

魯大海在劇本中個性較爲單純，他代表工人階級，向剝削他們的資本家反抗。他勇往直前，缺少世故和謀略，難怪被人出賣了。周沖則是個天眞的少年，有同情心，帶理想主義色彩，和父親周樸園的封建、冷酷構成強烈的對比。至於四鳳，她青春美麗，與周萍相戀且懷孕，易受甜言蜜語所誘。她的處境，使人擔心她可能重蹈母親侍萍的覆轍。周沖與四鳳觸電而死，則爲「天地不仁」的表現，這點上面已討論過。四鳳的父親魯貴，爲人甚聰明，知道怎樣周旋於周家上下，爲自己討得利益。可惜喜歡賭博，戒不掉惡習。

《雷雨》的主要人物有八個：蘩漪、侍萍、周樸園、周萍、魯貴、四鳳、魯大海、周沖。前五個所用筆墨多，塑造得很成功。向來論者對曹禺的人物刻劃，多有好評。黃修己就說：「……《雷雨》用戲劇形式塑造了眞正有性格的各類人物。」（《發展史》三七四頁）又說：「他的人物形象能夠站立起來，十分重要的原因是寫出了他們性格的多面性。周樸園迫害侍萍那麼冷酷無情，對她的懷念又那麼眞摯持久；侍萍怨恨並看透了周樸園，不願再進周公館，然而見到周樸園卻又主動與他相認，似乎又有割不斷的情意；蘩漪眞愛周萍，甚至不惜哀求他憐憫，卻又能幹出雨夜跟蹤，反扣窗戶，置其於危險境地的事；……這些人物很難簡單地用正面、反面來概括，他們性格內涵很豐富，可以不斷地被解釋。」（《發展史》三七九至三八〇頁）說得對，這些人物的性格確有其多面性和豐富的內涵。

至於黃氏說周樸園對侍萍的懷念「眞摯持久」，則應該這樣看：周樸園保存舊物，保持室內原來的陳設等，究竟是表示他對侍萍「眞摯持久」的懷念？還是爲了讓別人看到他有這樣的「深情」？還是這兩個因素都有？——這實在很難說。黃修己論及周樸園時，就指出過他有「假面」，他是「僞君子」。不過，無論答案是甚麼，周樸園確然不是一個簡單、扁平（flat）的人物。這正是曹禺塑造人物的功力所在。

❖結構

《雷雨》人物眾多，情節複雜，但劇情的發展，有條不紊，主要人物的登場，次序井然。故事逐步推向高潮，人物背景眞相逐層揭露。這些在在顯示曹禺以綿密的針線，精心結撰這個劇本。研究曹禺作品的專家田本相，對《雷雨》的結構有這樣的讚譽：

> 看看「五四」以來的劇本創作，還沒有一個人像曹禺寫出這樣一部傑出的多幕劇，在戲劇結構上這樣高超，這樣妙手天成。……他把幾條線索交織起來，錯綜地推進，一環套著一環，環環相扣，並非完全沒有絲毫雕飾的痕跡，但就其嚴謹完整來說，在中國話劇史上也堪稱典範。故事發生在不到二十四小時之內，時間集中，地點也集中，為了這個結構，他費了好大的勁兒，不是把一切都能想個明白，想個透徹，是搞不起來的。（一九八八，一五一頁）

《雷雨》是典型的「精編劇」(well-made play)。曹禺的精心結撰，我們可從劇情的大處著眼，也可從小處觀察。例如，劇本一開始，四鳳就說天氣熱，此後又有多人說天氣悶熱、快下雨等，最後雷雨果然來了。又例如洩電的電線，也被多次提到，結局是四鳳和周沖即因此而死。這二者都是伏筆。劇本以《雷雨》為題。雷鳴電閃，氣氛實在懾人。在雷電中，侍萍逼四鳳對天發誓，尤使觀衆有恐怖之感。雷雨是自然現象。《雷雨》是命運悲劇，這樣的劇名，強調命運、自然的力量，正顯出人的渺小可憐。劇中的一些對白，自然而然地道出，而震撼力極大。如近劇終時，周萍得悉侍萍是他的生母，他與四鳳有亂倫關係，周萍突然向周樸園說：「您不該生我！」這時，客廳外即傳出四鳳的慘叫聲，周沖狂呼四鳳，接著他也慘叫一聲。二人都死了。對白中提到「生」，馬上就有人死亡。「方生方死」，生命與天道，就是如此不可測。

細讀《雷雨》，我們發現作者用心極細。一些細節，如果處理得不好，就成為漏洞，就犯駁了。例如，魯大海在周樸園的礦場做事，魯貴和四鳳在周公館幫傭。侍萍在濟南工作，如果知道兒女和丈夫為周氏做事，一定會反對。為甚麼侍萍不知道？(假如侍萍早就知道，則劇情的發展跟現在的必定不同。)這是否表示曹禺的劇本有漏洞？讓我們仔細閱讀和思考一下。

魯貴寫信給侍萍時，可能述說周公館如何如何，主人如何如何，且會提到周樸園的名字，也會提到魯大海爲周氏工作。魯大海如果寫信給侍萍，也可能提到老闆的名字和爲人。顯然，魯貴、魯大海在信中沒有提到周樸園的名字。因此，侍萍不知道這些。如果她知道，《雷雨》這齣劇就不是目前我們讀到的樣子了。侍萍到了周公館所在的城市（大概是天津），手上拿著地址，找到周公館，進到裡面，看到陳設似曾相識（和三十年的周公館一樣），她可能很快就懷疑這裡的主人是周樸園。如此，則劇情的懸疑性會大打折扣，情節也會改變，而得不到目前《雷雨》的效果。反過來說，侍萍所知所見的情形如此，而她不立刻懷疑，則於理不合，也就是說劇本有「犯駁」之處。讓我們細細閱讀劇本的有關片段吧。原來在第二幕侍萍出場不久後，四鳳才告訴她周公館是二十年前從南方搬來這裡的。換言之，陳設的相同，應該屬於巧合。還有，在談話中，侍萍問：「周？這家姓周？」表示侍萍不知道這家姓周。然而，這可能嗎？侍萍是拿著周家的地址找到周公館啊！作者曹禺這樣巧妙地解釋疑惑——他讓四鳳這樣說：「媽，您看您，您剛才不是問著周家的門進來的麼？怎麼會忘了？媽，您準是路上受熱了。」就這樣，我們看到曹禺編撰此劇時，針線異常綿密，把可能出現的漏洞都縫得好好的。

《雷雨》發表後，備受矚目與好評。但也有人認爲它巧合的情節多，是其弱點。不過，歷來對《雷雨》的評價，正面的遠多於負面的。我們在上面討論了它的主題、人物、結構等等，說明了它的特色和成就。這裡還可補充一下，就是它有其時代性、社會性。其一表現於它對資本家的醜陋的揭露，其一表現於它對專橫的家長的刻劃，這兩者，都集中於周樸園身上。

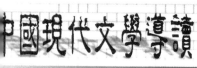

《雷雨》向來在演出時甚受歡迎。上述種種特點，是它叫座率高的一些因素。我相信還有其他因素。一是它講述多角戀愛的故事：蘩漪、周萍、四鳳是一組；四鳳、周萍、周沖又是一組。二是兩個女角蘩漪和四鳳都美麗動人。這兩個因素，都很可能討好觀眾。《雷雨》有了以上所述種種特色，難怪雅俗共賞。洪深的《趙閻王》雖然有時代色彩，且刻劃心理相當深入，卻缺乏《雷雨》的懸疑性傳奇性情節、緊湊的戲劇結構、美麗女角及其愛情故事、震撼人心的命運力量，因而遠遠沒有《雷雨》那樣受到劇院觀眾的歡迎。

❖《雷雨》所受的影響

《雷雨》一劇，我們討論到這裡，本來可以結束。不過，《雷雨》有尾聲，我們何妨也來一個餘論，那就是《雷雨》所受影響的問題。《雷雨》發表後，論者認爲它受到易卜生的影響，又說它有希臘悲劇家尤里彼得斯（Euripides）的《希波里塔斯》（Hippolytus）的痕跡，或從法國古典悲劇作家拉辛（Racine）的《菲德》（Ph'edre）取得靈感。六〇年代劉紹銘的比較文學博士論文，更專門探討曹禺所受西方戲劇的影響（可參考Joseph S. M. Lau, *Ts'ao Yu the Reluctant Disciple of Chekhov and O'Neill*, Hong Kong: Hong Kong University Press, 1970）。也有學者探討《雷雨》可能受到的中國現代話劇的影響。如朱棟霖在其《論曹禺的戲劇創作》（一九八七）一書就指出，《雷雨》的人物和情節跟白薇的《打出幽靈塔》一劇（於一九二八年發表〉非常相似。

《雷雨》和曹禺的一些其他作品，確受到西方的影響。不過，一九三六年曹禺在〈雷雨・序〉中說：「在過去的十幾年，固然也讀過幾本戲，演過幾次戲，但儘管我用了力量來思索，我追憶不出哪一點是在故意模擬誰。……我想不出執筆的時候我是追念著哪些作品而寫下《雷雨》，雖然明明曉得能描摹出來這幾位大師的遒勁和瑰麗，哪怕是一抹、一點或一句呢，會是我無上的光彩。」顯然，曹禺否認《雷雨》具體地受過哪些西方戲劇的影響，更不要說它在模擬誰了。

論者言之鑿鑿，而曹禺加以否認。對於上面所引的一段曹禺自白，劉紹銘更說「寫得婆婆媽媽」；總之，他「不願意直截了當地承認他受西方文學的影響」（引自劉紹銘，一九七七，一一六頁）。

究竟《雷雨》是否直接而具體受到易卜生、尤里彼得斯、拉辛、奧尼爾的影響呢？曹禺是否扭扭捏捏、婆婆媽媽呢？馬森對曹禺的戲劇，研究有素，且曾對曹禺作過深入的訪談，瞭解其寫作背景。馬森還訪問過一些與曹禺家庭有關的人物。馬森從訪談所得的資料，有助於回答上述的問題。

根據馬森所得，和曹禺在文章和別的訪問記中所透露的，我們知道「曹禺確有一位嚴厲的父親，而曹禺同父異母的大哥萬家修，也確曾與曹禺的繼母有一段曖昧的戀情，因此之故萬家修竟被曹禺的父親打折了腿，逐出家門」。換言之，《雷雨》中的周樸園、蘩漪、周萍都有其現實生活中的原型（prototype）。

由此看來，曹禺寫《雷雨》時，應該是沒有刻意去模仿某些西方劇本的情節和人物的。他寫作劇本，主要乃根據自己的一些經驗。他在〈雷雨．序〉中說：「我初次有了雷雨一個模糊的形象的時候，逗起我的興趣的，只是一兩段情節，幾個人物，一種複雜而又原始的情緒。」這應該是可信的。他在序中又說，《雷雨》人物之中，他「最早想出來的，並且也較覺眞切的是蘩漪，其次是周沖。」

蘩漪等都有原型。周沖也有，大概是曹禺本人。馬森說，曹禺十八歲時父親去世，他對父親愛恨交織，對其他家人的情緒也很複雜，他的內心充滿鬱結。《雷雨》中的周沖，是十七歲，與曹禺喪父時年紀差不多。「周沖替曹禺一死，曹禺才可以活下去，也正如少年維特的死亡解脫了歌德的心結一樣。也只有殘忍的天地，才能符合曹禺發洩情結的需求。」馬森這個說法很值得我們參考。

總括來說，《雷雨》在頗多方面，都大有可能受到西方戲劇的影響，包括上述論者所說的諸西方劇作家；不過，我們可以相信，曹禺青少年時代的經驗和感受，應該是他寫作《雷雨》的最大原動力。我們爲甚麼要探討外來影響這個問題呢？一方面，中國現代話劇確然受到西方的重大影響。另一方面，我們不應該只從西方影響來看中國現代話劇，更不應該隨便說某作品受了甚麼西方影響，因爲這樣做，對中國作家是不公平的。我們認識作品，要從作者生平、時代社會等多方面入手。

第七章 結語

中國現代文學（一九一九～一九四九）這短短的三十年，出現了眾多的作家、數量難以估計的作品。這三十年，在政治社會上，是辛亥「尚未成功」的革命後遺的混亂，是抗日戰爭，是國共內戰。動盪的時局引生了非常的悲歡離合、可歌可泣的故事和人生。在文化思潮上，西方種種的理論和學說湧入了中國。中西的碰撞與融匯，使中國傳統的文學藝術產生變異。以整個中國歷史而論，三十年甚短，不過是三數千年國史的一瞬；但這三十年的文學，其豐富性、重要性，卻遠非古代文學普通的一個三十年可比。

這三十年的文學，最顯著的變異，是作家所用的語言及形式。語體文（白話文）確立了，爲一般作家所採用；文言文遜位，成爲少數文人的雅言。詩歌、小說、戲劇的形式，新了，「文明」了，「現代」了，跟上了西方的體勢。五四時期呼籲引進的民主和科學，在三十年間成效有限，中國人在這些方面未能「現代化」；在文學方面，「現代化」卻達到了。胡適的新詩和話劇，魯迅的小說，成爲中國現代文學的先驅之作；此後，新詩的自由體與格律體，其浪漫主義和象徵主義，小說的鄉土小民和城市眾生，其樸素寫實和辛辣諷刺，各呈姿采。話劇的悲劇和喜劇，一一登場。散文家不甘後人：雜文鋒利如匕首，美文園圃綻奇花，遊記帶讀者環遊世界。文學批評界引入了西方的馬克思、佛洛依德和艾略特。徐志摩、聞一多、冰心、朱自清、茅盾、巴金、艾青、卞之琳、何其芳、老舍、沈從文、吳組緗、丁玲、錢鍾書、曹禺、梁實秋、張愛玲等等，一串長長的名家、大家以至大師，寫成了一部輝煌的中國現代文學史。

中國文學向來兼重抒情與寫實。為時、為事而著作的文學，更強調「詩史」的作用。現代文學這「三十年來家國」，多災多難。直面現實的作家，除了如聞一多、艾青那樣以詩直抒胸臆的家國情之外，更以小說和戲劇細緻地把眼前的民間疾苦寫出來，進而挖掘民族的根性。魯迅、曹禺、吳組緗等的憂患意識書寫，尤其深刻。他們的作品，既是社會的、政治的史料，也是民族性的論述，當然也是藝術品，因而有特別珍貴的價值。不那麼直接書寫民間疾苦的作家，如徐志摩、卞之琳、錢鍾書、張愛玲等等，或以普遍人性的刻劃，或以高超的語言藝術，或兩者兼之，而成就其文學地位，同樣在這階段的文學史冊中發出光芒。

一九四九年是二十世紀中國政治史的分界線，也是文學史的分界線。海峽兩岸各自演變，環境不同，格局大異。二十世紀後半期中國文學分為大陸和台灣兩大支，因為還有香港與東南亞的華文地區而支脈更多。一九一九～一九四九的三十年「現代」文學，衍生演變而有後來的「當代」文學。儘管地區有別、支脈分歧而使「當代」文學不能一統，但作家們畢竟同種同文，根源於同一部歷史，又面對同一個全球化，到了二十世紀的最後十餘年，中國文學，或者說中華文學（中文文學、華文文學）又趨於大同了。這個文學的大同，基於自由民主的新思維，基於語體為本的新語言，基於開拓創新而紮根民族歷史的大原則，正是現代文學三十年中改良、革命、探索、實驗所得的重大收穫。

附錄一　現代人所寫的舊體詩詞

新詩（白話詩、現代詩）是中國現代詩詞的主要體裁；與舊體詩詞相對而言，新詩是主流。然而，新詩誕生之後，數十年來寫作舊體詩詞的人一直很多。黃坤堯在〈當代的傳統詩詞〉（一九九四）一文中，舉出了數十年來的舊體詩詞名家，人數極眾。我們知道，魯迅、郁達夫、錢鍾書等很多新文學的重要作家，都寫作舊體詩詞。政治人物如毛澤東，其〈沁園春〉等詞作，更膾炙人口。新詩是主流，那麼舊體詩詞呢？舊體詩詞的地位如何呢？（爲甚麼說新詩是中國二十世紀詩歌的主流？本書第二章討論過這個問題，請重溫一下。）

舊體詩詞聲調鏗鏘，看起來比一般的新詩精美。然而，現代人寫舊體詩詞，最大的問題是詞彙陳舊，沒有時代的氣息。例如，魯迅這首著名的〈無題〉，就沒有現代的詞彙：

萬家墨面沒蒿萊，敢有歌吟動地哀？
心事浩茫連廣宇，於無聲處聽驚雷。

把它放在古人的詩集裡，我們發現它和唐詩、宋詩、明詩、清詩實在沒有甚麼分別。他下面這首〈偶夢〉一樣缺乏現代的色彩：

文章如土欲何之？翹首東雲惹夢思。
所恨芳林寥落甚，春蘭秋菊不同時。

香港在九〇年代初期的一次詩詞寫作比賽中，掄元之作如下：

一川蘆荻一林霜，立盡窮秋斷盡腸。
歷歷山河空似畫，紛紛鴻雁已成行。
風吹淚頰芙蓉冷，霜銷愁眉木葉蒼。
兩夢相逢明月裡，神州同覓路茫茫。

題目是〈贈人移居外國〉，我們讀後，卻完全感覺不到現代的面貌和氣息。詩中說的，是從香港移居到美、加、澳之類地方吧，是和「九七」有關的吧，然而，哪裡有這些時、空的影子呢？

一代有一代的文學。古人寫的詩詞，傑作太多了，現代人很難超越他們。現代人寫的舊體詩詞，要在整個中華文學史上占一席位，是難乎其難的。不過，我們處於自由多元的社會，寫新詩或者舊詩，讀新詩或者舊詩，各從其所好。只要有人覺得可以用舊體詩詞來抒情說理，認為寫作舊體詩詞可以悅己悅人，對於文學史的地位，則不放在心上，那麼，何妨讓舊體詩詞的傳統維持下去？

新詩是富於時代感的形式。不過，五四以來，數十年間新詩有種種的問題。傑作佳構固然琳瑯滿目，粗糙拙劣的分行文字也很多。加上音韻節奏尚待改善，以及部分作品晦澀難懂，容易令讀者望而卻步；作者雖多，對新詩的抗拒力一直也很大。對於新詩和舊體詩詞，我們可以這樣形象地比較：今人寫的舊體詩詞，好比年老的一代，文雅有古風，但多半已與時代脫節；新詩則像年輕的一輩，生氣勃勃，但其中有很多不良少年。二十世紀中國詩歌的潮流，以新詩為主；不過，舊體詩詞仍然存在，且有其存在價值，不應受到排斥。這就像我們一方面有話劇，但不排斥傳統的各種地方戲曲一樣。

附錄二　通俗文學問題

文學的雅俗問題，常常引起論爭。「雅」指高雅，或稱爲「嚴肅」；「俗」指通俗。例如，二、三〇年代張恨水，寫了《春明外史》、《金粉世家》、《啼笑因緣》等小說，極受讀者歡迎。然而，文學界一般都視他爲通俗小說家，說他的作品爲「鴛鴦蝴蝶小說」，不能登大雅之堂。近年來，張恨水等一些鴛鴦蝴蝶派作家，有人作深入研究了，「平反」了。一九八八年和一九九四年，中國大陸先後舉行了張恨水學術研討會，各地學者雲集，對張氏小說的現實性，特別重視。首屆會議的論文集，已於一九九〇年出版。在此之前，美國的學者如夏志清、林培瑞（Perry Link），早已著文探討張氏等鴛鴦蝴蝶派作品的文學價值了。近年則有趙孝萱等人出版了研究張恨水和鴛鴦蝴蝶派的專著。

武俠小說向來也被稱爲通俗小說，讀者多，但文學地位低，甚至有人認爲不入文學之流。然而，八〇年代以來情形有很大的改變。以《書劍恩仇錄》、《射鵰英雄傳》、《鹿鼎記》等馳名遐邇的金庸（查良鏞），八〇年代中期獲香港大學頒授榮譽博士學位，一九九四年獲北京大學頒授榮譽教授職銜，其武俠小說得到充分的肯定。一些較開放的文學批評家，更把金庸雅俗共賞的小說與魯迅、巴金、沈從文的作品並列，予以極高的評價。八〇年代以來，研究金庸小說的學者愈來愈多，有關論著不斷出現，號稱「金學」。台北就出版了一系列的「金學」論著。

究竟甚麼是通俗小說？它與高雅、「嚴肅」小說有何分別？簡言之，通俗小說的特色大概如下：重視情節的離奇曲折，使讀者有「追」下去的興趣。故事追完了，時間消磨掉了，讀者也就滿足了。一般通俗小說的文字都不講究，比喻、象徵、韻律、細節的選擇、敘事觀點的運用，都不在考慮範圍之內。通俗作品所忽視的，正是高雅作品所重視的。

我們要注意，以上所說，只是「大概」而已。世界上並沒有人限定自己為通俗小說家，且完全同意上述對通俗小說的定義，然後以此為公式，去撰寫他的武俠、偵探、言情、科幻等通俗小說。「通俗」與「非通俗」之間，並沒有截然可分的界線，此所以有所謂「雅俗共賞」的作品。此外，所謂通俗小說，有可能在某些方面，如人物刻劃、現實反映、思想深度等表現特別好，對讀者的影響特別大，其成就在一般所謂嚴肅小說之上；那麼，在這些通俗小說出現的當世，或者在後世，它們會被視為通俗小說的傑作，被視為經典，其地位與所謂嚴肅小說並列，甚至遠遠超過之，也許根本就不會被稱為甚麼通俗小說（以與所謂嚴肅小說對舉），甚而乾脆被稱為小說。

文學的評價，是一樁艱難的事。貴古賤今，貴遠賤近，隨便貼標籤，是很多人易犯的毛病，我們應該避免。

附錄三　中國現代文學和諾貝爾文學獎

諾貝爾文學獎是全球文學家的最高榮譽，每年頒發一次。數十年來得獎的作家，有不同種族、國籍的人士。歐洲和美洲的作家獲獎最多，非洲的也有，如Nadine Gordimer；亞洲也有印度的泰戈爾、日本的川端康成和大江健三郎。地大人多，有數千年文化的中國，從屈原到杜甫到蘇軾到曹雪芹偉大作家代有其人的中國，卻一直沒有人得過諾貝爾文學獎。據說當年的魯迅、林語堂、老舍和近年的沈從文、巴金、錢鍾書等，都被提名過；但以種種原因，或未得充分考慮，或未獲考慮，而名落孫山。

究竟這「種種原因」爲何？有人說，是翻譯問題。諾貝爾文學獎的評審委員，只得馬悅然一位懂中文；而且，他成爲委員是近年的事。評審委員要透過翻譯認識中國作家的作品，而翻譯是代用品而已，往往失眞。詩在各種文類中最難翻譯，美國詩人佛洛斯特（Robert Frost）說過，詩一翻譯就失去了（Poetry is what gets lost in translation.）。語言機智靈妙的散文也不容易在翻譯中傳眞，梁錫華就慨嘆過這類散文難譯。錢鍾書的〈釋文盲〉一文，諷刺時下的人不懂得鑑賞文學，那些所謂「創造的」或者「印象主義」的批評家，幾同文盲。下面是該文一個片段：

> 我們不妨小試點鐵成金的手段，把「創造的」和「印象主義」各改一字。「創造的」改為「捏造的」，取「捏」鼻頭做夢和向壁虛「造」之意。至於「印象派」呢，我們當然還記得四個瞎子摸白象的故事，改為「摸象派」。你說怎樣？這和文盲更拍合了。

誠然，「創造」和「捏造」，「印象」和「摸象」，要在外文的翻譯中傳原文的眞和妙，是很難的事情。

也有人說，中國二十世紀沒有產生偉大的作品，因此沒有人得諾貝爾獎。偉大的作品，反映時代社會要眞實，對人生的探討要深入，想像力要豐富，氣魄要宏大，技巧要精湛，還要有悲天憫人的情懷……。而中國現代文學中沒有這樣的作品。（《論文集》裡黃國彬〈論偉大〉一文中，舉了很多作家和作品爲例，概括地說明甚麼是優秀、傑出、上乘、偉大的作品。偉大的作品有三個條件：一是有相當的長度，二是有超凡的想像幅度，三是走向靈視（vision）境界。黃國彬熟悉中外的文學經典，他重視作品的崇高感、雄渾感（the sublime）。他對「偉大」的論述，很有參考價值。）

上述兩個原因中，翻譯問題自然很重要。不過，我們會問：日本的川端康成和大江健三郎，其作品用日文寫成，也是要透過翻譯的幫助的。爲甚麼他們能得到諾貝爾獎？也許，重要的是，我們應該請最好的翻譯人材，把當代中國作家的作品譯成外文，希望有最佳的譯本供評審委員閱讀。

至於偉大的問題，這涉及評價，而評價離不開比較。最近十年獲得諾貝爾文學獎的，是 Claude Simon, Wole Soyinka, Joseph Brodsky, Naguib Mahfouz, Camilo Jose Cela, Octavio Paz, Nadine Gordimer, Derek Walcott, Toni Morrison, Kenzabure Oe（大江健三郎），他們不見得都「偉大」；反過來說，上面提到的魯迅至錢鍾書等人，以至不少當代用中文寫作的作家，不見得都不「偉大」。

上述兩個原因中，翻譯問題較爲值得注視。我認爲還有第三個、第四個原因。

原因三：外國人，包括諾貝爾文學獎評審評員，對中國當代文學認識不深，以爲一九四九年以後，反右啦，文革啦，作家創作不自由，作品的政治意識濃厚，因而不可觀；文革之後，雖然改革開放，但作家起步不久，作品較爲稚嫩。至於台灣，其文學成就，則較少受到注意，更遑論受到重視；這自然與翻譯有關，也有政治上的因素。香港被無知的人視爲文學、文化的沙漠，就更不用說了。最近我讀到一篇文章，是諾獎委員馬悅然先生的講稿。他說諾貝爾文學獎委員會從前有一位委員，根本看不起亞洲的文學。從大歐洲心態出發，中國文學當然是不屑一顧了。

原因四：海峽兩岸的政府文化部門，或者民間文化團體，未能爲當代傑出或偉大的作家「造勢」，使這些作家在國際有崇高的聲望，有利於問鼎諾貝爾獎。如果有關的文化當局，對目前的傑出或偉大的中華作家（一、兩位以至十數位）是誰，達成共識，然後大力翻譯、推介其作品，引起國際重視，則其得獎自然大有機會。一說日本作家之能得獎，與這樣的推介甚至公關活動不無關係。

當然，中國現代作家，至今沒有人得過此獎，絕不表示中國現代文學沒有成就。諾貝爾獎並不是一切。

【附記】「附錄三」寫於一九九〇年代中期。二〇〇〇年，高行健獲得諾貝爾文學獎，是首位得獎的華人作家。有華人作家得獎，一般華人當然高興；不過，他獲獎一事，頗具爭議。拙著《期待文學強人——大陸台灣香港文學評論集》一書中有幾篇文章評論諾貝爾文學獎及高行健獲獎一事，可參看。

附錄四　肆意閱讀和評點之外

——評價當代散文的標準

（一）

評價當代散文的標準：這樣的題目是個難題，我自己定的。有興趣讀散文的讀者，右手一杯啤酒，左手一卷繆思（或作妙思[Muse]）的文集，在安樂椅中消磨半個下午，看倦了就懶洋洋地睡覺，像奧瑪·卡揚穆的《魯拜集》（*Rubaiyat*）所描寫的①。甚麼評價的標準？陶淵明好讀書，包括好讀散文，不求甚解。哈哈，你問他怎樣去評價散文！五四時期，《新青年》雜誌的讀者，讀魯迅、陳獨秀的《隨感錄》，聽魯迅怎樣罵國粹，陳獨秀怎樣迎德、賽二先生。那些讀者是怎樣評價散文的？現在香港、台北的讀者，讀《明報》、《信報》、《中國時報》、《聯合報》等副刊散文、雜文。他們是怎樣評價散文的？誰知道！又沒有做過問卷調查！問外國的權威吧。年前去世的佛萊（Northrop Frye）說，作家的評價時升時跌，好像股票市場一樣②；評價啊評價，在茫茫的風裡。目前健在的解構派（de-construction）名人德希達（Jacques Derrida）等，認爲任何詮釋都是錯誤的詮釋（All interpretations are mis-interpretations.）③，既然如此，你問他們如何評價散文，豈非等於問無政府主義者誰是偉大的總統？

你打開王瑤的《中國新文學史稿》，魯迅、朱自清、冰心等的論述，佔了很多篇幅；你打開黃修己的《中國現代文學發展史》，也是講魯迅、朱自清、冰心，然後還講梁實秋和錢鍾書。可是，兩本書都沒有交代甚麼是評價散文的標準。范培松的《中國現代散文史》同樣沒有交代。張曉風主編《中國現代文學大系．散文卷》，選了「優秀散文作者」的作品四大冊。連她一起，一共有三位編輯。甚麼是評價散文的標準？我們讀張曉風的序，知道三位編輯投票，得兩票的散文作者就入選這一部大系④。數十年前《中國新文學大系》的散文作品，是怎麼選出來的？數百年前的《古文觀止》又如何？唐宋八大家爲甚麼是這八家？諾貝爾文學獎的評價標準是怎樣的？最近有「華夏文學獎」設獎的消息，據說獎金高達數十萬人民幣。評價的標準在哪裡？

我竟然選這樣的題目，難矣哉！難矣哉！古人說：「作文難，論文尤難。」⑤我選了這樣的題目，乃知其不可爲而爲之，就如何評價當代散文的問題，貢獻自己小小的心得。在這個多言多元的時代中，提出自己的一言、一元。「如或一言可採」（引《漢書．藝文志》語），那是我莫大的欣幸。否則就算是我個人智能練習的報告好了。

㈡

在提出我的評價標準之前，先指出幾項「不應作爲標準」的標準。

第一，不應以「眞」作爲重要的標準，更不能作爲唯一的標準。

散文與小說的不同在於：小說是虛構（fiction），而散文是寫作者眞實的生活經驗和感受。柯靈有一篇散文，寫「假博士」的歷程：「一曰海外鍍金，『出洋研究』；二曰遊歷半載，『學成歸國』；三曰拍電報；四曰刊玉照，在報章之上，發皇皇新聞。」⑥錢鍾書的虛構小說《圍城》的主角方鴻漸，就是這樣一個人。在這裡，寫眞的散文，和虛構的小說，說的都是社會眞事。文學作品寫人生眞相、社會眞事，作者說出心裡的眞話，這些都是好的。然而，我們往往難以分辨眞僞。沈從文的《湘行散記》寫一個青年，「當他二十五歲左右時，大約就有過一百個女人淨白的胸膛被他親近過。」⑦這是眞人眞事嗎？黃永玉寫沈從文：「寫小說，他眞是太認眞了，十次、二十次地改。文字音節上、用法上，一而再的變換寫法，薄薄的一篇文章，改三百回根本不算一回事。」⑧人是眞人，事是眞事嗎？一九七九年，丁玲首次讀到沈從文三〇年代寫的《記丁玲》和《記丁玲續集》，讀後說：這兩本書，是沈從文「任意編造的小說」⑨。唉，究竟沈從文寫的是眞事呢？還是丁玲說的是眞話？《讀者文摘》雜誌對其刊登文章的眞實性，極其重視，編輯部有專人查根究柢，核實文章的各種資料，然後刊登。普通的讀者，哪有財力物力去核實查證散文中人與事的眞實性？巴金寫《眞話集》，乃覺今是而昨非，後悔自己二十年前說了假話⑩。然而，當年巴金說話、爲文時，誰知道他說的是眞話還是謊言？

王國維論詞，以境界爲最上，「能寫眞景物、眞感情者，謂之有境界」⑪。冰心說，她「總想以『眞』作爲寫作的唯一條件。」⑫林語堂說：「殊不知文無新舊之分，惟有眞僞之別，凡出於個人之眞知灼見，親感至誠，皆可傳不朽。……性靈派文學，主『眞』字。發抒性靈，斯得其眞，得其眞，斯如源泉滾滾，不捨晝夜，莫能遏之，……句句眞切，句句可誦。」⑬如此這般地標榜「眞」字，「眞」又往往難以判斷，這個標準自然是不可靠了。西方有批評家論散文，認爲散文之眞反而比不上虛構小說之眞。這話聽來似無理，而實則有據。話是這樣的：「人性的至眞至誠，不在自傳中表現出來，而是轉化至小說中。小說寫的是人生的種種可能，個人自傳寫的是作者的生活經驗；讀者通常在前者發現更多人生的眞。」⑭爲甚麼是這樣的呢？因爲自傳（散文的一種）寫的是作者的眞事，而作者一生難免有不善不美之處，卻又怯於公諸世人，於是只好加以隱藏和僞飾了。寫小說，既爲虛構之類，讀者不會把主角視爲作者，因而無此顧慮，反而可得其人性之眞。散文的「眞」，其不可靠如此，我們評論時，與其斤斤計較於它的內容的眞假，或者無據地稱讚作者如何眞情流露，倒不如評說一下，它所述之事，所抒之情，是否合理。

第二，意境、境界一類概念，籠統含糊，難以作爲評價散文的標準，用之少益，甚至無益。王國維說寫眞景物眞感情謂之有境界。上面已說明眞僞難辨。所謂境界、意境，指的不外是作品的全部或某個片段給予讀者的印象。所謂某詩某文有意境，指的是讀者對此詩此文有所感悟，認爲它有一些一時說不出的言外之意，認爲可供咀嚼玩味一番，如此而已。衡量、評價作品時搬出「有意境」或「有境界」等語，而言止於此，其實是批評家有意偷懶的表現。喜歡在談論散文時搬弄意境等詞的人頗多，我手邊的一本書就大用特用：情境、境界、神韻等等。意境或境界不是王國維的發明，不過，自從他的境界說發表後，影響甚遠，用者甚多，以至幾乎無人不用，似乎不用就未臻文學批評的高「境界」⑮。我的看法剛好相反：只會籠統含糊、人云亦云地用境界等詞，實在「境界」甚低。

第三，「形散神不散」說誤導讀者，請勿以此爲評價散文的標準。在一本論散文的書中，甲說：「散文貴散。說的確切些，就是形散神不散。」神散容易解釋。形散是甚麼意思呢？甲續說：「我以爲是指散文的運筆如風，不拘成法，……」他始終沒有好好解釋形散是甚麼。書中乙說：「散文的特點正在於散。……這散，不是散漫的散，……從文章的取材來看，散正是散文的特質。」形散竟又扯到取材上來了，難道「形」是題材而不是作品的形式嗎？另一本書則有這樣玄妙的說法：「似散不散，既散又不散，……這就是散文結構在形式上的特點。」⑯還有一個說法，李廣田的：「散文……就像一個人隨意散步一樣。」⑰種種玄虛、無理的說法，都緣於對散文的散字的解釋。中國古代的駢文，講究對仗，句式整齊；散文與此相反，不講對仗，句式參差。散字與作品結構散漫與否，是完全無關的。散字害人不淺，而「形散神不散」誤人至深。某評者謂周作人〈故鄉的野菜〉「所寫散散漫漫，毫不經意」⑱。我想，他所說的，正是所謂「形散」。他爲甚麼這樣說？一定是受了「形散神不散」說的影響。你喜歡〈故鄉的野菜〉與否是一回事，此文卻並不散漫，它通篇所寫的盡是故鄉的野菜，並沒有提到城市的家禽或者甚麼的。「形散神不散」是個錯誤的說法，用它來作爲衡文標準，是不可能正確的。

第四，我要順便指出，析評散文時，不需要花太多時間去分辨各種文體。抒情文、敘事文、說明文、議論文的分法，有其方便處，卻常常畫地爲牢，無益於實際的論述。純散文（美文）、雜文、小品、隨筆、書信、日記、遊記等等分法，則往往重複、混淆、糾纏不清。即使有人心如髮細，嘗試把各種各類分個一清二楚，我想，這樣做對散文的評價並無多大幫助。

有人把美文和雜文對立起來，說徐志摩寫的是美文，魯迅寫的是雜文。〈想飛〉啦，〈翡冷翠山居閒話〉啦，題目多美，內容更美哩！至於〈由聾而啞〉、〈辱罵和恐嚇絕不是戰鬥〉等，多雜、多俗、多不美啊！這樣說不無道理，然而，魯迅的雜文，不是公認的有其藝術性嗎？這把匕首像花紋美麗的尼泊爾匕首，不是很有審美價值嗎？把雜文稱爲美文，當不至於大逆不道吧？事實上，一般所說的議論性強的雜文，那些梁錫華所寫的，就被劉介民稱爲美文。⑲

雜文又使我們想起純散文。純好雜壞，很多人都這樣說。然而，甚麼是純散文呢？純眞、純潔、純粹的散文就是純散文吧？問題是：甚麼是純眞、純潔、純粹的散文？此外，小品文的討論，自三〇年代以來，已逾半個世紀。即使有人一言九鼎，確立小品文的涵義，這樣對散文的評價何益？對散文的欣賞何用？有人研究西方essay或familiar essay與中國散文、隨筆、小品等的異同。這自然有學術上的價值，可是對散文的評價是沒有甚麼啓示的。⑳

(三)

散文應該怎麼評價？我們應該用甚麼標準？下面嘗試去回答。

討論文學作品時，我們問的問題可歸納爲兩大類：「寫甚麼？」「怎麼寫？」先說「寫甚麼？」。散文不外寫景（包括寫物寫人）、敘事、抒情、說理。不過，這四者並非散文的專利，詩、小說、戲劇也可以這樣。然而，不同的文類，有各自擅長的功能。小說和戲劇長於敘事；詩歌長於抒情。此外，電影也長於敘事；而繪畫、攝影和電影都長於寫景。綜合各種文藝類別來看，散文擔當的獨特功能，在寫景敘事抒情說理四者中，應該是說理，因爲說理是其他文藝類別較爲不擅長的。散文總有說理的成分，例如：

1. 錢鍾書在〈讀《伊索寓言》〉中說：「蝙蝠碰見鳥就充作鳥，碰見獸就充作獸。人比蝙蝠就聰明多了。他會把蝙蝠的方法反過來施用，在鳥類裡偏要充獸，表示腳踏實地；在獸裡偏要充鳥，表示思想高超。向武人賣弄風雅，向文人裝出英雄氣概。」㉑

2. 思果在〈五十肩〉中說：「眞正的美在德性、風度，不在形體。老就老吧，我們沒有力量控制自己的外表，但是德性和風度是可以修練的。」㉒

3. 何凡在〈懷舊心情與忘年之樂〉中說：「果眞事事今不如昔嗎？我並不那樣想。理智的比較起來，世界仍舊是往進步的路上走的。」㉓

4. 梁錫華在〈妒亦有道〉中說：「語云『同行如敵國』，這個敵的問題，先不在打而在妒。當然，妒之後接著是不離打的，不然的話，妒亦不成妒了。此之謂妒亦有道。又有話說：『怒從心中起，惡向膽邊生』，其實將『怒』改為『妒』，這話更顯得閃熠多輝，因為更具普遍性。」㉔

5. 張曉風在〈只因為年輕啊〉中說：「生命有如一枚神話世界裡的珍珠，出於砂礫，歸於砂礫，晶光瑩潤的只是中間這一段短短的現象啊！」㉕

6. 陳耀南在〈痴痴地等〉中說：「生，等待脫離娘胎，面向世界。老，等待兒孫後繼者的接棒。病，等待醫藥。死，等待牽腸掛肚者的最後一面，等待渺茫不可知的來世，或者

所謂永生。」㉖

各人說的不同，方式也異，但都是說理。理好像誰都會說，公說公理，婆說婆理；公也對，婆也對；其實不然。一位散文家在嘗試道出上海人的特色時說：「上海人的日子過得並不順心，但由於他們缺少生命感，也就缺少悲劇性的體驗，而缺少悲劇性體驗也就缺少了對崇高和偉大的領受。」㉗這裡，作者說的是哪個時期的上海？上海有一千萬人口吧，這一千萬人都過得不順心嗎？甚麼是生命感？這一千萬個上海人都缺少生命感嗎？（按：到了二十一世紀初期，上海的人口逾一千五百萬。）

俞元桂在《中國現代散文理論》的前言中指出：「中國現代散文史上的第一流散文家都有一共同特點，即他們大多出身於封建士大夫家庭，早年都受過封建正統教育，以後又受過現代高等教育，大多數人都出國留學。他們有深厚的中國古典文學修養，也都精通外國文學。散文創作要求散文家有豐富的人生閱歷、敏銳的觀察力和深刻的思考力……。」㉘好的散文家，論社會，說人生，總要通情達理，學問和識見是不可少的。劉勰《文心雕龍》說的「積學以儲寶，酌理以富財」，也正是這個意思。

不過，散文家不同於哲學家和社會評論家。哲學家和社會評論家的文章，可能質木無文、淡乎寡味。質木無文、淡乎寡味的散文家，應該不是好的散文家，至少我的看法如此。散文家說理時要有文采，這就涉及「怎樣寫？」的問題了。有文采的作品，其形象性必強，必用比喻；其用詞造句必定靈活多變化，其作者必定是駕馭文字的能手。散文有寫景、敘事、抒情、說理等功能。說理時要有文采，寫景、敘事、抒情時亦然。語言平庸的普通人，說話時能達意就可以了。我心目中的散文家可不能止於此，他要止於至美的文采。從另一角度來看，他寫景、敘事時如果止於客觀、平實的敘寫，那麼，他怎能與繪畫、攝影和電影相比？他怎能贏得受眾青睞？有文采的寫景、敘事、抒情、說理，使散文除了是溝通的工具之外，還是藝術。劉勰早就說過，寫文章要情采兼備。

上面指出，「形散神不散」的說法誤人，因爲這句話使人誤以爲散文可以「隨意散步」，不用講結構。當然，隨筆、札記之類，可以一則則一條條地隨意錄下吉光片羽。作爲「美文」的散文，則要講究結構。文章的結構有多種方式，然而，不論哪種方式，總要使作品做到「外文綺交，內義脈注」，要能首尾呼應、表裡一體。㉙結構也是文采的一項因素。

上引錢鍾書和張曉風等人的文章片段，都是有文采的例子。余光中寫留學美國的中國青年，這樣說：「曾幾何時，五陵少年竟亦洗碟子，端菜盤，背負摩天樓沉重的陰影。而那些長安的麗人，不去長堤，便深陷書城之中，將自己的青春編進洋裝書的目錄。當你的情人已改名瑪麗，你怎能送她一首菩薩蠻？」㉚古今中外的典故恰到好處，文句形象鮮明而生動，確是文采燦然。

余秋雨記洞庭湖岳陽樓之旅，這樣說：「游人仰頭讀完〈岳陽樓記〉的中堂，轉過身來，眼前就會翻卷出兩層浪濤，耳邊的轟鳴也更加響亮。范仲淹趁勢突進，猛地遞出一句先憂後樂的哲言，讓人們在氣勢的卷帶中完全呑納。」㉛他把本來是靜觀的畫面轉化為動感十足的場面，不甘於平凡，不安於單調，這就是文采。

黃國彬憶述大學時期的情景，說同學們喜歡「青春結伴」到一餐廳，那裡「年輕人的低語、淺笑……像春水般起落。刀叉輕碰和茶匙攪拌咖啡的聲音，像一串串晶瑩的音符跳躍升降……當你嚐著美味的羅宋湯，或者嚼著鬆脆可口的餐包，冷氣中渾身涼快，柔和的音樂，就會像海洋的暖流在你的髮際流動。」㉜接著作者以大量形象生動的語句，形容歌曲的內涵和有關的聯想。這也是文采。㉝

余光中認為「令人滿意的評論家」，其文章應能「文采斐然……遣詞用字，生動自然，若更佐以比喻，就更覺靈活可喜了。」㉞他對比喻的重視，使人想起自亞理士多德以至當代西方批評家的相關理論。而《文心雕龍．情采》開宗明義說：「聖賢書辭，總稱文章，非采而何！」可謂一語中的。

然而，也有作者和讀者喜歡沖淡平淡，淡采甚至無采的。周作人是這樣的作者；愛讀他的散文的人，向來有不少。重采和輕采兩種品味，在同一時代是並存的。人類的社會，從來未曾眞正的一元過，現在這個社會更是多元多樣。不過，有時潮流是重采，有時潮流是輕采，不一定兩種品味是勢均力敵的。通常，如果某個時代的主流是重采，則下一個時代大概就輕采，二者交替出現，此消彼長。在中國，駢四儷六的華麗文章之後，是句式參差較爲樸素的古文時代。英國文學史上，有頗長的一個時期，是重視修辭技巧、作風縟麗的。到了十七世紀後期，「反動派」來了，掀起了素淨自然的文風；到了十八世紀，此風續盛，但後來大家又重視修辭了。㉟

這樣說來，重采與輕采，仁智不同，此消彼長，然則評價散文時，我們該重采還是輕采呢？我個人認爲應該重采，因爲有文采的散文，比無文采的散文難寫。這就像旁徵博引難於不徵不引。要文采斐然，要旁徵博引（此兩者頗有關係），就得靠天才，或靠苦功，至少是才華和努力兩個因素的結合。你大可不喜歡錢鍾書、余光中、梁錫華或張曉風等人的散文，但你能夠倚馬可待地寫出他們那些文采閃爍的文章嗎？反過來說，要寫出像周作人〈烏篷船〉和〈故鄉的野菜〉那類平實淡采的散文並不難。前者好比是動作繁複的花式溜冰，而後者好比是平地上散步。喜歡和不喜歡是一回事，易爲與不易爲是另一回事。㊱

重采和輕采，品味不同，不過，至少采是可以衡量的，如我們計算光的強度、數算花卉的種類，不像情之能否感人、理之能否服人，帶有強烈的主觀性。分析散文的技巧，其理論不像分析小說那樣多（如敘述觀點理論、意識流、後設小說理論等等），但各種修辭技巧的分析，是有而且早就有的。例如，散文家所用新鮮而妥貼的比喻，究竟有多少；他把文字鎚扁又拉長順裝又倒裝的手法，這手法是否創新，是可以觀察、分析的，可以用數量計算出來的。

散文作品的內涵、散文家的視野，我們也可作「定量」和「定性」的分析。作品涉及的學識、事物，屬於人文的還是科技的，是否古今中外都有，都具體可見。思果、梁錫華等產量特別豐富的散文家，其長篇短製所呈現出來的知識和經驗世界，有多廣大，有多深遠，其題材有沒有突破，我們都可觀察、分析、衡量，並以此作為評價他們散文成就的一項標準。香港的專欄作家，其作品篇幅短小，似乎不能成為文學的大器。不然，某作家成千上萬的小方塊，如果題材廣闊、視野宏大，其鑄句謀篇可觀可賞，則所有作品合起來可以成為七寶樓台甚至是中銀大廈，一樣是大氣象的大塊文章。

以上說的是作品本身，接著要說作品被接受的情況，這也是評價的重要準則。

銷量大的作品不一定是人人公認的佳作，但我們不能只是陽春白雪地看待文學。銷量自然是評價的一個標準。

受評量的大小也是。受到的如果是四面八方的好評，則表示作品雅俗共賞，作品必有過人之處。

作品得過甚麼獎、入選過甚麼選集和教科書、被翻譯成多少國的文字、被翻譯了多少篇，這些也都是評價時的標準。

當然，還有影響。有多少讀者讀完後變消極為積極，或者變樂觀為悲觀，我們都要瞭解。散文家的個人風格，是否有人模仿，他是否領風騷、成祭酒，我們也都要分析、記錄，作為評價的準則。

作品的情能否動人，就個別讀者而言，差別可能很大。理能否服人，不同的讀者可能有人點頭有人搖頭。我在上面的論述，故意遺漏了一點，就是作品的感情和思想是否夠深夠廣，是否博大精深、悲天憫人、打動人心。論者如李歐梵，在論及偉大作品的條件時，都認爲思想至爲重要。㊲我個人也認爲博大精深、悲天憫人的作品最能發揮文學的力量。當然，溫馨親切的作品，很多讀者也都會欣賞。不過，如何深刻、如何悲憫，最好還是交由個別讀者去下判斷。批評家自然可以有自己的意見。如果他要力求客觀，則他應該設法去搜集眾多讀者的意見，並以此作爲評價時的參考。

㈣

綜合以上所說，評價散文的標準有下面兩大項。

甲是作品本身，包括其文辭藻采，以及學識事物。前者相當於劉勰說的「置辭」，後者則爲「事義」。

乙是接受情況，包括銷量、受評量、得獎、入選選集、譯成外文的情況、對讀者產生多少共鳴、對讀者在情在理的影響，和對其他作者在辭在采的影響。

如果滿分是十分，則甲和乙各佔多少分呢？五五之比？六四？七三？甲之中，文辭藻采應佔多少分？學識事物又多少？乙之中，各分類的比例如何決定？凡此種種，我在此未能提供具體詳細的計算辦法，也不打算提供。因爲具體詳細的計算辦法，會非常繁瑣，且一定會引起爭議。辦法製訂好了，還要一大群研究員和研究助理去從事實際的分析、調查、統計的工作。要妥善地去做，只處理一個散文家，就已是一項巨大的文學工程。知易行難。我敢打賭，散文選集的編者、散文史的撰述者、散文獎的評審者，都不會照我的建議去進行這些文學的大工程。大家仍然會憑閱讀印象、憑口碑、憑一些已有的評論（有很多是印象式的），去決定誰入選、誰入史、誰得獎、誰是大散文家，就和現在的做法一樣。

我這裡一直說的是「評價散文的標準」，但題目有「當代」二字。我應該切題，以免犯寫作的毛病。爲甚麼要討論「當代」散文的標準？因爲當代的中華散文，作者和作品之多，是空前的。面對空前浩瀚的作品，評論界的褒貶可能空前地混亂，空前地「準的無依」。作爲不應滿足於現狀的知識份子，我應該有心建立一套標準，儘管無力去實施。我的題目有「當代」二字，還有一個原因，我參加的是當代的散文研討會。

寫散文、評散文，樹立種種嚴格的標準，也實在太累人了，還是不求甚解地在安樂椅中肆意閱讀左手的書卷吧。作者花式溜冰也罷，平地散步也罷，讀者就盡情欣賞好了。

【註釋】

①《魯拜集》爲波斯詩人Omar Khayyam的詩集，有英譯本和中譯本多種。可參閱集裡的第十二首等。

②Raman Selden, *A Reader's Guide to Contemporary Literary Theory* (Lexington: The University Press of Kentucky, 1989), pp.87-99.

③W. J. Bate ed., *Criticism: The Major Texts* (N. Y. HBJ, Inc., 1970), p.602.

④王著初版於一九五四年。黃著於一九八八年由北京中國青年出版社出版。范著於一九九三年由江蘇教育出版社出版。張氏所編是余光中爲總編輯的大系的一部分，大系於一九八九年由台北九歌出版社出版，張氏序言見《大系》第三冊；請閱該冊頁十五、十六。

⑤此爲劉克莊語，轉引自覃文昭主編，《中國古代文論類編》下編，福州：海峽文藝，一九八八，頁四〇六。

⑥見柯靈《橫眉集‧讀報偶筆》。

⑦見《湘行散記》中〈一個戴水獺皮帽子的朋友〉一文。

⑧黃永玉，〈太陽下的風景——沈從文與我〉，錢谷融主編，《中華當代文選》，上海教育出版社，一九九二，頁三六九。

⑨袁良駿，〈丁、沈失和之我知我見〉，《香港作家》（月刊，香港作家聯會編印）。一九九四年四月號第一版。

⑩巴金，《眞話集》，香港：三聯書店，一九八二。

⑪王國維，《人間詞話》。

⑫冰心，《寄小讀者・通訊十六》。

⑬轉引自俞元桂主編，《中國現代散文理論》，廣西人民出版社，一九八三，頁五六、六〇。

⑭見*Encyclopedia Britanica*（一九八五年版）"Literature, the Art of"條目中Nonfictional Prose部分，此部分的執筆者爲H. M. P.。

⑮黃維樑，〈人間詞話新論〉，《中國詩學縱橫論》，台北：洪範書店，一九七七。

⑯參閱《筆談散文》（百花文藝出版社，一九八〇）一書中蕭雲儒、王爾齡等人的文章。

⑰李廣田，〈談散文〉，《文藝書簡》，一九四八。

⑱李正西，《中國散文藝術論》，台北：貫雅文化事業有限公司，一九九一，頁三〇八。

⑲劉氏有專著析論梁氏的散文及小說，書名爲《心靈的光影：梁錫華美文學研究》，由遼寧大學出版社於一九九四年出版。

⑳可參閱註⑬書所輯討論文章。近年鄭明娳對散文的研究用功至勤，對各種散文類型的辨識，有專著問世，可供參考。

㉑錢鍾書，《寫在人生邊上》，福建人民出版社，一九八三年重印本，頁二六。

㉒思果，〈五十肩〉，黃維樑編，《吐露港春秋：中大學者散文選》，香港中文大學出版社，一九九三，頁二

一。

㉓何凡，〈懷舊心情與老年之樂〉，錢谷融主編，《中華當代文選》，上海教育出版社，頁三二八。

㉔梁錫華，《四八集》，台北：遠東圖書公司，一九八五，頁二五。

㉕見註④所述《大系》第四冊，頁一一〇五。

㉖陳耀南，〈痴痴地等〉，曾敏之等編，《香港散文名家作品精選》，北京：中國文聯出版公司，一九九三。

㉗余秋雨，《文化苦旅》，上海：知識出版社，一九九二，頁一六〇。

㉘俞元桂主編，《中國現代散文理論》，廣西人民出版社，一九八三，頁二一一。

㉙見《文心雕龍》的〈鎔裁〉、〈附會〉、〈章句〉諸篇。

㉚見余氏《逍遙遊》（台北：文星書店，一九六五）中〈逍遙遊〉一文。

㉛余秋雨，《文化苦旅》，上海：知識出版社，一九九二，頁五〇。

㉜黃國彬，〈莎厘娜〉，《琥珀光》，香港：香江出版公司，一九九二，頁三六。

㉝當代散文家以文采見稱者，當然有很多人，像流沙河、李元洛、潘銘燊等等，不能盡舉。

㉞余光中，《從徐霞客到梵谷》，台北：九歌出版社，一九九四，頁五。

㉟Marjorie Boulton, *The Anatomy of Prose* (London: Routledge & Kegan Paul, 1954), p.150.

㊱博學多識機智富采的散文，是學者散文的當行本色。近年中華文學界對學者散文多有論述。可參看喻大翔，《用生命擁抱文化——中華二十世紀學者散文的文化精神》，北京：人民文學出版社，二〇〇二。論者

多謂二十世紀西方的散文不發達，文壇是詩和小説的天下。我發覺英語國家的新聞評論，多有文采斐然之作，如美國《時代周刊》的資深作者Lance Morrow寫戈巴契夫等文，就是佳例。中西當代的博學多采的散文，大可作一比較研究。

㊲李歐梵，〈偉大作品的條件〉，《浪漫之餘》，台北：時報出版公司，一九八一，頁九三。

附錄五 新詩作品選

沙揚娜拉一首

徐志摩

最是那一低頭的溫柔，
　像一朵水蓮花不勝涼風的嬌羞，
道一聲珍重，道一聲珍重，
　那一聲珍重裡有甜蜜的憂愁——
　　沙揚娜拉！

偶然

徐志摩

我是天空裡的一片雲，
偶爾投影在你的波心——
　你不必訝異，
　更無須歡喜——
在轉瞬間消滅了蹤影。

你我相逢在黑夜的海上，
你有你的，我有我的，方向；
　你記得也好，
　最好你忘掉，
在這交會時互放的光亮！

再別康橋

徐志摩

輕輕的我走了，
正如我輕輕的來；
我輕輕的招手，
作別西天的雲彩。

那河畔的金柳
是夕陽中的新娘；
波光裡的艷影，
在我的心頭蕩漾。

軟泥上的青荇
油油的在水底招搖；
在康河的柔波裡

我甘心做一條水草！

那榆蔭下的一潭
　不是清泉，
是天上虹揉碎在浮藻間，
　沉澱著彩虹似的夢。

尋夢？撐一支長篙
　向青草更青處漫溯，
滿載一船星輝，
　在星輝斑斕裡放歌。

但我不能放歌，
　悄悄是別離的笙簫；
夏蟲也為我沉默，
　沉默是今晚的康橋！

悄悄的我走了，
　正如我悄悄的來；
我揮一揮衣袖，
　不帶走一片雲彩。

死水

聞一多

這是一溝絕望的死水，
清風吹不起半點漪淪。
不如多扔些破銅爛鐵，
爽性潑你的賸菜殘羹。

也許銅的要綠成翡翠，

鐵罐上銹出幾瓣桃花，
再讓油膩織一層羅綺，
黴菌給他蒸出些雲霞。

讓死水酵成一溝綠酒，
飄滿了珍珠似的白沫；
小珠們笑聲變成大珠，
又被偷酒的花蚊咬破。

那麼一溝絕望的死水，
也就誇得上幾分鮮明。
如果青蛙耐不住寂寞，
又算死水叫出了歌聲。

這是一溝絕望的死水，
這裡斷不是美的所在，

不如讓給醜惡來開墾，
看他造出個什麼世界。

天安門

聞一多

好傢伙！今日可嚇壞了我！
兩條腿到這會兒還哆唆。
瞧著，瞧著，都要追上來了，
要不，我為什麼要那麼跑？
先生，讓我喘口氣，那東西，
你沒有瞧見那黑漆漆的，
沒腦袋的，蹶腿的，多可怕，
還搖晃著白旗兒說著話……
這年頭真沒法辦，你問誰？

眞是人都辦不了，別說鬼。
還開會啦，還不老實點兒！
你瞧，都是誰家的小孩兒。
不才十來歲兒嗎？幹嗎的？
腦袋瓜上不是使槍軋的？
先生，聽說昨日又死了人，
管包死的又是傻學生們。
這年頭兒也眞有那怪事，
那學生們有的喝，有的吃——
咱二叔頭年死在楊柳青，
那是餓的沒法兒去當兵，——
誰拿老命白白的送閻王！
咱一輩子沒撒過謊，我想
剛灌上兩子兒油，一整勺，
怎麼走著走著瞧不見道。
怨不得小禿子嚇掉了魂，

勸人黑夜裡別走天安門。
得！就算咱拉車的活倒霉，
趕明日北京滿城都是鬼！

雨巷

戴望舒

撐著油紙傘，獨自
彷徨在悠長，悠長
又寂寥的雨巷，
我希望逢著
一個丁香一樣地
結著愁怨的姑娘。

她是有

丁香一樣的顏色，
丁香一樣的芬芳，
丁香一樣的憂愁，
在雨中哀怨，
哀怨又彷徨。

她彷徨在這寂寥的雨巷，
撐著油紙傘
像我一樣
像我一樣地
默默彳亍著，
冷漠，淒清，又惆悵。

她靜默地走近
走近，又投出
太息一般的眼光，

她飄過
像夢一般地，
像夢一般地淒婉迷茫。

像夢中飄過
一枝丁香地，
我身旁飄過這女郎；
她靜默地遠了，遠了，
到了頹圮的籬牆，
走盡這雨巷。

在雨的哀曲裡，
消了她的顏色，
散了她的芬芳，
消散了，甚至她的
太息般的眼光，

丁香般的惆悵。

撐著油紙傘，獨自
彷徨在悠長，悠長
又寂寥的雨巷，
我希望飄過
一個丁香一樣地
結著愁怨的姑娘。

獄中題壁

戴望舒

如果我死在這裡，
朋友啊，不要悲傷，
我會永遠地生存

在你們的心上。

你們之中的一個死了，
在日本佔領地的牢裡，
他懷著的深深仇恨，
你們應該永遠地記憶。

當你們回來，從泥土
掘起他傷損的肢體，
用你們勝利的歡呼
把他的靈魂高高揚起，

然後把他的白骨放在山峰，
曝著太陽，沐著飄風：
在那暗黑潮濕的土牢，
這曾是他唯一的美夢。

參考書目

第一章

王　瑤，《中國新文學史稿》，上海：新文藝，一九五四；上海：上海文藝出版社，一九八二。
司馬長風，《中國新文學史》，香港：昭明出版社，一九七八。
周　錦，《中國新文學簡史》，台北：成文出版社，一九八〇。
唐　弢、嚴家炎，《中國現代文學史》，北京：人民文學出版社，一九七九。
黃修己，《中國現代文學發展史》，北京：中國青年出版社，一九八八；香港：中國圖書刊行社，一九九四。
黃維樑編，《中國現代文學論文集》（簡稱《論文集》），香港：公開進修學院出版社，一九九四。
趙家璧編，《中國新文學大系》，香港：香港文學研究社重印，一九六二。
劉綬松，《中國新文學史初稿》，北京：作家出版社，一九五六。

蔣淑嫻等編，《中國現代文學史》，北京：科學出版社，二〇〇二。
蔡元培等，《中國新文學大系導論集》，香港：東方學出版社重印，年份不詳。
錢理群等，《中國現代文學三十年》，上海：上海文藝出版社，一九八七。
謝筠編，《中國現代文學史教程》，北京：北京廣播學院出版社，二〇〇三。
簡恩定等，《現代文學》，台北：國立空中大學，一九九七。

第二章

公木編，《新詩鑑賞辭典》，上海：上海辭書出版社，一九九一。
吳奔星編，《中國新詩鑑賞大辭典》，上海：江蘇文藝出版社，一九八八。
林明德等，《中國新詩賞析》，台北：長安出版社，一九八一。
金欽俊，《新詩三十年》，廣州：中山大學出版社，一九九一。
柯文溥，《中國新詩流派史》，福州：海峽文藝出版社，一九九三。
黃修己，《中國現代文學發展史》，北京：中國青年出版社，一九八八；香港：中國圖書刊行社，一九九四。
黃維樑，《怎樣讀新詩》，香港：學津學店，一九八二、二〇〇二；台北：五四書店，一九八九。
黃維樑編，《中國現代文學論文集》（簡稱《論文集》），香港：公開進修學院出版社，一九九九四。
楊匡漢等編，《中國現代詩論》，廣州：花城出版社，一九八五。
葉紹鈞、夏丏尊，《文心》，開明書店，一九三三。
痖　弦，《新詩研究》，台北：洪範書店。
蕭蕭等編，《新詩三百首》，台北：九歌出版社，一九九五。
龍泉明，《中國新詩流變論》，北京：人民文學出版社，一九九九。
羅　青，《從徐志摩到余光中》，台北：爾雅出版社，一九七八。

第三章

夏志清，《新文學的傳統》，台北：時報文化出版公司，一九七九。
夏志清，《中國現代小說史》，台北：傳記文學出版社，一九八〇。
陳平原，《中國小說敘事模式的轉變》，上海：上海人民出版社，一九八八。
莫泊桑著，趙少侯等譯，《羊脂球》，北京：人民文學出版社，一九七八。
黃修己，《中國現代文學發展史》，北京：中國青年出版社，一九八八；香港：中國圖書刊行社，一九九四。
黃維樑編，《中國現代文學論文集》（簡稱《論文集》），香港：公開進修學院出版社，一九九四。

楊　義，《中國現代小說史》，北京：人民文學出版社，一九八六～一九八八。

劉紹銘、黃維樑編，《中國現代中短篇小說選》上、下冊，香港：公開進修學院出版社，一九九四。

霍桑著，惟爲譯，《霍桑小說選》，香港：今日世界社，一九七九。

第四章

"Translator's Introduction," in James, J (tr.), *Rickshaw*, Hawaii: University of Hawaii Press, 1979.

王潤華，〈試析《駱駝祥子》中的性疑惑〉，《二十一世紀》，一九九四年六月號。

老　舍，〈我怎樣寫《駱駝祥子》〉，收於胡絜青編，《老舍生活與創作自述》，香港：三聯，一九八〇。

老　舍，《駱駝祥子》，北京：人民文學出版社，一九九五。

柯　靈，《電影文學叢談》，北京：中國電影出版社，一九七九。

茅國權著，曾振邦譯，〈《圍城》英譯本導言〉，《聯合文學》，一九八九年四月號，第五卷第六期，一六四～一七三頁。

夏志清，《中國現代小說史》，台北：傳記文學出版社，一九八〇。

黃修己，《中國現代文學發展史》，北京：中國青年出版社，一九八八；香港：中國圖書刊行社，一九九四。

黃維樑，〈文化的吃：錢鍾書《圍城》中的一頓飯〉，收於黃著《文化英雄拜會記：錢鍾書、夏志清、余光中的作品和生活》，台北：九歌出版社，二〇〇四。

黃維樑編，《中國現代文學論文集》（簡稱《論文集》），香港：公開進修學院出版社，一九九四。

楊　絳，《記錢鍾書與《圍城》》，香港：三聯，一九八七。

錢鍾書，《圍城》，北京：人民文學出版社，一九八〇。

第五章

余光中，〈論朱自清的散文〉，《輕輕邊愁》台北：純文學出版社，一九七七。

余光中，〈論中文之西化〉、〈早期作家筆下的西化中文〉、〈從西而不化到西而化之〉，載於《分水嶺上》，台北：純文學出版社，一九八一。

郁達夫，《中國新文學大系．散文二集》的導言，香港：香港文學研究所，一九六三。

夏　衍，〈關於報告文學的一封信〉，刊於《時代的報告》，一九八三年第一期。

梁錫華，〈魯迅的〈記念劉和珍君〉〉，《祭壇佳里》，香港：香江出版社，一九八七。

梁錫華，〈學者的散文〉，《梁錫華選集》，香港：山邊社，一九八四。

傅德岷等，《中國現代散文發展史》，成都：四川教育出版社，一九九七。

黃修己，《中國現代文學發展史》，北京：中國青年出版社，一九八八；香港：中國圖書刊行社，一九九四。
黃維樑，〈肆意閱讀和評點之外——評價當代散文的標準〉，《上海文化》，一九九四年第五期。
黃維樑編，《中國現代文學論文集》（簡稱《論文集》），香港：公開進修學院出版社，一九九四。
鄭明娳，《現代散文類型論》，台北：大安出版社，一九八七。

第六章

Joseph S. M. Lau（劉紹銘）, *Ts'ao Yu the Reluctant Disciple of Chekhov and O'Neill*, Hong Kong: Hong Kong University Press, 1970.
田本相，《曹禺傳》，北京：十月文藝出版社，一九八八。
田本相編，《中國現代比較戲劇史》，北京：文化藝術出版社，一九九三。
朱棟霖，《論曹禺的戲劇創作》，北京：人民文學出版社，一九八七。
馬　森，《中國現代戲劇的兩度西潮》，台南：文化生活新知出版社，一九九一。
黃修己，《中國現代文學發展史》，北京：中國青年出版社，一九八八；香港：中國圖書刊行社，一九九四。
黃維樑編，《中國現代文學論文集》（簡稱《論文集》），香港：公開進修學院出版社，一九九九四。

葛一虹（編），《中國話劇通史》，北京：文化藝術出版社，一九九七。

劉紹銘，《小說與戲劇》，台北：洪範書店，一九七七。

附錄一至三

「查良鏞在北大」專輯，載於《明報月刊》，一九九四年十二月號，內有查氏的講話，和嚴家炎、陳祖芬的文章。

《諾貝爾文學獎作品集》，台北：遠景出版社，在七〇、八〇年代出版。

馬悅然（Goran Malmqvist）著，江宜芳譯，〈瑞典學院與諾貝爾文學獎〉，《中國文哲研究通訊》，台北：中央研究院中國文哲研究所，一九九七年三月。

鄂基瑞等，《張恨水研究論文集》，安徽：安徽文藝出版社，一九九〇。

黃坤堯，〈當代的傳統詩詞〉，黃維樑編，《中華文學的現在和未來：兩岸暨港澳文學交流研討會論文集》，香港：鑪峰學會，一九九四。

黃維樑，《期待文學強人——大陸台灣香港文學評論集》，香港：當代文藝出版社，二〇〇四。

鄭明娳，〈通俗文學與純文學〉，《通俗文學評論》，湖北省新聞出版局，一九九四年第一期。

國家圖書館出版品預行編目資料

中國現代文學導讀 / 黃維樑著. -- 初版. --
台北市 : 揚智文化, 2014[民 93]
面 ; 公分 (Cultural Map ; 22)

ISBN 957-818-661-4(平裝)

1.中國文學－歷史－民國 1-38 年 (1912-1949)

820.908 93014219

中國現代文學導讀

作　　者 / 黃維樑
出 版 者 / 揚智文化事業股份有限公司
發 行 人 / 葉忠賢
總 編 輯 / 閻富萍
地　　址 / 22204 新北市深坑區北深路三段 258 號 8 樓
電　　話 / (02)8662-6826
傳　　真 / (02)2664-7633
網　　址 / http://www.ycrc.com.tw
E-mail / service@ycrc.com.tw
ISBN / 957-818-661-4
初版五刷 / 2019 年 9 月
定　　價 / 新台幣 300 元